生命本没有意义，你要能给他什么意义，他就有什么意义。与其终日冥想人生有何意义，不如试用此生做点有意义的事。

——胡适

人生有何意义

WHAT'S THE MEANING OF LIFE

胡適 著

民主与建设出版社

图书在版编目（CIP）数据

人生有何意义 / 胡适著．—北京：民主与建设出版社，2015.5（2025.1重印）
ISBN 978-7-5139-0657-9

Ⅰ.①人… Ⅱ.①胡… Ⅲ.①散文集—中国—现代
Ⅳ.① I266

中国版本图书馆 CIP 数据核字（2015）第 105575 号

人生有何意义
RENSHENG YOUHE YIYI

著　　者　胡　适
责任编辑　刘　芳
封面设计　古涧文化
出版发行　民主与建设出版社有限责任公司
电　　话　（010）59417747　59419778
社　　址　北京市朝阳区宏泰东街远洋万和南区独栋伍号公馆
邮　　编　100102
印　　刷　天津融正印刷有限公司
版　　次　2015 年 7 月第 1 版
印　　次　2025 年 1 月第 19 次印刷
开　　本　710 mm × 1000 mm　1 / 16
印　　张　14
字　　数　200 千字
书　　号　ISBN 978-7-5139-0657-9
定　　价　28.00 元

注：如有印、装质量问题，请与出版社联系。

目 录

自从那一天到现在，几乎没有一天我不想到这个问题。有时候，我从睡梦里喊着“人生在世，究竟是为什么的？”

小山，你是学哲学的人。像我这样养老婆，喂小孩子，就算做了一世的人吗？……

第二章　为什么读书 / 051

问题当前，全靠有主意（ideas）。主意从哪儿来呢？从学问经验中来。没有智识的人，见了问题，两眼白瞪瞪，抓耳挠腮，一个主意都不来。学问丰富的人，见着困难问题，东一个主意，西一个主意，挤上来，涌上来，请求你录用。

第三章　青年人的苦闷 / 111

我们中国今日无数人的苦闷悲观，都由于当年期望太奢而努力不够。悲观是不能救国的，呐喊是不能救国的，口号标语是不能救国的，责人而自己不努力是不能救国的。“你要想有益于社会，最好的法子莫如把自己这块材料铸造成器。”

第四章　不老不朽 / 146

就像猫狗会死一样，个人也会死的，但是他却依然存在所谓人类或社会的“大我”之中，而大我是不朽的。大我的继续存在，成为无数小我个人成功与失败的永存纪念物。

第一章 人生有何意义

自从那一天到现在，几乎没有一天我不想到这个问题。有时候，我从睡梦里喊着“人生在世，究竟是为什么的？”

小山，你是学哲学的人。像我这样养老婆，喂小孩子，就算做了一世的人吗？……

一个问题

我到北京不到两个月。这一天我在中央公园里吃冰，几位同来的朋友先散了；我独自坐着，翻开几张报纸看看，只见满纸都是讨伐西南和召集新国会的话。我懒得看那些疯话，丢开报纸，抬起头来，看见前面来了一男一女，男的抱着一个小孩子，女的手里牵着一个三四岁的孩子。我觉得那男的好生面善，仔细打量他，见他穿一件很旧的官纱长衫，面上很有老态，脊背微有点弯，因为抱着孩子，更显出曲背的样子。他看见我，也仔细打量。我不敢招呼，他们就过去了。走过去几步，他把小孩子交给那女的，他重又回来，问我道："你不是小山吗？"我说："正是。你不是朱子平吗？我几乎不敢认你了！"他说："我是子平，我们八九年不见，你还是壮年，我竟成了老人了，怪不得你不敢招呼我。"

我招呼他坐下，他不肯坐，说他一家人都在后面坐久了，要回去预备晚饭了。我说："你现在是儿女满前的福人了。怪不得要自称老人了。"他叹口气，说："你看我狼狈到这个样子，还要取笑我？我上个月见着伯安、仲实弟兄们，才知道你今年回国。你是学哲学的人，我有个问题要来请教你，我问过多少人，他们都说我有神经病，不大理会我。你把住址告诉我，我明天来看你。今天来不及谈了。"

我把住址告诉了他，他匆匆地赶上他的妻子，接过小孩子，一同出去了。

我望着他们出去，心里想道：朱子平当初在我们同学里面，要算一个很有豪气的人，怎么现在弄得这样潦倒？看他见了一个多年不见的老同学，一开口就有什么问题请教，怪不得人说他有神经病。但不知他因为潦倒了才有神经病呢？还是因为有了神经病所以潦倒呢？……

第二天一大早，他果然来了。他比我只大得一岁，今年三十岁。但是他头上已有许多白发了。外面人看来，他至少要比我大十几岁。

他还没有坐定，就说："小山，我要请教你一个问题。"

我问他什么问题，他说："我这几年以来，差不多没有一天不问自己道：人生在世，究竟是为什么的？我想了几年，越想越想不通。朋友之中也没有人能回答这个问题。起先他们给我一个'哲学家'的绰号，后来他们竟叫我做朱疯子了！小山，你是见多识广的人，请你告诉我，人生在世，究竟是为什么的？"

我说："子平，这个问题是没有答案的。现在的人最怕的是有人问他这个问题。得意的人听着这个问题就要扫兴，不得意的人想着这个问题就要发狂，他们是聪明人，不愿意扫兴，更不愿意发狂，所以给你一个疯子的绰号，就算完了。——我要问你，你为什么想到这个问题上去呢？"

他说："这话说来很长，只怕你不爱听。"我说我最爱听。他叹了一口气，点着一根纸烟，慢慢地说。以下都是他的话。

我们离开高等学堂那一年，你到英国去了，我回到家乡，生了一场大病，足足的病了十八个月。病好了，便是辛亥革命，把我家在汉口的店业就光复掉了。家里生计渐渐困难，我不能不出来谋事。那时伯安、石生一班老同学都在北京，我写信给他们，托他们寻点事做。后来他们写信给我，说从前高等学堂的老师陈老先生答应要我去教他的孙子。我到了北京就住在陈家。陈老先生在大学堂教书，又担任女子师范的国文，一个月拿的钱很多，但是他的两个儿子都不成器，老头子气得很，发愤要教育他几个孙子成人。但是他一个人教两处书，哪有工夫教小孩子？你知道我同伯安都是他的得意学生，所以他叫我去，给我二十块钱一个月，住的房子，吃的饭，都是他的，总算他老先生的一番好意。

过了半年，他对我说，要替我做媒。说的是他一位同年的女儿，现在女子师范读书，快要毕业了。那女子我也见过一两次，人倒很朴素稳重。但是我一个月拿人家二十块钱，如何养得起家小？我把这个意思回复他，谢他的好意。老先生有点不高兴，当时也没说什么。过了几天，他请了伯安、仲实弟兄到他家，要他们劝我就这门亲事。他说："子平的家事，我是晓得的。他家三代单传，嗣续的事不能再缓了，二十多岁的少年，哪里怕没有事做？还怕养不活老婆吗？我替他做媒的这头亲事是再好也没有的。女的今年就毕业，毕业后还可在本京蒙养院教书，我已经替他介绍好了。蒙养院的钱虽不多，也可以贴补一点家用。他再要怕不够时，我把女学堂的三十块钱让他去教。我老了，大学堂一处也够我忙了。你们看我这个媒人总可算是竭力报效了。"

伯安弟兄把这番话对我说，你想我如何能再推辞。我只好写信告诉家母。家母回信，也说了许多"三代单传，不孝有三，无后为大"的话。又说："陈老师这番好意，你稍有人心，应该感激图报，岂可不识抬举？"

我看了信，晓得家母这几年因为我不肯娶亲，心里很不高兴，这一次不过是借题发点牢骚。我仔细一想，觉得做了中国人，老婆是不能不讨的，只好将就点罢。

我去找到伯安、仲实，说我答应定这头亲事，但是我现在没有积蓄，需过一两年再结婚。

他们去见老先生，老先生说："女孩子今年二十三岁了，他父亲很想早点嫁了女儿，好替他小儿子娶媳妇。你们去对子平说，叫他等女的毕业了就结婚。仪节简单一点，不费什么钱。他要用木器家具，我这里有用不着的，他可以搬去用。我们再替他邀一个公份，也就可以够用了。"

他们来对我说，我没有话可驳回，只好答应了。过了三个月，我租了一所小屋，预备成亲。老先生果然送了一些破烂家具，我自己添置了一点。伯安、石生一些人发起一个公份，送了我六十多块钱的贺仪，只够我替女家做了两套衣服，就完了。结婚的时候，我还借了好几十块钱，才勉强把婚事办了。

结婚的生活，你还不曾经过。我老实对你说，新婚的第一年，的确是很有乐趣的生活。我的内人，人极温和，他晓得我的艰苦，我们从不肯乱花一个钱。我们只用一个老妈，白天我上陈家教书，下午到女师范教书，他到蒙养院教书。晚上回家，我们自己做两样家乡小菜，吃了晚饭，闲谈一会，我改我的卷子，他陪我坐着做点针线。我有时做点文字卖给报馆，有时写到夜深才睡。他怕我身体过劳，每晚到了十二点钟，他把我的墨盒纸笔都收了去，吹灭了灯，不许我再写了。

小山，这种生活，确有一种乐趣。但是不到七八个月，我的内人就病了，呕吐得很厉害。我们猜是喜信，请医生来看，医生说八成是有喜。我连忙写信回家，好叫家母欢喜。老人家果然欢喜得很，托人写信来说了许多孕妇保重身体的法子，还做了许多小孩的衣服小帽寄来。

产期将近了。他不能上课，请了一位同学代他。我添雇了一个老妈子，还要准备许多临产的需要品。好容易生下一个男孩子来。产后内人身体不好，乳水不够，不得不雇奶妈。一家凭空减少了每月十几块钱的进账，倒添上了几口人吃饭拿工钱，家庭的负担就很不容易了。

过了几个月，内人身体复原了，依旧去上课，但是记挂着小孩子，觉得很不方便。看十几块钱的面上，只得忍着心肠做去。

不料陈老先生忽然得了中风的病，一起病就不能说话，不久就死了。他那两个宝贝儿子，把老头子的一点存款都瓜分了，还要赶回家去分田产，把我的三个小学生都带回去了。

我少了二十块钱的进款，正想寻事做，忽然女学堂的校长又换了人，第二年开学时，他不曾送聘书来，我托熟人去说，他说我的议论太偏僻了，不便在女学堂教书。我生了气，也不屑再去求他了。

伯安那时做众议院的议员，在国会里颇出点风头，我托他设法。他托陈老先生的朋友把我荐到大学堂去当一个事务员，一个月拿三十块钱。

我们只好自己刻苦一点，把奶妈和那添雇的老妈子辞了。每月只吃三四次肉，有人请我吃酒，我都辞了不去，因为吃了人的，不能不回请。戏园里是四年多不曾去过了。

但是无论我们怎样节省，总是不够用。过了一年又添了一个孩子。这回我的内人自己给他奶吃，不雇奶妈了。但是自己的乳水不够，我们用开成公司的豆腐浆代替，小孩子不肯吃，不到一岁就殇掉了。内人哭得什么似的。我想起孩子之死全系因为雇不起奶妈，内人又过于省俭，不肯吃点滋养的东西，所以乳水更不够。我看见内人伤心，我心里实在难过。

后来时局一年坏似一年，我的光景也一年更紧似一年。内人因为身体不好，辍课太多，蒙养院的当局颇说嫌话，内人也有点拗性，索性辞职出来。想找别的事做，一时竟寻不着。北京这个地方，你想寻一个三百五百的阔差事，反不费力。要是你想寻二三十块钱一个月的小事，那就比登天还难。到了中交两行停止兑现的时候，我那每月三十块钱的票子更不够用了。票子的价值越缩下去，我的大孩子吃饭的本事越大起来。去年冬天，又生了一个女孩子，就是昨天你看见我抱着的。我托了伯安去见大学校长，请他加我的薪水，校长晓得我做事认真，加了我十块钱票子，共是四十块，打个七折，四七二十八，你替我算算，房租每月六块，伙食十五块，老妈工钱两块，已是二十三块钱了。剩下五块大钱，每天只派着一角六分大洋做零用钱。做衣服的钱都没有，不要说看报买书了。大学图书馆里虽然有书有报，但是我一天忙到晚，公事一完，又要赶回家来帮内人照应小孩子，哪里有工夫看报阅报？晚上我腾出一点工夫做点小说，想赚几个钱。我的内人向来不许我写过十二点钟的，于今也不来管我了。他晓得我们现在所处的境地，非寻两个外快钱不能过日子，所以只好由我写到两三点钟才睡。但是现在卖文的人多了，我又没有工夫看书，全靠绞脑子，挖心血，没有接济思想的来源，做的东西又都是百忙里偷闲潦草做的，哪里会有好东西？所以往往卖不起价钱，有时原稿退回，我又修改一点，寄给别家。前天好容易卖了一篇小说，拿着五块钱，所以昨天全家去逛中央公园，去年我们竟不曾去过。

我每天五点钟起来，——冬天六点半起来——午饭后靠着桌子偷睡半个钟头，一直忙到夜深半夜后。忙的是什么呢？我要吃饭，老婆要吃饭，还要喂小孩子吃饭，——所忙的不过为了这一件事！

我每天上大学去，从大学回来，都是步行。这就是我的体操，不但可以省钱，还可给我一点用思想的时间，使我可以想小说的布局，可以想到人生的问题。有一天，我的内人的姊夫从南边来，我想请他上一回馆子，家里恰没有钱，我去向同事借，那几个同事也都是和我不相上下的穷鬼，哪有钱借人？我空着手走回家，路上自思自想，忽然想到一个大问题，就是“人生在世，究竟是为什么的？”……我一头想，一头走，想入了迷，就站在北河沿一棵柳树下，望着水里的树影子，足足站了两个钟头。等到我醒过来走回家时，天已黑了，客人已走了半天了！

自从那一天到现在，几乎没有一天我不想到这个问题。有时候，我在睡梦里喊着“人生在世，究竟是为什么的？”

小山，你是学哲学的人。像我这样养老婆，喂小孩子，就算做了一世的人吗？……

民国八年

原载 1919 年 7 月 20 日《每周评论》第 31 号

人生有何意义

一、答某君书

……我细读来书，终觉得你不免作茧自缚。你自己去寻出一个本不成问题的问题，“人生有何意义？”其实这个问题是容易解答的。人生的意义全是各人自己寻出来、造出来的：高尚，卑劣，清贵，污浊，有用，无用……全靠自己的作为。生命本身不过是一件生物学的事实，有什么意义可说？生一个人与一只猫、一只狗，有什么分别？人生的意义不在于何以有生，而在于自己怎样生活。你若情愿把这六尺之躯葬送在白昼做梦之上，那就是你这一生的意义。你若发愤振作起来，决心去寻求生命的意义，去创造自己的生命的意义，那么，你活一日便有一日的意义，做一事便添一事的意义，生命无穷，生命的意义也无穷了。总之，生命本没有意义，你要能给它什么意义，它就有什么意义。与其终日冥想人生有何意义，不如试用此生做点有意义的事……

民国十七年一月廿七日

本文原载 1928 年 8 月 5 日《生活周刊》第 2 卷第 38 期

二、为人写扇子的话

知世如梦无所求，无所求心普空寂。

还似梦中随梦境，成就河沙梦功德。

王荆公小诗一首，真是有得于佛法的话。认得人生如梦，故无所求。但无所求不是无为。人生固然不过一梦，但一生只有这一场做梦的机会，岂可不努力做一个轰轰烈烈像个样子的梦？岂可糊糊涂涂懵懵懂懂混过这几十年吗？

民国十八年五月十三日

人生问题

1903 年，我只有十二岁，那年 12 月 17 日，有美国的莱特弟兄作第一次飞机试验，用很简单的机器试验成功，因此美国定 12 月 17 日为飞行节。12 月 17 日正是我的生日，我觉得我同飞行有前世因缘。我在前十多年，曾在广西飞行过十二天，那时我作了一首《飞行小赞》，这算是关于飞行的很早的一首辞。诸位飞过大西洋、太平洋，我在民国三十年，在美国也飞过四万英里，这表示我同诸位不算很隔阂。今天大家要我讲人生问题，这是诸位出的题目，我来交卷。这是很大的问题，让我先下定义，但是定义不是我的，而是思想界老前辈吴稚晖的。他说：人为万物之灵，怎么讲呢？第一：人能够用两只手做东西。第二：人的脑部比一切动物的都大，不但比哺乳动物大，并且比人的老祖宗猿猴的还要大。有这能做东西的两手和比一切动物都大的脑部，所以说人为万物之灵。人生是什么？即是人在戏台上演戏，在唱戏。看戏有各种看法，即对人生的看法叫做人生观。但人生有什么意义呢？怎样算好戏？怎样算坏戏？我常想：人生意义就在我们怎样看人生。意义的大小浅深，全在我们怎样去用两手和脑部。人生很短，上寿不过百年，完全可用手脑做事的时候，不过几十年。有人说，人生是梦，是很短的梦。有人说，人生不过是肥皂泡。其实，就是最悲观的说法，也证实我上面所说人生的有没有意义全看我们对人生的看法。就算他是做梦吧，也要做一个热闹的、轰轰烈烈的好梦，不要做悲观的梦。既然辛辛苦苦地上台，就要好好地唱个好戏，唱个像样子的戏，不要跑龙套。人生不是单独的，人是社会的动物，他能看见和想像他所看不到的东西，他有能看到上至数百万年下至子孙百代的能力。无论是过去、现在，或将来，人都逃不了人与人的关系。比如这一杯茶（讲演桌上放着一杯玻璃杯盛的茶）就包括多少人的贡献，这些人虽然看不见，但从种茶、挑选，用自来水，自来水又包括电力等，这有多少人的贡献，这就可以看出社会的意义。我们的一举一动，也都有社会的意义，譬如我随便往地上吐口痰，经太阳晒干，风一吹起，如果我有痨病，风可以把病菌带给几个人到无数人。我今天讲的话，诸位也许有人不注意，也许有人认为没道理，也许说胡适之胡说，是瞎说八道，也许有人因我的话而去看看书，也许竟一生受此影响。一句话、一句格言，都能影响人。我举一个极端的例子，两千五百年前，离尼泊尔不远的地方，路上有一个乞丐死了，尸首正在腐烂。这时走来一位年轻的少爷叫 Gotama，后来就是释迦牟尼佛，这位少爷是生长于深宫中不知穷苦的，他一看到尸首，问这是什么？人说这是死。他说：噢！原来死是这样子，我们都不能不死吗？这位贵族少爷就回去想这问题，后来跑到森林中去想，想了几年，出来宣传他的学说，就是所谓佛学。这尸身腐烂一件事，就有这么大的影响。飞机在莱特兄弟做试验时，是极简单的东西，经四十年的工夫，多少人聪明才智，才发展到今天。我们一举一动、一言一行、一点行为都可以有永远不能磨灭的影响。几年来的战争，都是由希特勒的一本《我的奋斗》闯的祸，这一本书害了多少人？反过来说，一句好话，也可以影响无数人，我讲一个故事：民国元年，有一个英国人到我们学堂讲话，讲的内容很荒谬，但他的 O 字的发音，同普通人不一样，是尖声的，这也影响到我的 O 字发音，许多我的学生又受到我的影响。在四十年前，有一天我到一外国人家去，出来时鞋带掉了，那外国人提醒了我，并告诉我系鞋带时，把结头底下转一弯就不会掉了，我记住了这句话，并又告诉许多人，如今这外国人是死了，但他这句话已发生不可磨灭的影响。总而言之，从顶小的事情到顶大的像政治、经济、宗教等，我们的一举一动都有不可磨灭的影响，尽管看不见，影响还是有。在孔夫子小时，有一位鲁国人说：人生有三不朽，即立德、立功、立言。立德就是最伟大的人格，像耶稣、孔子等。立功就是对社会有贡献。立言包括思想和文学，最伟大的思想和文学都是不朽的。但我们不要把这句话看得贵族化，要看得平民化，比如皮鞋打结不散、吐痰、O的发音，都是不朽的。就是说：不但好的东西不朽，坏的东西也不朽，善不朽，恶亦不朽。一句好话可以影响无数人，一句坏话可以害死无数人。这就给我们一个人生标准，消极的我们不要害人，要懂得自己行为。积极的要使这社会增加一点好处，总要叫人家得我一点好处。再回来说，人生就算是做梦，也要做一个像样子的梦。宋朝的政治家王安石有一首诗，题目是《梦》，说："知世如梦无所求，无所求心普定寂，还似梦中随梦境，成就河沙梦功德。"不要丢掉这梦，要好好去做！即算是唱戏，也要好好去唱。

本文原载 1948 年 8 月 13 日北平《世界日报》

哲学与人生

前次承贵会邀我演讲关于佛学的问题，我因为对于佛学没有充分的研究，拿浅薄的学识来演讲这一类的问题，未免不配；所以现在讲“哲学与人生”，希望对于佛学也许可以贡献点参考。不过，我所讲的许多地方和佛家意见不合，佛学会的诸君态度很公开，大约能够容纳我的意见的！讲到“哲学与人生”，我们必先研究它的定义：什么叫哲学？什么叫人生？然后才知道他们的关系。

我们先说人生。这六月来，国内思想界，不是有玄学与科学的笔战吗？国内思想界的老将吴稚晖先生，就在《太平洋杂志》上发表一篇《一个新信仰的宇宙观及人生观》。其中下了一个人生定义。他说：“人是哺乳动物中的有二手二足用脑的动物。”人生即是这种动物所演的戏剧，这种动物在演时，就有人生；停演时就没人生。所谓人生观，就是演时对于所演之态度，譬如：有的喜唱花面，有的喜唱老生，有的喜唱小生，有的喜摇旗呐喊；凡此种种两脚两手在演戏的态度，就是人生观。不过单是登台演剧，红进绿出，有何意义？想到这层，就发生哲学问题。哲学的定义，我们常在各种哲学书籍上见到，不过我们尚有再找一个定义的必要。我在《中国哲学史大纲》（上卷）上所下的哲学定义说：“哲学是研究人生切要的问题，从根本上着想，去找根本的解决。”但是“根本”两字意义欠明，现在略加修改，重新下了一个定义说：“哲学是研究人生切要的问题，从意义上着想，去找一个比较可普遍适用的意义。”现在举两个例来说明它，要晓得哲学的起点是由于人生切要的问题，哲学的结果，是对于人生的适用。人生离开哲学，是无意义的人生；哲学离了人生，是想入非非的哲学。现在哲学家多凭空臆说，离得人生问题太远，真是上穷碧落，愈闹愈糟。

现在且说第一个例：二千五百年前在喜马拉雅山南部有一个小国——迦叶——里，街上倒卧着一个病势垂危的老丐，当时有一个王太子经过，在别人看到，将这老丐赶开，或是毫不经意地走过去了，但是那王太子是赋有哲学天才的人，他就想人为什么逃不出老、病、死这三个大关头，因此他就弃了他的太子爵位、妻孥、便嬖、皇宫、财货，遁迹入山，去静想人生的意义。后来忽然在树下想到一个解决：就是将人生一切问题拿主观去看，假定一切多是空的，那么，老、病、死就不成问题了。这种哲学的合理与否，姑不具论，但是那太子的确是研究人生切要的问题，从意义上着想去找他以为比较普遍适用的意义。

我们再举一个例：譬如我们睡到半夜醒来，听见贼来偷东西，那我就将他捉住，送县法办。假如我们没有哲学，就这么了事，再想不到“人为什么要作贼”等问题，或者那贼竟然苦苦哀求起来，说他所以作贼的缘故，因为母老、妻病、子女待哺，无处谋生，迫于不得已而为之，假如没有哲性的人，对于这种吁求，也不见有甚良心上的反动。至于富有哲性的人就要问了，为什么不得已而为之？天下不得已而为之的事有多少？为什么社会没得给他做工？为什么子女这样多？为什么老病死？这种偷窃的行为，是由于社会的驱策，还是由于个人的堕落？为什么不给穷人偷？为什么他没有我有？他没有我有是否应该？拿这种问题，逐一推思下去，就成为哲学。由此看来，哲学是由小事放大，从意义着想而得来的，并非空说高谈能够了解的。推论到宗教哲学、政治哲学、社会哲学等，也无非多从活的人生问题推衍阐明出来的。

我们既晓得什么叫人生，什么叫哲学，而且略会看到两者的关系，现在再去看意义在人生占的什么地位？现在一般的人饱食终日，无所用心。思想差不多是社会的奢侈品。他们看人生种种事实，和乡下人到城里看见五光十色的电灯一样。只看到事实的表面，而不了解事实的意义。因为不能了解意义的缘故，所以连事实也不能了解了。这样说来，人生对于意义，极有需要，不知道意义，人生是不能了解的。宋朝朱子这班人，终日对物格物，终于找不到着落，就是不从意义上着想的缘故。又如平常人看见病人种种病象，他单看见那些事实而不知道那些事实的意义，所以莫明其妙。至于这些病象一到医生眼里，就能对症下药，因为医生不单看病象，还要晓得病象的意义和缘故。因此，了解人生不单靠事实，还要知道意义！

那么，意义又从何来呢？有人说：意义有两种来源，一种是从积累得来，是愚人取得意义的方法；一种是由直觉得来，是大智取得意义的方法。积累的方法，是走笨路；用直觉的方法是走捷径。据我看来，欲求意义唯一的方法，只有走笨路，就是日积月累地去做刻苦的工夫，直觉不过是熟能生巧的结果，所以直觉是积累最后的境界，而不是豁然贯通的。大发明家爱迪生有一次演说，他说：天才百分之九十九是汗，百分之一是神。可见得天才是下了番苦功才能得来，不出汗决不会出神的。所以有人应付环境觉得难，有人觉得易，就是日积月累的意义多寡而已。哲学家并不是什么，只是对人生所得的意义多点罢了。

欲得人生的意义，自然要研究哲学，去参考已往死的哲理。不过还有比较更重要的，是注意现在的活的人生问题，这就是做人应有的态度。现在我举两个模范的大哲学家来做我的结论，这两大哲学家一个是古代的苏格拉底，一个是现代的笛卡尔。

苏格拉底是希腊的穷人，他觉得人生醉生梦死，毫无意义，因此到公共市场，见人就盘问，想借此得到人生的解决。有一次，他碰到一个人去打官司，他就问他，为什么要打官司？那人答道，为公理。他复问道，什么叫公理？那人便瞠目结舌不能作答。苏氏笑道：我知道我不知你，却不知道你不知呵！后来又有一个人告他的父亲不信国教，他又去盘问，那人又被问住了。因此希腊人多恨他，告他两大罪，说他不信国教，带坏少年，政府就判他的死刑。他走出来的时候，对告他的人说："未经考察过的生活，是不值得活的。

你们走你们的路，我走我的路吧！”后来他就从容就刑，为找寻人生的意义而牺牲他的生命！

笛卡尔旅行的结果，觉到在此国以为神圣的事，在他国却视为下贱；在此国以为大逆不道的事，在别国却奉为天经地义；因此他觉悟到贵贱善恶是因时因地而不同的。他以为从前积下来的许多观念知识是不可靠的，因为它们多是趁他思想幼稚的时候侵入来的。如若欲过理性生活，必得将从前积得的知识，一件一件用怀疑的态度去评估它们的价值，重新建设一个理性的是非。这怀疑的态度，就是他对于人生与哲学的贡献。

现在诸君研究佛学，也应当用怀疑的态度去找出它的意义，是否真正比较地普遍适用？诸君不要怕，真有价值的东西，决不为怀疑所毁，而能被怀疑所毁的东西，决不会真有价值。我希望诸君实行笛卡尔的怀疑态度，牢记苏格拉底所说的“未经考察过的生活，是不值得活的”这句话。那么，诸君对于明阐哲学，了解人生，不觉其难了。

本文系1923年11月胡适在上海商科大学佛学研究会的演讲，
载于1923年12月10日《东方杂志》第20卷第23期

宿命论者的屠格涅夫

伊凡·屠格涅夫（Ivan. S. Turgenev）是人性的叙述者，也是时代的描写者。

人性是静的、永恒不变的，时代却是动的、绵延变化的，这就是动与静的关系，这就是这变与不变的反应，决定了一切人们的全部人生。也就是这人生，屠格涅夫得以造成他的优美的艺术。

屠格涅夫的小说，结构是那样的精严，叙述是那样的幽默，在他的像诗、像画、像天籁的字句中，极平静也极壮严地告诉了我们：人性是什么，他的时代又是怎样。读他的每一篇小说，可以知道几种典型的静的人性，可以知道一个时期的动的时代。读他的几篇有连续性的小说，可以知道人性的永恒不变、时代的绵延变化，知道全人类的生活。

谁在主宰着人性呢？谁在推动着时代呢？又是谁在播弄着这时代和人性的关系及反应造成的人生呢？屠格涅夫告诉我们：这是自然。自然主宰着人性，自然推动着时代，自然播弄着这人生。宇宙没有绝对的真理，人生没有客观的意义，一切的一切，只是像树，不得不被风吹，只是像物件，不得不被阳光照耀。屠格涅夫感觉到这个，认识了这个，也忠实地描写了这个，所以在他的纵横交织着时代和人性的作品下，显示了不可理解的人生，在这个人生下，又潜伏着一个无情的命运之神。激动了读者的情感的，是这命运之神。威胁着读者的思想的，也是这命运之神。

屠格涅夫是一个宿命论者。

屠格涅夫认自然为最高法则，不承认有客观的真和伪、善和恶、美和丑；所以他的人性观不是批判的，不是解释的，只是叙述的。他的小说中所表现着的人性，只是他自己所认识的人性，既不在评量他的价值，也没有解释他的原因。

屠格涅夫觉得人性两种根本相反的特性，任何人都可归纳到这两种中的一种。他说："就是我们人类中间的无论哪一个，总或者将自己的自我，或者将自我以外的有些东西当作比较更高尚的东西看，而将他置在第一位。"然将自己的自我置在第一位的，就是所谓哈孟雷特（Hamlet）型，是为我主义者，是信念的狐疑者。将其他东西置在第一位的，就是所谓堂克蓄德（Don Qixote）型，是自我牺牲者，是真理——自己认为真理——的信仰者。屠格涅夫以为无论谁，如不类似哈孟雷特一定类似堂克蓄德，这两种人性都是自然的，当然不能评判谁善谁恶谁真谁伪谁美谁丑。

用作者自己的话来解释他的作品，是最近情理的。我们正可拿屠格涅夫的话来了解他的小说中的人物。屠格涅夫的小说极多，里面的人物确可以分成哈孟雷特型与堂克蓄德型两种。他不是不会写第三种人，实在世界上没有第三种人给他写啊！

像哈孟雷特的人，屠格涅夫的小说中多极了。单在他的六大杰作中有五篇小说就充满了这些人物。《罗亭》（Rudin）中能说不能行的罗亭，《贵族之家》（a House of Gentlefolk）中能力薄弱的拉夫尔斯基（Lavretski），《父与子》（Fathers and Sons）中意志不坚强的阿卡特（Arkady）和虚无主义的巴沙洛夫（Bazarov），《烟》（Smoke）中的自我发展而被命运侮弄的李维诺夫（Livinov）与伊璘娜（Irene），《新时代》（Virginsoil）中的屠暑大诺夫（Niejdanov）似乎是牺牲自我了，但在他没有决心自杀而竟至自杀时，却留了一封信，承认他的革命是扯谎！这些人，一个个都是聪明的；言论风采，都足以掀动旁人的视听；各人走上各人的道路，都走到绝境，他们的哈孟雷特的人性叫他们走到绝境！

这儿，我想提出三个人来详细地说一下。罗亭、巴沙洛夫和伊璘娜。

罗亭是一个俄国的上等人。知道的是那样的多，说的话又是那样温暖动人，心中遮满了艺术、音乐、哲学和一切装饰，充满了热望，燃烧着真情。当他第一次出现他的面目时，聪颖的仪容、丰富的表情引起了所有的人们的崇敬、羡慕和妒忌。但他只能生活于梦之花房，哲学的空论和抽象，并不能参与真实的生活。尽管他那样聪明、那样自命清高，一经行为的试验，就不得不羞辱地失败了。看在他拨动了少女的灵魂，私结了终生之约以后，娜泰茅违抗了她母亲的命令想约罗亭私遁，但罗亭却说："怎么办么？自然只好服从了！"啊，我们用娜泰茅的话来戳穿罗亭的秘密吧，"你开口就是服从！服从！你平日谈自由，谈牺牲，难道现在你算是实行了自由和牺牲了么？"终于，罗亭自己的勇气，叫自己失败了，终于只能在情敌的面前逃走了。屠格涅夫另外告诉我们一句话："无论何人，当他处在不得不自己牺牲的境地的时候，假如他先要计算思虑到他这行为之后，所应得的利害的结果和利害实现的可能，那他究竟能否自己牺牲，恐怕要成很大的疑问了。"读了《罗亭》，我们觉得不仅是疑问，简直是不能了。

巴沙洛夫在外表上看起来，显然和罗亭不同，但他们血管里同样流着哈孟雷特的血，他们头脑里同样潜伏着哈孟雷特的思想。巴沙洛夫是一个聪明人，思想聪明，言语也聪明，他讥讽艺术女人和家庭生活。他不知道什么叫做光荣，他反抗而且轻视那些既成的势力和共认的真理。他高唤着"我什么都不信！"他知道自己最清楚，自我抬得最高。"但我对自我的信仰，这一件事，为我主义者也是办不到的。"所以巴沙洛夫轻视女人，仍不得不和一个无所长的妇人发生恋爱，怀疑既成的无意义的事情，也不得不和他干无聊的决斗，他虽有那样坚强的意志，在他第一次应用他自己所学得的医药智识时，就给自己医死了！屠格涅夫说哈孟雷特型的特性，有这样一句话："他是怀疑成性的人，而只是自己一个人在那里烦闷苦斗。并不是和他的义务，是和他的处境苦斗。"巴沙洛夫正是这种人！

谈到伊璘娜正是哈孟雷特型的女人。她，同样的，是有自知之明的女人，也是一个最自私的荡妇。她反复牺牲她的爱情，又反复地爱人。一方面自己甘心做社会之花，一方面又自己诅咒那样的生活像乞丐样的伸手乞怜，求人援救她的内心的痛苦。她要人了解她、同情她、恋爱她，自己却没有决心来承受。当她结了婚以后，偶然遇见旧日的爱人，就竭力地引诱他，使他丢弃了预备结婚的未婚妻，重来爱她；但在他们什么都预备好准备逃去的一个早上，却送了一封信给他，拒绝私遁，她说："我不能和你逃走，我没有力量去逃走。"她承认"我对于我自己也充满了恐怖和憎恨，但我不能做旁的，我不能，我不能"，她哭诉着"我是你的，我永远是你的"，她要求他随她的丈夫搬走，"只住在我旁边，只爱着我"。"但逃走，丢弃了一切……不不不"。这是伊璘娜的自供词，也是一切哈孟雷特型人们的弱点吧。但伊璘娜是值得同情的，她的反复，是她内心争斗的结果，她的懦弱自然是她自我主义发展的结果；这些都不是她能自主能反抗的，因为她具有哈孟雷特型的人性啊！

哈孟雷特的人性所表现的是宇宙的求心力，怀疑着真理分析着自己，轻笑自己的缺点，又有绝大的虚荣、绝大的自负，而恋恋于生命。

屠格涅夫以为"在目下的时势里，自然是哈孟雷特型的人比堂克蓄德型的人更多"。所以在他的小说里堂克蓄德型的人也比较少，但这并不是说没有。《父与子》中那个可怜的不知怎样才能迎合他儿子的脾胃的伊温诺维奇（Ivanovitch），《新时代》中一个不爱自己的人的马殊玲（Machorina），《前夜》（on the Eve）中牺牲自己随着爱人去救国的海伦（Helene），《贵族之家》中的牺牲爱人遁入修道院的里沙（Liza），都是为了自己所信仰的一件事，负起责任，牺牲了自己。幻灭的悲哀，失恋的痛苦，也许不是常人所能受的，但他们有一颗坚强的心，都像堂克蓄德骑上他的洛齐难戴（Resinate）样闯进了世界，追求他们的目的！

但我们要提的却是两个志士青年，一是《前夜》中的殷沙洛夫（Insarov），一个是《新时代》中的马克罗夫（Makerov）。

殷沙洛夫是保加利亚的青年，他所拥有的不是一张锦绣般的口，却是一双钢铁般的手，他的道德观念像一个矗立不可摇撼的石柱，他的唯一的信仰就是母国之自由。他把这一个信仰置于一切事物之上。为了这个信仰，可以牺牲自己的生命，可以牺牲自己的自由。他在俄国读书，但与他来往的多是些母国的工人、农夫，他所计划的也只是怎样革命怎样救国。他爱了一个奇女子，但我们可以看得出来，如果他的爱人不愿帮他去救祖国，他会用他的理智毅然和她分离的。不幸他刚上了救国的战线，什么都没有完全成功以前，便牺牲了生命。但这种牺牲，他自己会是乐意的，堂克蓄德的人性愿意牺牲自我。

“马克罗夫是好事而顽固的男子，并且蛮勇而不知畏惧的，他不知道容恕，也不知道忘怀，他始终为他自己和一切被压迫者感受不平，他万事都能拼命，他的狭隘的精神专致在唯一的地点，他所不能了解的，于他便是不存在的，他对于虚伪与欺骗是憎恨而蔑视的。”他知道得不多，他只晓得干！他失恋了，但他知道如何容忍，仍在拼命地干！他是一个农民解放者，但农民很多是不同情他的，甚至有侮蔑他的，就这样他还是干！他这样的蛮干死干，终于因为没准备没布置地乱干，我们这位农民运动者，却反给农民们背剪着手，塞进一只农车，送上了衙门！马克罗夫就这样进了坟墓。这也和堂克蓄德被假扮的“明月骑士”所击毙，差不多罢！

堂克蓄德型的人性所表现的是宇宙的远心力，一切的“存在”都是为“他”而存在的。生命只是实现理想的手段，除此以外，自己的生命毫无重视的必要。

屠格涅夫的人性观是二元论，认定这二元论是一个人生的全部生活的根本法则。他说：“人的全部生活，是不外乎继续不断忽分忽合的两个原则的永久的冲突和永久的调解。”屠格涅夫不批评这两种人性的优劣，堂克蓄德型也许能做一点事，哈孟雷特型却也有一种破坏力量。人性本是自然的，根据人性的发展，在事实上能成就些什么，怕也只有命运能决定罢！

屠格涅夫的时代观，同样的，是以自然法则做根据的。否认时代根据一定的原则而进展。时代只是自然的推演，也许正是盲目的偶然的推演。就在这种盲目的偶然的推演的时代中，屠格涅夫找出每一个时代的特性，了解每一个时代的精神。如果一个时代放射出耀眼的光，他就拿光彩绘成画，如果一个时代呐喊着刺耳的呼声，他就拿这呼声编成歌，这些歌这些画就是他的小说。

屠格涅夫生于1818年，卒于1882年，从他的《猎人日记》（1852年）到《新时代》（1876年）不断描写着俄国当时的时代状况。他用哲学的眼光、艺术的手段，把同时代思潮变化的痕迹、社会演进的历程，极忠实地也极细腻地写出来。俄国十九世纪中叶的思想变迁，确可拿屠格涅夫的小说来代表。这些小说，最能代表时代精神的是《猎人日记》和他的六大杰作。

《猎人日记》（1852年）是作者描写当时农奴所受到的压迫所感到的苦痛的一部小说，也是作者对农奴制度宣战的一篇檄文。屠格涅夫在他文学与人生之回忆中，自己承认誓死反抗农奴制度，《猎人日记》就是他的武器。看罢，多少善良淳朴的农夫在这农奴制度的锁架下辗转呻吟，又有多少大地主小地主在农奴制度的卵翼下，榨取他人的劳力以享安乐，屠格涅夫认清了农奴制度的罪恶，描写了它。实在，破坏了它。

《罗亭》（1855年）是描写"四十年"时代的俄国社会情形的，这时俄国正在尼古拉一世专治压迫之下，青年对政治方面早已失望，一个个都向艺术、哲学、宗教方面走去，受了西方自由思想的鼓动，知道反抗了。但都没能力来改革这腐朽的环境，他们整天整夜地空想，说大话，没有一个能实行的。罗亭谈自由，谈牺牲，一遇事实的压迫，却只好服从。

《贵族之家》（1858年）的时代，俄国社会已从理想回到实际，但青年们的能力仍极薄弱，环境的压迫，仍是根深基固，不可动摇。所以像拉夫尔斯基那样的人，总算比罗亭有毅力些了，但要爱一个女人，也需等听到被压迫而结婚的妻子的死讯后，方敢进行，等到证明他的妻子没有死时，又只好牺牲了真正的恋爱。从这里，我们可以看见当时俄国已经僵化了的旧礼教，有多大的魔力！

《前夜》（1860年）出版，罗亭型的少年已很少，一般青年也较拉夫尔斯基有能力了。但忧郁哲学的空气，仍充满了俄国各处，自命为哲学家艺术家的人们，仍在幻想他的辩证法，仍在画他的未完成的杰作，但有些人，自己不能做什么事，却能帮助人们去奋斗，像海伦这显然是进步了，在《罗亭》和《贵族之家》的时代，俄国连这几种人也没有呢！恒心和毅力，俄国人终于是缺乏的，屠格涅夫只能找到异国的青年，写出一个积极的活动的殷沙洛夫。俄国需要这样的人，当时的俄国却一个也没有！

到了《父与子》（1862 年），俄国的时代已大变动了，旧时代虽没有去，新时代却来了，新旧思想已各不相容地决斗了，像贝伐尔（Pavel Petrovich）样代表“父”的时代的人，只是极顽固地死守着旧礼教，崇拜着那既成势力，像巴沙洛夫样代表“子”的时代的人，却否定一切“天经地义”。这样的“否定主义”，虽然是“虚无主义”，没有能做出什么来给人们瞧，就这样有勇气来重新估定一切的价值，已经是俄国人从前无论如何不敢的了。要真能有作有为，却需等待另一个新时代。

《烟》（1867 年）的出版，正是俄国又走进思想混乱的道途的时代，也是虚无主义的反动的时代。社交界的妇女愚弄着男子，支配阶级的官吏，仍是那样浅识和愚蠢，有些青年，借着虚无主义的庇护，极自私地乱动，有些青年，又对什么都绝望，意外的消沉，旧道德已动摇，将要没落了，新道德尚未奠定基础，这是如何的恐慌、如何的混乱啊。屠格涅夫回到圣贝德堡第一个遇见的人，就对他这样说：“看你的虚无主义者做了些什么罢！他们差不多去烧了城！”实在，这是一个保守主义和改革主义混战的时代！

终于《新时代》（1876 年）到了，这时，俄国的思想界经过十几年的纷扰、酝酿，俄国的青年们已经都感到改革的必要了，虽然，他们的环境是那样暗淡，贵族们借着维新来陷害他们，农民们又不能了解他们，他们已开始做改革运动了。不但坐在家里讲改革的方策，都一个个跑进工厂，踏入田野，实行他们“到民间去”的运动了，但客观的环境还没多大变化，一切急进的运动，仍不免失败；较缓和的改革，倒确是有效的。屠格涅夫在这里指示人们去做一点一滴的改革，也许这就是时代的曙光吧！

我们要知道，虽然时代在变着，但俄国的社会，在几百年专制压迫之下，绝不会轻易改革的。屠格涅夫虽然描写了各时代的新思潮，但在这些思潮底下，仍然是一个腐旧的虚伪的社会。黑暗的背景，时时在那些新的运动中露出狰狞的面目，充满着热情的青年们，时时受着旧时代人们的讥笑和诅咒，时时遇见事实上的重大打击。从《罗亭》到《新时代》，我们常常看见莱生绿奇式的贪慕着虚荣的女人们，拉特米罗夫将军式浅识的军吏们，和那西皮雅金式的虚伪的贵族们、那些哲学家、那些艺术家、那些维新家，更无处无时不出现他们上等人的脸面，那些可怜的脸面，聪明的人都可看出他们的无聊和浅薄，他们自己，却毫不怕羞地以为光荣，屠格涅夫不得不喊着“啊！这是个什么时代啊！”

时代是永远变动的，但不是时代本身有什么目的，他不会按照一定的目的用一定的方式向前走。一切都是偶然地盲目地走着，谁也不知道是为什么，谁也不知道怎样，到底时代怎样推进，怕也只有命运能决定罢！

人性是命运决定的，时代也是命运决定的，人性和时代反应出来的人生，还是命运决定的！

屠格涅夫自己曾说过：“所以我想，真理的根本问题是在各个人的信仰的忠实和信仰的力量上的，反之，事实的结果，却需取决在命运神的手里。只有命运之神能够告诉我们，我们在面前搏击的，究竟是幻像还是实在敌人？”啊！真理会是假的，命运倒是真的，这是什么人生之谜啊！

屠格涅夫的小说几乎每篇都在暗示着宿命论：

《初恋》中父亲和儿子会同爱一个女人；

《春潮中》为了预备结婚出卖房产的人却会忽然爱上买财产的人；

《贵族之家》中两个爱人会因一个荡妇的生死不明，演上了一幕恋爱的悲剧。

《烟》中两个旧情人又会重新燃烧起热情重受失恋的苦痛。

这种人生，只有命运可以解释。所以，罗亭曾说：“服从命运，不然，怎么办呢？”一个一个的人，自私自利的也好，信仰真理的也好，他们的人性，逃不了命运的支配；一个一个的时代，向前进的也好，开倒车的也好，逃不了命运的播弄；全人类的生活，都逃不了命运之神的掌握！

人类受了命运的管辖，是人类永久的悲哀。自己不愿服从，事实又逃避不了，只是背起十字架绝望地向前进，这种人生，是如何样的悲剧啊！屠格涅夫是宿命论者，自然有浓厚的悲观色彩，他写恋爱，恋爱是悲剧；他写革命，革命是悲剧；他写全部的人生，人生还是悲剧。读他的小说，我们认识的是人性的特点，看见的是一个时代的实状，感到的是人生永久的悲哀——人生的命运所支配的悲哀。

屠格涅夫曾拿烟来比喻人生，拿风比喻命运，全人类的生活正像烟啊，“这烟，不绝地升腾，或起或落，缠绕着，勾结着，在草上，在树梢，好像，好像滑稽的小丑，伸展出来，藏匿开去，一层一层地飞过……它们都永远地变迁着，但又还是一样单调地、急促地、厌倦地玩着！有时候风向转变了，这条烟，一时弯到左边，一时弯到右边，一时又全体不见。”“第二阵风吹来了，一切都向着反对方向冲去，在那儿又是一样的不倦地不停地——而且是无用地飞跃着！”

一切都是烟，一切都好似在那里永远变化着，新的代替旧的，幻影追逐着幻影；但其实呢又全是一样的，人们像烟样的匆匆飞着追求着，一点没得到什么又像烟样的无踪无影地消逝了！

原刊于 1930 年 1 月 16 日《中央大学半月刊》第 1 卷第 7 期

工程师的人生观

今天要赶十点四十分钟的飞机到台东，所以只能很简单地说几句话，很为抱歉。报上说我作学术讲演，这是不敢当。我是来向工学院拜寿的。昨夜我问秦院长希望我送什么礼物。晚上想想，认为最好的礼物，是讲讲工程师的思想史同哲学史。所以我便以此送给各位。

究竟什么算是工程师的哲学呢？什么算是工程师的人生观呢？因为时间很短，我当然不能把这个大的题目讲得满意，只是提出几点意思，给现在的工程师同将来的工程师作个参考。法国从前有一位科学家柏格生（Bergson）说："人是制器的动物。"过去有许多人说："人是有效力的动物。"也有许多人说："人是理智的动物。"而柏格生说："人是能够制造器具的动物。"这个初造器具的动物，是工程师的老祖宗。什么叫做工程师呢？工程师的作用，在能够找出自然界的利益，强迫自然世界把它的利益一个一个贡献出来；就是改造自然、征服自然、控制自然，以减除人的痛苦，增加人的幸福。这是工程师哲学的简单说法。

大家都承认：学作工程师的，每天在课堂里面上应该上的课，在试验室里面作应该作的试验，也许忽略了最大的目标，或者忽略了真正的基本——工程师的人生观。所以这个题目，是值得我们考虑的。

昨天在工学院教授座谈会中，我说：我到了六十二岁，还不知道我专门学的什么。起初学农；以后弄弄文学、弄弄哲学、弄弄历史；现在搞《水经注》，人家说我改弄地理。也许六十五岁以后七十岁的时候，说不定要到工学院作学生；只怕工学院的先生们不愿意收一个老学徒，说“老狗教不会新把戏”。今天，在工学院作学生不够资格的人，要来谈谈现在的工程师同将来的工程师的人生观，实属狂妄，就是有点大胆。不过我觉得我这个意思，值得提出来说说。人是能够制造器具的动物，别的动物，也有能够制造东西的，譬如：蜘蛛能够制造网，蜜蜂能够制造蜜糖，珊瑚虫能够制造珊瑚岛。而我们人同这些动物之所以不同，就是蜘蛛制造网的丝，是从肚子里出来的，它肚子里有无穷无尽的丝；蜜蜂采取百花，经一番制造，做成的确比原料高明的蜜糖：这些动物，可算是工程师；但是它的范围，它用的只是它自己的本能。珊瑚虫能够做成很大的珊瑚岛，也是本能的。人，如果只靠他的本能，讲起来也是有限得很的！人与蜘蛛、蜜蜂、珊瑚虫所以不同，是在他充分运用聪明才智，揭发自然的秘密，来改造自然、征服自然、控制自然。控制自然，为的是什么呢？不是像蜘蛛制网，为的捕虫子来吃；人控制自然，为的是要减轻人的劳苦，减除人的痛苦，增加人的幸福，使人类的生活格外丰富，格外有意义。这是“科学与工业的文化”的哲学。我觉得柏格生这个“人”的定义，同我们刚才简单讲的工程师的哲学、工程师的人生观、工程师的目标，是值得我们随时想想，随时考虑的。

这个话同这个目标，不是外国来的东西，可以说是我们老祖宗在几百年，甚至几千年以前，就有了这种理想了。目前有些人提倡读经；我倒很愿意为工程师背几句经书，来说明这个理想。

人如何能控制自然，制造器具呢？人控制自然这个观念，无论东方的圣人贤人，西方的圣人贤人，都是同样有的。我现在提出我们古人的几句话，使大家知道工程师的哲学，并不是完全外来的洋货。我常常喜欢把《易经·系辞》里面几句话翻成外国文给外国人看。这几句话是：“见乃谓之象；形乃谓之器；制而用之谓之法；利用出入，民咸用之，谓之神。”看见一个意思，叫做象；把这个意象变成一种东西——形，叫做器；大规模地制造出来，叫做法；老百姓用工程师制造出来的这些器具，都说好呀！好呀！但是不晓得这器具是从一种意象来的，所以看见工程师便叫做神。

希腊神话，说火是从天上偷来的；中国历史上发明火的燧人氏被称为古帝之一——神。火，是一个大发明。发明火的人，是一个大工程师。我刚才所举《易经·系辞》，从一个观念 ——意象 ——造成器具，这个意思，是了不得的。人类历史上所谓文化的进步，完全在制造器具的进步。文化的时代，是照工程师的成绩划分的。人类第一发明是火；大体说来，火的发现是文化的开始。下去为石器时代。无论旧石器时代、新石器时代，都是人类用智慧把石头造成器具的时候。再下去为青铜器时代，用铜制造器具，这是工程师最大的贡献。再下去为铁的时代。这是一个大的革命。后来把铁炼成钢。再下去发明蒸汽机，为蒸汽机时代。再下去运用电力，为电力的时代。现在为原子能时代，这都是制器的大进步。每一个大时代，都只是制器的原料与动力的大革命。从发明火以后，石器时代、铜器时代、铁器时代、电力时代、原子能时代，这些文化的阶段，都是依工程师所创造划分的。

这种理想，中国历史上早就有了的。工学院水工试验室要我写字，我写了两句话。这两句话，是《荀子·天论》篇里面的。《荀子·天论》篇，是中国古代了不得的哲学，也就是西方柏格生征服自然，以为人用的思想。《荀子·天论》篇说："从天而颂之，孰与制天命而用之？大天而思之，孰与物蓄而制裁之？"这个文字，依照清代学者校勘，稍需改动。但意思没有改动。"从天而颂之"，是说服从自然。"从天而颂之，孰与制天命而用之？"两句话连起来说，意思是：跟着自然走而歌颂，不如控制自然来用。"大天而思之"，是问自然是怎样来的。"大天而思之，孰与物蓄而制裁之？"是说：问自然从那里来的，不如把自然看成一种东西，养它、制裁它。把自然控制来用，中国思想史上只有荀子才说得这样彻底。从这两句话，也可以看出中国在两千二三百年前，就有控制天命 ——古人所谓天命，就是自然——把天命看作一种东西来用的思想。

“穷理致知”四个字，是代表七八百年前——十一世纪到十二世纪——宋朝的思想的。宋代程子、朱子提倡格物——穷理——的哲学。什么叫做“格物”呢？这有七十几种说法。今天我们不去研究这些说法。照程子、朱子的解释，“格物”是“即物而穷其理……即凡天下之物，莫不因其已知之理而益穷之，以求至乎其极”。这样的格物致知，可以扩大人的智识。程子说，“今天格一物，明天格一物，习而久之，自然贯通”。有人以范围问他，他说，“上自天地之高大，下至一草一木，都要格的”。这个范围，就是科学的范围、工程师的范围。

两千二三百年前，荀子就有“制天命而用之”的思想；七八百年前，程子、朱子就有格物——穷理——的哲学。这是科学的哲学，可算是工程师的哲学。我们老祖宗有这样好的思想、哲学，为什么不能作到科学工业的文化呢？简单一句话，我们不幸得很，二千五百年以前的时候，已经走上了自然主义的哲学一条路了。像《老子》《庄子》，以及更后的《淮南子》，都是代表自然主义思想的。这种自然主义的哲学发达得太早，而自然科学与工业发达得太迟：这是中国思想史的大缺点。

刚才讲的，人是用智慧制造器具的动物。这样，人就要天天同自然界接触，天天动手动脚的，抓住实物，把实物来玩，或者打碎它、煮它、烧它。玩来玩去，就可以发现新的东西，走上科学工业的一条路。比方“豆腐”，就是把豆子磨细，用其他的东西来点、来试验；一次、二次……经过许多次的试验，结果点成浆，做成功豆腐；做成功豆腐还不够，还要作豆腐干、豆腐乳。豆腐的做成，很显然，是与自然界接触，动手、动脚、多方试验的结果，不是对自然界看看、想想，或作一首诗恭维自然界就行了的。

顶好一个例子，是格物哲学到了明朝的一个故事。明朝有一位大哲学家王阳明，他说：“照程子、朱子的说法，要做圣人，要‘即物而穷其理’。‘即物穷理’，你们没有试验过，我王阳明试验过了。”有一天，他同一位姓钱的朋友研究格物，并由钱先生动手格竹子；拿一个凳子坐在竹子旁边望，望了三天三夜，格不出来，病了。王阳明说："你不够做圣人，我来格。"也端把椅子对着竹子望；望了一天一夜、两天两夜……到了七天七夜，王阳明也格不出来，病了。于是王阳明说："我们不配作圣人，不能格物。"从这个故事，可以看出传统的不动手动脚，拿天然实物来玩的习惯。今天工学院植物系的学生格竹子，是要把竹子劈开，用显微镜来细细地看，再加上颜色的水，作各种的试验，然后就可以判定竹子在工业上的地位。为什么王阳明格不出来，今天的工程师可以格出来？因王阳明没有动手动脚作器具的习惯，今天的工程师有动手动脚作器具的习惯。荀子"制天命而用之"的哲学，终敌不过老子、庄子"错（措）人而思天"的哲学。故程、朱的格物穷理的思想，终不能应用到自然界的实物上去，至多只能在"读书"上（文史的研究上）发生了一点功效。

今天送给各位工程师哲学的人生观，又约略讲了讲我们老祖宗为什么失败；为什么有了这样好的征服天然的理想、穷理致知的哲学，而没有造成功科学文化、工业文化。我们可以了解我们老祖宗让西方人赶上去了。同时，从西方人后来实现了我们老祖宗的理想，我们亦就可以知道，只要振作，是可以迎头赶上的。我们只要二十年、三十年的努力，就可以同世界上科学工业发达的国家站在一样的地位。

二十年前，中国科学社要我作一个社歌；后来请赵元任先生作了乐谱。今天我把这个东西送给各位工程师。这个《社歌》，一共三段十二句。

我们不崇拜自然。他是一个刁钻古怪；
我们要捶他、煮他，要叫他听我们的指派。

我们要他给我们推车；我们要他给我们送信。
我们要揭穿他的秘密，好叫他服事我们人。

我们唱天行有常；我们唱致知穷理。

明知道真理无穷，进一寸有一寸的欢喜。

这是胡适 1952 年 12 月 27 日参加台南工学院七周年纪念会的演说辞。

载同年 12 月 28 日《中央日报》。

收入 1953 年台北华国出版社出版的《胡适言论集》甲编。

十七年的回顾

我于前清光绪三十年的二月间从徽州到上海求那当时所谓“新学”。我进梅溪学堂后不到两个月，《时报》便出版了。那时正当日俄战争初起的时候，全国的人心大震动。但是当时的几家老报纸仍旧做那长篇的古文论说，仍旧保守那遗传下来的老格式与老办法，故不能供给当时的需要。就是那比较稍新的《中外日报》，也不能满足许多人的期望。《时报》应此时势而产生。他的内容与办法也确然能够打破上海报界的许多老习惯，能够开辟许多新法门，能够引起许多新兴趣。因此《时报》出世之后不久就成了中国智识阶级的一个宠儿。几年之后，《时报》与学校几乎成了不可分离的伴侣了。

我那年只有十四岁，求知的欲望正盛，又颇有一点文学的兴趣，因此我当时对于《时报》的感情比对于别报都更好些。我在上海住了六年，几乎没有一天不看《时报》的。我记得有一次《时报》征求报上登的一部小说的全份，似乎是《火里罪人》，我也是送去应征的许多人中的一个。我当时把《时报》上的许多小说诗话笔记长篇的专著都剪下来分粘成小册子，若有一天的报遗失了，我心里便不快乐，总想设法把他补起来。

我现在回想当时我们那些少年人何以这样爱恋《时报》呢？我想有两个大原因：第一，《时报》的短评在当日是一种创体，做的人也聚精会神地大胆说话，故能引起许多人的注意，故能在读者脑筋里发生有力的影响。我记得《时报》产生的第一年里有几件大案子：一件是周生有案，一件是大闹会审公堂案。《时报》对于这几件事都有很明决的主张，每日不但有“冷”的短评，有时还有几个人的签名短评，同时登出。这种短评在现在已成了日报的常套了，在当时却是一种文体的革新。用简短的词句，用冷隽明利的口吻，几乎逐句分段，使读者一目了然，不消费工夫去点句分段，不消费工夫去寻思考索。当日看报人的程度还在幼稚时代，这种明快冷刻的短评正合当时的需要。我还记得当周生有案快结束的时候，我受了《时报》短评的影响，痛恨上海道袁树勋的丧失国权，曾和两个同学写了一封长信去痛骂他。这也可见《时报》当日对于一般少年人的影响之大。这确是《时报》的一大贡献。我们试看这种短评，在这十七年来，逐渐变成了中国报界的公用文体，这就可见他们的用处与他们的魔力了。

第二，《时报》在当日确能引起一般少年人的文学兴趣。中国报纸登载小说大概最早的要算徐家汇的《汇报》。那时我还没有出世呢。但《汇报》登的小说一大部分后来汇刻为《兰苕馆外史》，都是《聊斋》式的怪异小说，没有什么影响。戊戌以后，杂志里时时有译著的小说出现。专提倡小说的杂志也有了几种，例如《新小说》及《绣像小说》（商务）。日报之中只有《繁华报》（一种“花报”），逐日登载李伯元的小说。那些“大报”好像还不屑做这种事业（这一点我不敢断定，我那时年纪太小了，看的报又不多，不知《时报》以前的“大报”有没有登小说的）。那时的几个大报大概都是很干燥枯寂的，他们至多不过能作一两篇合于古文义法的长篇论说罢了。《时报》出世以后每日登载“冷”或“笑”译著的小说，有时每日有两种冷血先生的白话小说，在当时译界中确要算很好的译笔。他有时自己也作一两篇短篇小说，如福尔摩斯来华侦探案等，也是中国人作新体短篇小说最早的一段历史。《时报》登的许多小说之中，双泪碑最风行。但依我看来，还应该推那些白话译本为最好。这知识差不多都是先从这部诗话里引起的。我们可以说《时报》的第二个大贡献是为中国日报界开辟一种带文学兴趣的“附张”。自从《时报》出世以来，这种文学附张的需要也渐渐地成为日报界公认的了。

这两件都是比较最大的贡献。此外如专电及要闻，分别轻重，参用大小字，如专电的加多，等等，在当日都是日报界的革新事业，在今日也都成为习惯，不觉得新鲜了。我们若回头去研究这许多习惯的由来，自不能不承认《时报》在中国日报史上的大功劳。简单说来，《时报》的贡献是在十七年前发起了几件重要的新改革。这几件新改革因为适合时代的需要，故后来的报纸也不能不尽量采用，就渐渐地变成中国日报不可少的制度了。

我是同《时报》做了六年好朋友的人，庚戌去国以后，虽然不能有从前的亲密，但也时常相见。现在看见《时报》长大成了一个十七岁的少年，我自然很欢喜。我回想我从前十四岁到十九岁的六年之中——个人最重要最容易感化的时期，受了《时报》的许多好影响，故很高兴地把我少年时对于《时报》的关系写出来，指出他对于当时读者和对于中国报界的贡献，作为《时报》的一段小史，并且表示我感谢他祝贺他的微意。

但是我们当此庆贺的纪念，与其追念过去的成功，远不如悬想将来的进步。过去的成绩只应该鼓励现在的人努力造一个更大更好的将来，这是“时”字的教训。倘若过去的光荣只使后来的人增加自满的心，不再求进步，那就像一个辛苦积钱的人成了家私之后天天捧着元宝玩弄，岂不成了一个守钱奴了吗？

我们都知道时代是常常变迁的，往往前一时代的需要，到了后一时代便不适用了。《时报》当日应时势的需要，为日报界开了许多法门，但当日所谓“新”的，现在已成旧习惯了，当日所谓“时”的，现在早已过时了。《时报》在当日是报界的先锋，但十七年来旧报都改新了，新报也出了不少了，当日的先锋在今日竟同着大队按步徐行了。大队今日之赶上先锋，自然未必不是先锋的功劳，但做先锋的人还应该努力向前争这个“先锋”的位置。我今年在上海时曾和《时报》的一位先生谈话，他说：“日报不当做先锋，因为日报是要给大多数人看的。”这位先生也是当日做先锋的人，这句话未免使我大失望。我以为日报因为是给大多数人看的，故最应该做先锋，故最适宜于做先锋。何以最适宜呢？因为日报能普及许多人，又可用“旦旦而伐之”的死工夫，故日报的势力最难抵抗，最易发生效果。何以最应该呢？因为日报既是这样有力的一种社会工具，若不肯做先锋，若自甘随着大队同行，岂不是放弃了一种大责任？岂不是错过了一个好机会？岂不是辜负了一种大委托吗？

即如《时报》早年的历史，便是一个明显的例。《时报》在当日为什么不跟着大家做长篇的古文论说呢？为什么要改作短评呢？为什么要加添文学的附录呢？《时报》倡出这种种制度之后，十几年之中，全国的日报都跟着变了，全国的看报人也不知不觉地变了。那几十万的读者，十几年来，从没有一个人出来反对某报某报体例的变更的。这就可见那大多数看报的人虽然不免有点天然的惰性，究竟抵不住“旦旦而伐之”的提倡力。假使《申报》今天忽然大变政策，大谈社会主义，难道那看《申报》的人明天就会不看《申报》了吗？又假使《新闻报》明天忽然大变政策，一律改用白话，难道那看《新闻报》的人后天就会不看《新闻报》了吗？我可以说：“决不会的。”看报人的守旧性乃是主笔先生的疑心暗鬼。主笔先生自己丧失了“先锋”的锐气，故觉得社会上多数人都不愿他努力向前。譬如戴绿眼镜的人看着一切东西都变绿了，如果他要知道荷花是红的、金子是黄的，他须得把这副绿眼镜除下来试试看。今天是《时报》新屋落成的纪念，也是他除旧布新的一个转机，我这个同《时报》一块长大的小时朋友，对他的祝词，只是：“《时报》是做过先锋的，是一个立过大功的先锋，我希望他不必抛弃了先锋的地位，我希望他发愤向前努力替社会开先路，正如他在十七年前替中国报界开了许多先路！”

十，十，三　北京

原载 1921 年 10 月 10 日《时报》

科学的人生观

今天讲的题目，就是“科学的人生观”，研究人是什么东西？在宇宙中占据什么地位？人生究竟有何意味？因为少年人近来觉得很烦闷，自杀、颓废的都有，我比较至少多吃了几斤盐、几担米，所以来计划计划，研究自身人的问题。至于人生观，各人不同，都随环境而改变，不可以一个人的人生观去统理一切；因为公有公理、婆有婆理，我们至少要以科学的立场，去研究它、解决它。“科学的人生观”有两个意思：第一拿科学做人生观的基础，第二拿科学的态度、精神、方法，做我们生活的态度、生活的方法。

现在先讲第一点，就是人生是什么？人生是啥事物？拿科学的研究结果来讲，我在民国十二年发表了十条，这十条就是武昌有一个主教称为新的《十诫》说我是中华基督教的危险物的。十条内容如下：

（一）要知道空间的大拿天文，物理考察，得着宇宙之大；从前孙行者翻筋斗，一翻翻到南天门，一翻翻到下界，天的观念，何等的小？现在从地球到银河中间的最近的一个星，中间距离，照孙行者一秒钟翻十万八千里的速率计算，恐怕翻一万万年也翻不到，宇宙是何等的大？地球是宇宙间的沧海之一粟，九牛之一毛，我们人类，更是小，真是不成东西的东西！以前看得人的地位太重了以为是万物之灵，同大地并行，凡是政治不良，就有彗星、地震的征象，这是错的。从前王充很能见得到，说：“一个虱子不能改变那裤子里的空气，和那人类不能改变皇天一样。”所以我们眼光要大。

（二）时间是无穷地长，从地质学、生物学的研究，晓得时间是无穷的长，以前开口五千年，闭口五千年，以为目空一切；不料世界太阳系的存在，有几万万年的历史，地球也有几万万年，生物至少有几千万年，人类也有二三百万年，所以五千年占很小的地位。明白了时间之长，就可以看见各种进步的演变，不是上帝一刻可以造成的。

（三）宇宙间自然的行动根据了一切科学，知道宇宙、万物都有一定不变的自然行动。“自然自己，也是如此”，就是自己自然如此，各物自己如此地行动，并没有一种背后的指示，或是一个主宰去规范他们。明白了这点，对于月蚀是月亮被天狗所吞的种种迷信，可以打破了。

（四）物竞天择的原理从生物学的知识，可以看到物竞天择的原理。鲫鱼下卵有几百万个，但是变鱼的只有几个；否则就要变成“鱼世界”了！大的吃小的，小的又吃更小的，人类都是如此。从此晓得人生不受安排，是自己如此的行动；否则要安排起来，为什么不安排一个完善的世界呢？

（五）人是什么东西从社会学、生理学、心理学方面去看，人是什么东西？吴稚晖先生说：“人是两手一个大脑的动物，与其他的不同，只在程度上的区别罢了。”人类的手，与鸡、鸭的掌差不多，实是他们的弟兄辈。

（六）人类是演进的，根据人种学来看，人类是演进的；因为要应付环境，所以要慢慢地变；不变不能生存，要灭亡了。所以从下等的动物，慢慢演进到高等的动物，现在还是演进。

（七）心理受因果律的支配，根据心理学、生物学来讲，心理现状是有因果律的。思想、做梦，都受因果律的支配，是心理、生理的现象，和头痛一般；所以人的心理说是超过一切，是不对的。

（八）道德、礼教的变迁，照生理学、社会学来讲，人类道德、礼教也是变迁的。以前以为脚小是美观，但是现在脚小要装大了。所以道德、礼教的观念，正在改进。以二十年、二百年或二千年以前的标准，来判断二十年、二百年、二千年后的状况，是格格不相入的。

（九）各物都有反应，照物理、化学来讲，物质是活的，原子分为电子，是动的。

石头倘然加了化学品，就有反应，像人打了一记，就有反动一样。不同的，只在程度不同罢了。

（十）人的不朽，根据一切科学知识，人是要死的，物质上的腐败，和猫死狗死一般，但是个人不朽的工作，是功德：在立德、立功、立言。善恶都是不朽。一块痰中，有微生物，这菌能散布到空间，使空气都恶化了；人的言语，也是一样。凡是功业、思想，都能传之无穷；匹夫匹妇，都有其不朽的存在。

我们要看破人世间，时间之伟大、历史的无穷，人是最小的动物，处处都在演进，要去掉那小我的主张，但是那小小的人类，居然现在对于制度、政治各种都有进步。

以前都是拿科学去答复一切，现在要用什么方法去解决人生，就是怎么生活，各人有各人的方法，但是，至少要有那科学的方法、精神、态度去做。分四点来讲：

一、怀疑

第一点是怀疑。三个弗相信的态度，人生问题就很多。有了怀疑的态度，就不会上当。以前我们幼时的智识，都从阿金、阿狗、阿毛等黄包车夫、娘姨处学来；但是现在自己要反省，问问以前的知识是否靠得住。

二、事实

我们要实事求是，现在像贴贴标语，什么打倒田中义一等，都仅务虚名，像豆腐店里生意不好，看看“对我生财”泄闷一样。又像是以前的画符，一画符病就好的思想。贴了打倒帝国主义，帝国主义就真的打倒了么？这不对，我们应做切实的工作，奋力地做去。

三、证据

怀疑以后，相信总要相信，但是相信的条件，就是拿凭据来。有了这一句，论理学诸书，都可以不读。赫胥尔的儿子死了以后，宗教家去劝他信教，但是他很坚决地说，“拿有上帝的证据来。”有了这种态度，就不会上当。

四、真理

朝夕地去求真理，不一定要成功，因为真理无穷，宇宙无穷；我们去寻求，是尽一点责任，希望在总分上，加上万万分之一。胜固是可喜，败也不足忧。明知赛跑，只有一个人第一，我们还要跑去；不是为我为私，是为大家。发明不是为发财，是为人类。英国有一个医生，发明了一种治肺的药。但是因为自秘，就被医学会开除了。

所以科学家是为求真理。庄子虽有“吾生也有涯，而知也无涯，以有涯逐无涯，殆已”的话头，但是我们还要向上做去，得一分就是一分、一寸就是一寸，可以有阿基米德氏发现浮力时叫 Eureka 的快活。有了这种精神，做人就不会失望。所以人生的意味，全靠你自己的工作；你要它圆就圆、方就方，是有意味；因为真理无穷，趣味无穷，进步快活也无穷尽。

本文是胡适 1928 年 5 月在苏州青年会的讲演，

原载于 1928 年 6 月 1 日、2 日上海《民国日报·觉悟》副刊

差不多先生传

你知道中国最有名的人是谁?

提起此人，人人皆晓，处处闻名。他姓差，名不多，是各省各县各村人氏。你一定见过他，一定听过别人谈起他。差不多先生的名字天天挂在大家的口头，因为他是中国全国人的代表。

差不多先生的相貌和你和我都差不多。他有一双眼睛，但看得不很清楚；有两只耳朵，但听得不很分明；有鼻子和嘴，但他对于气味和口味都不很讲究。他的脑子也不小，但他的记性却不很精明，他的思想也不很细密。

他常常说："凡事只要差不多，就好了。何必太精明呢？"

他小的时候，他妈叫他去买红糖，他买了白糖回来。他妈骂他，他摇摇头说："红糖白糖不是差不多吗？"

他在学堂的时候，先生问他："直隶省的西边是哪一省？"

他说是陕西。先生说："错了。是山西，不是陕西。"

他说："陕西同山西，不是差不多吗？"

后来他在一个钱铺里做伙计；他也会写，也会算，只是总不会精细。十字常常写成千字，千字常常写成十字。掌柜的生气了，常常骂他。他只是笑嘻嘻地赔小心道："千字比十字只多一小撇，不是差不多吗？"

有一天，他为了一件要紧的事，要搭火车到上海去。他从从容容地走到火车站，迟了两分钟，火车已开走了。他白瞪着眼，望着远远的火车上的煤烟，摇摇头道："只好明天再走了，今天走同明天走，也还差不多。可是火车公司未免太认真了。八点三十分开，同八点三十二分开，不是差不多吗？"他一面说，一面慢慢地走回家，心里总不明白为什么火车不肯等他两分钟。

有一天，他忽然得了急病，赶快叫家人去请东街的汪医生，那家人急急忙忙地跑去，一时寻不着东街的汪大夫，却把西街牛医王大夫请来了。差不多先生病在床上，知道寻错了人；但病急了，身上痛苦，心里焦急，等不得了，心里想道："好在王大夫同汪大夫也差不多，让他试试看罢。"于是这位牛医王大夫走近床前，用医牛的法子给差不多先生治病。不上一点钟，差不多先生就一命呜呼了。

差不多先生差不多要死的时候，一口气断断续续地说道："活人同死人也差……差……差不多……凡事只要……差……差……不多……就……好了，……何……何……必……太……太认真呢？"他说完了这句格言，方才绝气了。

他死后，大家都很称赞差不多先生样样事情看得破，想得通；大家都说他一生不肯认真，不肯算帐，不肯计较，真是一位有德行的人。于是大家给他取个死后的法号，叫他做圆通大师。

他的名誉越传越远，越久越大。无数无数的人都学他的榜样。于是人人都成了一个差不多先生。——然而中国从此就成为一个懒人国了。

本文最早发表于 1924 年 6 月 28 日《申报·平民周刊》第 1 期

我的母亲

我小时身体弱，不能跟着野蛮的孩子们一块儿玩。我母亲也不准我和他们乱跑乱跳。小时不曾养成活泼游戏的习惯，无论在什么地方，我总是文诌诌的。所以家乡老辈都说我“像个先生样子”，遂叫我做“麇先生”。这个绰号叫出去之后，人都知道三先生的小儿子叫做麇先生了。既有“先生”之名，我不能不装出点“先生”样子，更不能跟着顽童们“野”了。有一天，我在我家八字门口和一班孩子“掷铜钱”，一位老辈走过，见了我，笑道：“麇先生也掷铜钱吗？”我听了羞愧得面红耳热，觉得太失了“先生”的身份！

大人们鼓励我装先生样子，我也没有嬉戏的能力和习惯，又因为我确是喜欢看书，故我一生可算是不曾享过儿童游戏的生活。每年秋天，我的庶祖母同我到田里去“监割”（顶好的田，水旱无忧，收成最好，佃户每约田主来监割，打下谷子，两家平分），我总是坐在小树下看小说。十一二岁时，我稍活泼一点，居然和一群同学组织了一个戏剧班，做了一些木刀竹枪，借得了几副假胡须，就在村口田里做戏。我做的往往是诸葛亮、刘备一类的文角儿；只有一次我做史文恭，被花荣一箭从椅子上射倒下去，这算是我最活泼的玩艺儿了。

我在这九年（1895—1904）之中，只学得了读书写字两件事。在文字和思想的方面，不能不算是打了一点底子。但别的方面都没有发展的机会。有一次我们村里“当朋”（八都凡五村，称为“五朋”，每年一村轮着做太子会，名为“当朋”），筹备太子会，有人提议要派我加入前村的昆腔队里学习吹笙或吹笛。族里长辈反对，说我年纪太小，不能跟着太子会走遍五朋。于是我便失掉了这学习音乐的唯一机会。三十年来，我不曾拿过乐器，也全不懂音乐；究竟我有没有一点学音乐的天资，我至今还不知道。至于学图画，更是不可能的事。我常常用竹纸蒙在小说书的石印绘像上，摹画书上的英雄美人。有一天，被先生看见了，挨了一顿大骂，抽屉里的图画都被搜出撕毁了。于是我又失掉了学做画家的机会。

但这九年的生活，除了读书看书之外，究竟给了我一点做人的训练。在这一点上，我的恩师便是我的慈母。

每天天刚亮时，我母亲便把我喊醒，叫我披衣坐起。我从不知道她醒来坐了多久了。她看我清醒了，便对我说昨天我做错了什么事，说错了什么话，要我认错，要我用功读书。有时候她对我说父亲的种种好处，她说：“你总要踏上你老子的脚步。我一生只晓得这一个完全的人，你要学他，不要跌他的股。”（跌股便是丢脸，出丑。）她说到伤心处，往往掉下泪来。到天大明时，她才把我的衣服穿好，催我去上早学。学堂门上的锁匙放在先生家里；我先到学堂门口一望，便跑到先生家里去敲门。先生家里有人把锁匙从门缝里递出来，我拿了跑回去，开了门，坐下念生书。十天之中，总有八九天我是第一个去开学堂门的。等到先生来了，我背了生书，才回家吃早饭。

我母亲管束我最严。她是慈母兼任严父。但她从来不在别人面前骂我一句，打我一下。我做错了事，她只对我一望，我看见了她的严厉眼光，便吓住了。犯的事小，她等到第二天早晨我睡醒时才教训我。犯的事大，她等到晚上人静时，关了房门，先责备我，然后行罚，或罚跪，或拧我的肉。无论怎样重罚，总不许我哭出声音来。她教训儿子不是借此出气叫别人听的。

有一个初秋的傍晚，我吃了晚饭，在门口玩，身上只穿着一件单背心。

这时候我母亲的妹子玉英姨母在我家住，她怕我冷了，拿了一件小衫出来叫我穿上。我不肯穿，她说："穿上吧，凉了。"我随口回答："娘(凉)什么!老子都不老子呀。"我刚说了这一句，一抬头，看见母亲从家里走出，我赶快把小衫穿上。但她已听见这句轻薄的话了。晚上人静后，她罚我跪下，重重地责罚了一顿。她说："你没了老子，是多么得意的事!好用来说嘴!"她气得坐着发抖，也不许我上床去睡。我跪着哭，用手擦眼泪，不知擦进了什么微菌，后来足足害了一年多的眼翳病。医来医去，总医不好。我母亲心里又悔又急，听说眼翳可以用舌头舔去，有一夜她把我叫醒，真用舌头舔我的病眼。这是我的严师，我的慈母。

我母亲二十三岁做了寡妇，又是当家的后母。这种生活的痛苦，我的笨笔写不出一万分之一二。家中财政本不宽裕，全靠二哥在上海经营调度。大哥从小便是败子，吸鸦片烟，赌博，钱到手就光，光了便回家打主意，见了香炉便拿出去卖，捞着锡茶壶便拿出去押。我母亲几次邀了本家长辈来，给他定下每月用费的数目。但他总不够用，到处都欠下烟债赌债。每年除夕我家中总有一大群讨债的，每人一盏灯笼，坐在大厅上不肯去。大哥早已避出去了。大厅的两排椅子上满满的都是灯笼和债主。我母亲走进走出，料理年夜饭，谢灶神，压岁钱等事，只当做不曾看见这一群人。到了近半夜，快要"封门"了，我母亲才走后门出去，央一位邻舍本家到我家来，每一家债户开发一点钱。做好做歹的，这一群讨债的才一个一个提着灯笼走出去。一会儿，大哥敲门回来了。我母亲从不骂他一句。并且因为是新年，她脸上从不露出一点怒色。这样的过年，我过了六七次。

大嫂是个最无能而又最不懂事的人，二嫂是个很能干而气量很窄小的人。她们常常闹意见，只因为我母亲的和气榜样，她们还不曾有公然相骂相打的事。她们闹事时，只是不说话，不答话，把脸放下来，叫人难看；二嫂生气时，脸色变青，更是怕人。她们对我母亲闹气时，也是如此。我起初全不懂得这一套，后来也渐渐懂得看人的脸色了。我渐渐明白，世间最可厌恶的事莫如一张生气的脸；世间最下流的事莫如把生气的脸摆给旁人看。这比打骂还难受。

我母亲的气量大，性子好，又因为做了后母后婆，她更事事留心，事事格外容忍。大哥的女儿比我只小一岁，她的饮食衣服总是和我的一样。我和她有小争执，总是我吃亏，母亲总是责备我，要我事事让她。后来大嫂二嫂都生了儿子了，她们生气时便打骂孩子来出气，一面打，一面用尖刻有刺的话骂给别人听。我母亲只装做不听见。有时候，她实在忍不住了，便悄悄走出门去，或到左邻立大嫂家去坐一会，或走后门到后邻度嫂家去闲谈。她从不和两个嫂子吵一句嘴。

每个嫂子一生气，往往十天半个月不歇，天天走进走出，板着脸，咬着嘴，打骂小孩子出气。我母亲只忍耐着，忍到实在不可再忍的一天，她也有她的法子。这一天的天明时，她便不起床，轻轻地哭一场。她不骂一个人，只哭她的丈夫，哭她自己苦命，留不住她丈夫来照管她。她先哭时，声音很低，渐渐哭出声来。我醒了起来劝她，她不肯住。这时候，我总听得见前堂（二嫂住前堂东房）或后堂（大嫂住后堂西房）有一扇房门开了，一个嫂子走出房向厨房走去。不多一会，那位嫂子来敲我们的房门了。我开了房门，她走进来，捧着一碗热茶，送到我母亲床前，劝她止哭，请她喝口热茶。我母亲慢慢停住哭声，伸手接了茶碗。那位嫂子站着劝一会，才退出去。没有一句话提到什么人，也没有一个字提到这十天半个月来的气脸，然而各人心里明白，泡茶进来的嫂子总是那十天半个月来闹气的人。奇怪得很，这一哭之后，至少有一两个月的太平清静日子。

我母亲待人最仁慈，最温和，从来没有一句伤人感情的话。但她有时候也很有刚气，不受一点人格上的侮辱。我家五叔是个无正业的浪人，有一天在烟馆里发牢骚，说我母亲家中有事总请某人帮忙，大概总有什么好处给他。这句话传到了我母亲耳朵里，她气得大哭，请了几位本家来，把五叔喊来，她当面质问他，她给了某人什么好处。直到五叔当众认错赔罪，她才罢休。

我在我母亲的教训之下住了九年，受了她的极大极深的影响。我十四岁（其实只有十二岁零两三个月）便离开她了，在这广漠的人海里独自混了二十多年，没有一个人管束过我。如果我学得了一丝一毫的好脾气，如果我学得了一点点待人接物的和气，如果我能宽恕人，体谅人——我都得感谢我的慈母。

十九，十一，廿一夜

本文选自《胡适自传》，

黄山书社 1986 年版

第二章 为什么读书

问题当前，全靠有主意（Ideas）。主意从哪儿来呢？从学问经验中来。没有智识的人，见了问题，两眼白瞪瞪，抓耳挠腮，一个主意都不来。学问丰富的人，见着困难问题，东一个主意，西一个主意，挤上来，涌上来，请求你录用。

归国杂感

我在美国动身的时候，有许多朋友对我道："密斯忒胡，你和中国别了七个足年了，这七年之中，中国已经革了三次的命，朝代也换了几个了。真个是一日千里的进步，你回去时，恐怕要不认得那七年前的老大帝国了。"我笑着对他们说道："列位不用替我担忧。我们中国正恐怕进步太快，我们留学生回去要不认得他了，所以他走上几步，又退回几步。他正在那里回头等我们回去认旧相识呢。"

这话并不是戏言，乃是真话。我每每劝人回国时莫存大希望：希望越大，失望越大。所以我自己回国时，并不曾怀什么大希望。果然船到了横滨，便听得张勋复辟的消息。如今在中国已住了四个月了，所见所闻，果然不出我所料。七年没见面的中国还是七年前的老相识！到上海的时候，有一天，有一位朋友拉我到大舞台去看戏。我走进去坐了两点钟，出来的时候，对我的朋友说道："这个大舞台真正是中国的一个绝妙的缩本模型。你看这大舞台三个字岂不很新？外面的房屋岂不是洋房？里面的座位和戏台上的布景装潢又岂不是西洋新式？但是做戏的人都不过是赵如泉、沈韵秋、万盏灯、何家声、何金寿这些人。没有一个不是二十年前的旧古董！我十三岁到上海的时候，他们已成了老脚色了。如今又隔了十三年了，却还是他们在台上撑场面。这十三年造出来的新角色都到哪里去了呢？你再看那台上做的《举鼎观画》。那祖先堂上的布景，岂不很完备？只是那小薛蛟拿了那老头儿的书信，就此跨马加鞭，却忘记了台上布的景是一座祖先堂！又看那出《四进士》。台上布景，明明有了门了，那宋士杰却还要做手势去关那没有的门！上公堂时，还要跨那没有的门槛！你看这二十年前的旧古董，在二十世纪的大舞台上做戏；装上了二十世纪的新布景，却偏要做那二十年前的旧手脚！这不是一副绝妙的中国现势图吗？”

我在上海住了十二天，在内地住了一个月，在北京住了两个月，在路上走了二十天，看了两件大进步的事：第一件是“三炮台”的纸烟，居然行到我们徽州去了；第二件是“扑克”牌居然比麻雀牌还要时髦了。“三炮台”纸烟还不算希奇，只有那“扑克”牌何以会这样风行呢？有许多老先生向来学 A、B、C、D，是很不行的，如今打起“扑克”来，也会说“恩德”、“累死”“接客倭彭”了！这些怪不好记的名词，何以会这样容易上口呢？他们学这些名词这样容易，何以学正经的 A、B、C、D，又那样蠢呢？我想这里面很有可以研究的道理。新思想行不到徽州，恐怕是因为新思想没有“三炮台”那样中吃罢？ A、B、C、D 不容易教，恐怕是因为教的人不得其法罢？

我第一次走过四马路，就看见了三部教“扑克”的书。我心想“扑克”的书已有这许多了，那别种有用的书，自然更不少了，所以我就花了一天的工夫，专去调查上海的出版界。我是学哲学的，自然先寻哲学的书。不料这几年来，中国竟可以算得没有出过一部哲学书。找来找去，找到一部《中国哲学史》，内中王阳明占了四大页，《洪范》倒占了八页！还说了些“孔子既受天之命”、“与天地合德”的话。又看见一部《韩非子精华》，删去了《五蠹》和《显学》两篇，竟成了一部“韩非子糟粕”了。文学书内，只有一部王国维的《宋元戏曲史》是很好的，又看见一家书目上有翻译的萧士比亚剧本，找来一看，原来把会话体的戏剧，都改作了《聊斋志异》体的叙事古文！又看见一部《妇女文学史》，内中苏蕙的回文诗足足占了六十页！又看见《饮冰室丛著》内有《墨学微》一书，我是喜欢看看墨家的书的人，自然心中很高兴。不料抽出来一看，原来是任公先生十四年前的旧作，不曾改了一个字！此外只有一部《中国外交史》，可算是一部好书，如今居然到了三版了。这件事还可以使人乐观。此外那些新出版的小说，看来看去，实在找不出一部可看的小说。有人对我说，如今最风行的是一部《新华春梦记》，这也可想见中国小说界的程度了。

总而言之，上海的出版界——中国的出版界 ——这七年来简直没有两三部以上可看的书！不但高等学问的书一部都没有，就是要找一部轮船上、火车上消遣的书，也找不出！（后来我寻来寻去，只寻得一部吴稚晖先生的《上下古今谈》，带到芜湖路上去看。）我看了这个怪现状，真可以放声大哭。如今的中国人，肚子饿了，还有些施粥的厂把粥给他们吃。只是那些脑子叫饿的人可真没有东西吃了。难道可以把些《九尾龟》《十尾龟》来充饥吗？

中文书籍既是如此，我又去调查现在市上最通行的英文书籍。看来看去，都是些什么萧士比亚的《威匿思商》《麦克白传》、阿狄生的《文报选录》、戈司密的《威克斐牧师》、欧文的《见闻杂记》……大概都是些十七世纪十八世纪的书。内中有几部十九世纪的书，也不过是欧文、迭更司、司各脱、麦考来几个人的书，都是和现在欧美的新思潮毫无关系的。怪不得我后来问起一位有名的英文教习，竟连 Bernard Shaw 的名字也不曾听见过，不要说 Tchekoff 和 Andreyev 了。我想这都是现在一班教会学堂出身的英文教习的罪过。这些英文教习，只会用他们先生教过的课本。他们的先生又只会用他们先生的先生教过的课本。所以现在中国学堂所用的英文书籍，大概都是教会先生的太老师或太太老师们教过的课本！怪不得和现在的思想潮流绝无关系了。

有人说，思想是一件事，文学又是一件事，学英文的人何必要读与现代新思潮有关系的书呢？这话似乎有理，其实不然。我们中国人学英文，和英国、美国的小孩子学英文，是两样的。我们学西洋文字，不单是要认得几个洋字，会说几句洋话，我们的目的在于输入西洋的学术思想。所以我以为中国学校教授西洋文字，应该用一种“一箭射双雕”的方法，把“思想”和“文字”同时并教。例如教散文，与其用欧文的《见闻杂记》，或阿狄生的《文报选录》，不如用赫胥黎的《进化杂论》。又如教戏曲，与其教萧士比亚的《威匿思商》，不如用 Bernard Shaw 的 Androcles and the Lion，或是 Galsworthy 的 Strife 或 Justice。又如教长篇的文字，与其教麦考来的《约翰生行述》，不如教弥尔的《群己权界论》……我写到这里，忽然想起日本东京丸善书店的英文书目。那书目上，凡是英美两国一年前出版的新书，大概都有。我把这书目和商务书馆与伊文思书馆的书目一比较，我几乎要羞死了。

我回中国所见的怪现状，最普通的是“时间不值钱”。中国人吃了饭没有事做，不是打麻雀，便是打“扑克”。有的人走上茶馆，泡了一碗茶，便是一天了。

有的人拿一只鸟儿到处逛逛，也是一天了。更可笑的是朋友去看朋友，一坐下便生了根了，再也不肯走。有事商议，或是有话谈论，倒也罢了。其实并没有可议的事、可说的话。我有一天在一位朋友处有事，忽然来了两位客，是□□[①]馆的人员。我的朋友走出去会客，我因为事没有完，便在他房里等他。我以为这两位客一定是来商议这□□馆中什么要事的。不料我听得他们开口道：“□□先生，今回是打津浦火车来的，还是坐轮船来的？”我的朋友说是坐轮船来的。这两位客接着便说轮船怎样不便、怎样迟缓。又从轮船上谈到铁路上，从铁路上又谈到现在中交两银行的钞洋跌价。因此又谈到梁任公的财政本领，又谈到梁士诒的行踪去迹……谈了一点多钟，没有谈上一句要紧的话。后来我等得没法了，只好叫听差去请我的朋友。那两位客还不知趣，不肯就走。我不得已，只好跑了，让我的朋友去领教他们的“二梁优劣论”罢！

美国有一位大贤名弗兰克令（Benjamin Franklin）的，曾说道：“时间乃是造成生命的东西。”时间不值钱，生命自然也不值钱了。上海那些拣茶叶的女工，一天拣到黑，至多不过得二百个钱，少的不过得五六十钱！茶叶店的伙计，一天做十六七点钟的工，一个月平均只拿得两三块钱！还有那些工厂的工人，更不用说了。还有那些更下等、更苦痛的工作，更不用说了。人力那样不值钱，所以卫生也不讲究，医药也不讲究。我在北京、上海看那些小店铺里和穷人家里的种种不卫生，真是一种黑暗世界。至于道路的不洁净、瘟疫的流行，更不消说了。最可怪的是无论阿猫阿狗都可挂牌医病，医死了人，也没有人怨恨，也没有人干涉。人命的不值钱，真可算到了极端了。

现今的人都说教育可以救种种的弊病。但是依我看来，中国的教育，不但不能救亡，简直可以亡国。我有十几年没到内地去了，这回回去，自然去看看那些学堂。学堂的课程表，看来何尝不完备？体操也有，图画也有，英文也有，那些国文、修身之类，更不用说了。但是学堂的弊病，却正在这课程完备上。例如我们家乡的小学堂，经费自然不充足了，却也要每年花六十块钱去请一个中学堂学生兼教英文唱歌。又花二十块钱买一架风琴。我心想，这六十块一年的英文教习，能教什么英文？教的英文，在我们山里的小地方，又有什么用处？至于那音乐一科，更无道理了。请问那种学堂的音乐，还是可以增进"美感"呢？还是可以增进音乐知识呢？若果然要教音乐，为什么不去村乡里找一个会吹笛子的唱昆腔的人来教？为什么一定要用那实在不中听的二十块钱的风琴呢？那些穷人的子弟学了音乐回家，能买得起一架风琴来练习他所学的音乐知识吗？我真是莫名其妙了。所以我在内地常说："列位办学堂，尽不必问教育部规程是什么，需先问这块地方上最需要的是什么。譬如我们这里最需要的是农家常识、蚕桑常识、商业常识、卫生常识，列位却把修身教科书去教他们做圣贤！又把二十块钱的风琴去教他们学音乐！又请一位六十块钱一年的教习教他们英文！列位且自己想想看，这样的教育，造得出怎么样的人才？所以我奉劝列位办学堂，切莫注重课程的完备，需要注意课程的实用。尽不必去巴结视学员，且去巴结那些小百姓。视学员说这个学堂好，是没有用的，需要小百姓都肯把他们的子弟送来上学，那才是教育有成效了。"

以上说的是小学堂。至于那些中学校的成绩，更可怕了。我遇见一位省立法政学堂的本科学生，谈了一会，他忽然问道："听说东文是和英文差不多的，这话可真吗？"我已经大诧异了。后来他听我说日本人总有些岛国的习气，忽然问道："原来日本也在海岛上吗？"……这个固然是一个极端的例。但是如今中学堂毕业的人才，高又高不得，低又低不得，竟成了一种无能的游民。这都由于学校里所教的功课，和社会上的需要毫无关涉。所以学校只管多，教育只管兴，社会上的工人、伙计、账房、警察、兵士、农夫……还只是用没有受过教育的人。社会所需要的是做事的人才，学堂所造成的是不会做事又不肯做事的人才，这种教育不是亡国的教育吗？

我说我的“归国杂感”，提起笔来，便写了三四千字。说的都是些很可以悲观的话。但是我却并不是悲观的人。我以为这二十年来中国并不是完全没有进步，不过惰性太大，向前三步又退回两步，所以到如今还是这个样子。我这回回家寻出了一部叶德辉的《翼教丛编》，读了一遍，才知道这二十年的中国实在已经有了许多大进步。不到二十年前，那些老先生们，如叶德辉、王益吾之流，出了死力去驳康有为，所以这书叫做《翼教丛编》。我们今日也痛骂康有为。但二十年前的中国，骂康有为太新；二十年后的中国，却骂康有为太旧。如今康有为没有皇帝可保了，很可以做一部《翼教续编》来骂陈独秀了。这两部“翼教”的书的不同之处，便是中国二十年来的进步了。

民国七年一月

原载 1918 年 1 月 15 日《新青年》第 4 卷第 1 号

为什么读书

青年会叫我在未离南方赴北方之前在这里谈谈，我很高兴，题目是“为什么读书”。现在读书运动大会开始，青年会拣定了三个演讲题目。我看第二题目“怎样读书很有兴味”，第三题目“读什么书更有兴味”，第一题目无法讲，为什么读书，连小孩子都知道，讲起来很难为情，而且也讲不好。所以我今天讲这个题目，不免要侵犯其余两个题目的范围，不过我仍旧要为其余两位演讲的人留一些余地。现在我就把这个题目来试一下看。我从前也有过一次关于读书的演讲，后来我把那篇演讲录略事修改，编入三集《文存》里面，那篇文章题目叫做《读书》，其内容性质较近于第二题目，诸位可以拿来参考。今天我就来试试“为什么读书”这个题目。

从前有一位大哲学家做了一篇《读书乐》，说到读书的好处，他说：“书中自有千钟粟，书中自有黄金屋，书中自有颜如玉。”这意思就是说，读了书可以做大官，获厚禄，可以不至于住茅草房子，可以娶得年轻的漂亮太太（台下哄笑）。诸位听了笑起来，足见诸位对于这位哲学家所说的话不十分满意。现在我就讲所以要读书的别的原因。

为什么要读书？有三点可以讲：第一，因为书是过去已经知道的智识学问和经验的一种记录，我们读书便是要接受这人类的遗产；第二，为要读书而读书，读了书便可以多读书；第三，读书可以帮助我们解决困难、应付环境，并可获得思想材料的来源。我一踏进青年会的大门，就看见许多关于读书的标语。为什么读书？大概诸位看了这些标语就都已知道了，现在我就把以上三点更详细地说一说。

第一，因为书是代表人类老祖宗传给我们的智识的遗产，我们接受了这遗产，以此为基础，可以继续发扬光大，更在这基础之上，建立更高深更伟大的智识。人类之所以与别的动物不同，就是因为人有语言文字，可以把智识传给别人，又传至后人，再加以印刷术的发明，许多书报便印了出来。人的脑很大，与猴不同，人能造出语言，后来更进一步而有文字，又能刻木刻字；所以人最大的贡献就是 [留下] 过去的智识和经验，使后人可以节省许多脑力。非洲野蛮人在山野中遇见鹿，他们就画了一个人和一只鹿以代信，给后面的人叫他们勿追。但是把智识和经验遗给儿孙有什么用处呢？这是有用处的，因为这是前人很好的教训。现在学校里各种教科 [书]，如物理、化学、历史，等等，都是根据几千年来进步的智识编纂成书的，一年、两年，或者三年，教完一科。自小学、中学，而至大学毕业，这十六年中所受的教育，都是代表我们老祖宗几千年来得来的智识学问和经验。所谓进化，就是叫人节省劳力，蜜蜂虽能筑巢、能发明，但传下来就只有这一点智识，没有继续去改革改良，以应付环境，没有做格外进一步的工作。人呢，达不到目的，就再去求进步，而以前人的智识学问和经验作参考。如果每样东西，要每个人从头学起，而不去利用过去的智识，那不是太麻烦吗？所以人有了这智识的遗产，就可以自己去成家立业，就可以缩短工作，使有余力做别的事。

第二点稍复杂，就是为读书而读书。读书不是那么容易的一件事情，不读书不能读书，要能读书才能多读书。好比戴了眼镜，小的可以放大，糊涂的可以看得清楚，远的可以变为近。读书也要戴眼镜。眼镜越好，读书的了解力也越大。王安石对曾子固说："读经而已，则不足以知经。"所以他对于本草、内经、小说，无所不读，这样对于经才可以明白一些。王安石说："致其知而后读。"

请你们注意，他不说读书以致知，却说，先致知而后读书。读书固然可以扩充知识；但知识越扩充了，读书的能力也越大。这便是"为读书而读书"

的意义。

试举《诗经》作一个例子。从前的学者把《诗经》看作“美”“刺”的圣书，越讲越不通。现在的人应该多预备几副好眼镜，人类学的眼镜、考古学的眼镜、文法学的眼镜、文学的眼镜。眼镜越多越好，越精越好。例如“野有死麇，白茅包之。有女怀春，吉士诱之”；我们若知道比较民俗学，便可以知道打了野兽送到女子家去求婚，是平常的事。又如“钟鼓乐之，琴瑟友之”，也不必说什么文王太姒，只可看作少年男子在女子的门口或窗下奏乐唱和，这也是很平常的事。再从文法方面来观察，像《诗经》里“之子于归”“黄鸟于飞”“凤凰于飞”的“于”字；此外，《诗经》里又有几百个的“维”字，还有许多“助词”“语词”，这些都是有作用而无意义的虚字，但以前的人却从未注意及此。这些字若不明白，《诗经》便不能懂。再说在《墨子》一书里，有点光学、力学；又有点经济学。但你要懂得光学，才能懂得墨子所说的光；你要懂得各种智识，才能懂得《墨子》里一些最难懂的文句。总之，读书是为了要读书，多读书更可以读书。最大的毛病就在怕读书，怕读难书。越难读的书我们越要征服它们，把它们作为我们的奴隶或向导，我们才能够打倒难书，这才是我们的“读书乐”。若是我们有了基本的科学知识，那么，我们在读书时便能左右逢源。我再说一遍，读书的目的在于读书，要读书越多才可以读书越多。

第三点，读书可以帮助解决困难，应付环境，供给思想材料。知识是思想材料的来源。思想可分作五步。思想的起源是大的疑问。吃饭拉屎不用想，但逢着三叉路口、十字街头那样的环境，就发生困难了。走东或走西，这样做或是那样做，有了困难，才有思想。第二步要把问题弄清，究竟困难在那一点上。第三步才想到如何解决，这一步，俗话叫做出主意。但主意太多，都采用也不行，必须要挑选。但主意太少，或者竟全无主意，那就更没有办法了。第四步就是要选择一个假定的解决方法。要想到这一个方法能不能解决。若不能，那么，就换一个；若能，就行了。这好比开锁，这一个钥匙开不开，就换一个；假定是可以开的，那么，问题就解决了。第五步就是证实。

凡是有条理的思想都要经过这步，或是逃不了这五个阶段。科学家要解决问题，侦探要侦探案件，多经过这五步。

这五步之中，第三步是最重要的关键。问题当前，全靠有主意（Ideas）。主意从哪儿来呢？从学问经验中来。没有智识的人，见了问题，两眼白瞪瞪，抓耳挠腮，一个主意都不来。学问丰富的人，见着困难问题，东一个主意，西一个主意，挤上来，涌上来，请求你录用。读书是过去智识学问经验的记录，而智识学问经验就是要用在这时候，所谓养军千日，用在一朝。否则，学问再多都没有，遇到困难就要糊涂起来。例如达尔文把生物变迁现象研究了几十年，却想不出一个原则去整统他的材料。后来无意中看到马尔萨斯的人口论，说人口是按照几何学级数一倍一倍地增加，粮食是按照数学级数增加，达尔文研究了这原则，忽然触机，就把这原则应用到生物学上去，创了物竞天择的学说。读了经济学的书，可以得着一个解决生物学上的困难问题，这便是读书的功用。古人说："开卷有益。"正是此意。读书不是单为文凭功名，只因为书中可以供给学问知识，可以帮助我们解决困难，可以帮助我们思想。又譬如从前的人以为地球是世界的中心，后来天文学家哥白尼却主张太阳是世界的中心，绕着地球而行。据罗素说，哥白尼所以这样解说，是因为希腊人已经讲过这句话；假使希腊没有这句话，恐怕更不容易有人敢说这句话吧。这也是读书的好处。有一家书店印了一部旧小说叫做《醒世姻缘》，要我作序。这部书是西周生所著的，印好后在我家藏了六年，我还不曾考出西周生是谁。这部小说讲到婚姻问题，其内容是这样：有个好老婆，不知何故，后来忽然变坏，作者没有提及解决方法，也没有想到可以离婚，只说是前世作孽，因为在前世男虐待女，女就投生换样子，压迫者变为被压迫者。这种前世作孽，起先相爱，后来忽变的故事，我仿佛什么地方看见过。后来忽然想起《聊斋［志异］》一书中有一篇和这相类似的笔记，也是说到一个女子，起先怎样爱着她的丈夫，后来怎样变为凶太太，便想到这部小说大约是蒲留仙或是蒲留仙的朋友做的。去年我看到一本杂记，也说是蒲留仙做的，不过没有多大证据。今年我在北京，才找到了证据。这一件事可以解释刚才我所说的第二点，就是读书可以帮助读书，同时也可以解释第三点，就是读书可以供给出主意的来源。当初若是没有主意，到了逢着困难时便要手足无措，所以读书可以解决问题，就是军事、政治、财政、思想等问题，也都可以解决，这就是读书的用处。

我有一位朋友，有一次傍着灯看小说，洋灯装有油，但是不亮，因为灯芯短了。于是他想到《伊索寓言》里有一篇故事，说是一只老鸦要喝瓶中的水，因为瓶太小，得不到水，它就衔石投瓶中，水乃上来。这位朋友是懂得化学的，于是加水于灯中，油乃碰到灯芯。这是看《伊索寓言》给他看小说的帮助。读书好像用兵，养兵求其能用，否则即使坐拥十万二十万的大兵也没有用处，难道只好等他们“兵变”吗？

至于“读什么书”，下次陈钟凡先生要讲演，今天我也附带地讲一讲。我从五岁起到了四十岁，读了三十五年的书。我可以很诚恳地说，中国旧籍是经不起读的。中国有五千年文化，“四部”的书已是汗牛充栋。究竟有几部书应该读，我也曾经想过。其中有条理有系统的精心结构之作，二千五百年以来恐怕只有半打。“集”是杂货店，“史”和“子”还是杂货店。至于“经”，也只是杂货店，讲到内容，可以说没有一些东西可以给我们改进道德增进智识的帮助的。中国书不够读，我们要另开生路，辟殖民地，这条生路，就是每一个少年人必须至少要精通一种外国文字。读外国语要读到有乐而无苦，能做到这地步，书中便有无穷乐趣。希望大家不要怕读书，起初的确要查阅字典，但假使能下一年苦功，继续不断做去，那么，在一二年中定可开辟一个乐园，还只怕求知的欲望太大，来不及读呢。我总算是老大哥，今天我就根据我过去三十五年读书的经验，给你们这一个临别的忠告。

本文为胡适于1930年11月下旬在上海青年会的讲演词。
原载1930年12月至1931年2月《现代学生》第1卷第3、5期；
收入1994年人民教育出版社《胡适教论著选》等

智识的准备

一

在这个值得纪念的仪式完毕之后，你们就被列入少数特权分子之列——大学毕业生。今天并不是标示着人生一段时期的结束或完毕，而是一个新生活的开始，一个真正生活和真正充满责任的开端。

人家对你们作为大学毕业生的，总期望会与平常人有所不同，和大多数没有念过大学的人有所不同。他们预料你们言行会有怪异之处。

你们有些人或许不喜欢人家把你们目为与众不同、言行怪异的人。你们或许想要和群众混在一起，不分彼此。

让我们向你们保证，要回到群众中间，使人不分彼此，是一件容易做到的事。假如你们有这个愿望，你们随时都可以做到，你们随时都可以成为一个“好同伴”、一个“易于相处的人”，——而人们，包括你们自己，马上就会忘记你们曾经念过大学这回事。

虽然大学教育当然不该把我们造成为“势利之徒”和“古怪的人”，可是我们大学毕业生一直保留一点儿与众不同的标志，却也不是一件坏事。这一点儿与众不同的标志，我相信，是任何学术机构的教育家所最希望造成的。

大学男女学生与众不同的这个标志是什么呢？多数教育家都很可能会同意地说，那是一个多少受过训练的脑筋、一个多少有规律的思想方式——

这会使得，也应当使得，受大学教育的人显出有些与众不同的地方。

一个头脑受过训练的人在看一件事是用批判和客观的态度，而且也用适当的智识学问为凭依。他不容许偏见和个人的利益来影响他的判断，和左右他的观点。他一直都是好奇的，但是他绝对不会轻易相信人。他并不仓促地下结论，也不轻易地附和他人的意见，他宁愿耽搁一段时间，一直等到他有充分的时间来查考事实和证据后，才下结论。

总而言之，一个受过训练的头脑，就是对于易陷入偏见、武断和盲目接受传统与权威的陷阱，存有戒心和疑惧。同时，一个受过训练的脑筋绝不是消极或是毁灭性的。他怀疑人并不是喜欢怀疑的缘故；也并不是认为“所有的话都有可疑之处，所有的判断都有虚假之处”。他之所以怀疑是为了想确切相信一件事。为了要根据更坚固的证据和更健全的推理为基础，来建立或重新建立信仰。

你们四年的研究和实验工作一定教过你们独立思考、客观判断、有系统的推理，和根据证据来相信某一件事的习惯。这些就是，也应当是，标示一个人是大学生的标志。就是这些特征才使你们显得“与众不同”和“怪异”，而这些特征可能会使你们不负众望和不受欢迎，甚至为你们社会里大多数人所畏避和摒弃。

可是，这些有点令人烦恼的特点却是你们母校于你们居留在此时间中，所教导你们而为此最感觉自豪的事。这些求知习惯的训练，如果我没有判断错误的话，也就是你们在大学里有责任予以培养起来的，回家时从这个校园里所带走的，并且在你们整个一生和在你们一切各种活动中，所继续不断地实行和发展的。

伟大的英国科学家，同时也是哲学家的赫胥黎（Thomas. H. Huxley）曾说过：“一个人一生中最神圣的行为就是口里讲，内心深感觉到这句话：‘我相信某件事是实在的。’紧附在那个行为上的是人生存在世上一切最大的报酬和一切最严重的责罚。”要成功地完成这一个“最神圣的行为”，那应用在判断、思考，和信仰上的思想训练和规律是必要的。

所以在这一个值得纪念的日子，你们必须问自己的第一个问题就是：我是否获得所期望于为一个受大学教育的我所应有的充分智识训练吗？我的头脑是否有充分的装备和准备来做赫胥黎所说的“一个人一生中最神圣的行为”？

二

我们必须要体会到“一个人一生中最神圣的行为”也同时是我们日常所需做的行为。另一个英国哲学家弥尔（John Stuart Mill）曾说过：“各个人每天每时每刻都需要确切证实他所没有直接观察过的事情……法官、军事指挥官、航海人员、医师、农场经营者（我们还可以加上一般的公民和选民）的事，也不过是将证据加以判断，并按照判断采取行动……就根据他们做法（思考和推论）的优劣，就可决定他们是否尽其分内的职责。这是头脑所不停从事的职责。”

由于人人每日每时都需要思考，所以人在思考时，极容易流于疏忽、漠不关心和习惯性的态度。大学教育毕竟难以教给我们一整套精通与永久适用的求知习惯，原因是其所需的时间远超过大学的四年。大学毕业生离开了他的实验室和图书馆，往往感觉到他已经工作得太劳累、思考得太辛苦，毕业后应当享受到一种可以不必求知识的假期。他可能太忙或者太懒，而无法把他在大学里刚学到而还没有精通的知识训练继续下去。他可能不喜欢标榜自己为受过大学教育“好炫耀博学的人”。他可能发现讲幼稚的话与随和大众的反应是一种调剂，甚至是一种愉快的事。无论如何，大学毕业生离开大学之后，最普遍的危险就是溜回到怠惰和懒散方式的思考和信仰。

所以大学生离开学校后，最困难的问题就是如何继续培养精稔实验室研究的思考态度和技术，以便将这种思考的态度和技术扩展到他日常思想、生活和各种活动上去。

天下没有一个普遍适用以提防这种懒病复发的公式。但是我们仍然想献给列位一个简单的妙计，这个妙计对我自己和对我的学生和朋友都很实用。

我所想要建议的是各个大学毕业生都应当有一个或两个或更多足以引起兴趣和好奇心的疑难问题，借以激起他的注意、研究、探讨，或实验的心思。你们大家都知道的，一切科学的成就都是由于一个疑难的问题碰巧激起某一个观察者的好奇心和想象力所促成的。有人说没装备良好的图书馆和实验室是无法延续求知的兴趣。这句话是不确实的。请问亚基米德、伽利略、牛顿、法拉第，或者甚至达尔文或巴斯德究竟有什么实验室或图书馆的装备呢？一个大学毕业生所需要的仅是一些会激起他的好奇心，引起他的求知欲和挑激他的想法求解决的有趣的难题。那种挑激引发的性质就足够引致他搜集资料、触类旁通、设计工具，和建立简单而适用的试验和实验室。一个人对于一些引人好奇的难题不发生兴趣的话，就是处在设备良好的实验室和博物馆中，智识上也不会有任何发展。

四年的大学教育所给予我们的，毕业只不过是已经研究出来和尚未研究出来的学问浩瀚范围的一瞥而已。不管我们主修的是哪一个科目，我们都不应当有自满的感觉，以为在我们专门科目范围内，已经没有不解决的问题存在。凡是离开母校大门而没有带一两个智识上的难题回家去，和一两个在他清醒时一直缠绕着他的问题，这个人的智识生活可以说是已经寿终正寝了。

这是我给你们的劝告：在这一个值得纪念的日子里，你们该花费几分钟，为你们自己列一个智识的清单，假如没有一两个值得你们下决心解决的智识难题，就不轻易步入这个大世界。你们不能带走你们的教授，也不能带走学校的图书馆和实验室。可是你们带走几个难题。这些难题时刻都会使你们智识上的自满和怠惰下来的心受到困扰。除非你们向这些难题进攻，并加以解决，否则你们就一直不得安宁。那时候，你们看吧，在处理和解决这些小难题的时候，你们不但使你们思考和研究的技术逐渐纯熟和精稔，而且同时开拓出智识的新地平线并达到科学的新高峰。

三

这种一直有一些激起好奇心和兴趣疑难问题来刺激你们的小妙计有许多功用。这个妙计可使你们一生中对研究学问的兴趣永存不灭，可开展你们新嗜好的兴趣，把你们日常生活提高到超过惯性和苦闷的水准之上。常常在沉静的夜里，你们突然成功地解决了一个讨厌的难题而很希望叫醒你们的家人，对他们叫喊着说："我找到了，我找到了！"那时候给你们的是智识上的狂喜和很大的乐趣。

但是这种自找问题和解决问题方式最重要的用处，是在于用来训练我们的能力，磨炼我们的智慧，而因此使我们能精稔实验与研究的方法和技术。对思考技术的精稔可能引使你们达到创造性的智识高峰；但是也同时会渐渐地普遍应用在你们整个生活上，并且使你们在处理日常活动时，成为比较懂得判断的人，会使你们成为更好的公民、更聪明的选民、更有智识的报纸读者，成为对于目前国家大事或国际大事一个更为胜任的评论者。

这个训练对于为一个民主国家里公民和选民的你们是特别重要的。你们所生活的时代是一片充满了惊心动魄事件的时代，一个势要毁灭你们政府和文化根基的战争时代。而从各方面拥集到你们身上的是强有力的不让人批驳的思想形态，巧妙的宣传，以及随意歪曲的历史。希望你们在这个要把人弄得团团转的旋风世界中，要建立起你们的判断力，要下自己的决定，投你们的票，和尽你们的本分。

有人会警告你们要特别提高警觉，以提防邪恶宣传的侵袭。可是你们要怎样做才能防御宣传的侵入呢？因为那些警告你们的人本身往往就是职业的宣传员，只不过他们罐头上所用的是不同的商标；但这些罐头里照样是陈旧的和不准批驳的东西！

例如，有人告诉你们，上次世界大战所有一切唯心论的标语，像"为世界民主政治的安全而战"和"以战争来消弭战争"，这些话，都是想讨人欢喜的空谈和烟幕而已。但是揭露这件事的人也就是宣传者，他要我们全体都相信美国之参加上次世界大战是那些“担心美元英镑贬值”放高利贷者和发战争财者所促成的。

再看另一个例子。你们是在一个信仰所培养之下长大起来的。这些信仰就是相信你们的政府形式，属于人民的政府，尊敬个人的自由，特别是相信那保护思想、信仰、表达和出版等自由的政府形式是人类最伟大的成就之一；但是我们这一代的新先知们却告诉你们说，民主的代议政府仅是资本主义制度下的一个必然的副产品，这个制度并没有实质的优点，也没有永恒的价值；他们又说个人的自由并不一定是人们所希求的；为了集体的福利和权力的利益起见，个人的自由应当视为次要的，甚至应当加以抑压下去的。

这些和许多其他相反的论调到处都可以看到听到，都想要迷惑你们的思想，麻木你们的行动。你们需要怎么样准备自己来对付一切所有这些相反的论调呢？当然不会是紧闭着眼睛不看、掩盖着耳朵不听吧。当然也不会躲在良好的古老传统信仰的后面求庇护吧，因为受攻击和挑衅的就是古老的传统本身。当然也不会是诚心诚意地接受这种陈腔滥调和不准批驳的思想和信仰的体系，因为这样一个教条式的思想体系可能使你们丢失了很多的独立思想，会束缚和奴役你们的思想，以致从此之后，你们在智识上说，仅是机械一个而已。

你们可能希望能保持精神上的平衡和宁静，能够运用你们自己的判断，唯一的方法就是训练你们的思想，精稔自由沉静思考的技术。使我们更充分了解智识训练的价值和功效的就是在这智识困惑和混乱的时代。这个训练会使我们能够找到真理——使我们获得自由的真理。

关于这种训练与技术，并没有什么神秘的地方。那就是你们在实验室里所学到的，也就是你们最优秀的教师终生所从事，而在你们研究论文上所教你们的方法，那就是研究和实验的科学方法。也就是你们要学习应用于解决我所劝你们时刻要找一两个疑难问题所用的同样方法。这个方法，如果训练得纯熟精通，会使我们能在思考我们每天必须面对有关社会、经济和政治各项问题时，会更清楚、会更胜任的。

以其要素言，这个科学技术包括非常专心注意于各种建议、思想和理论，以及后果的控制和试验。一切思考是以考虑一个困惑的问题或情况开始的。所有一切能够解决这个困惑问题的假设都是受欢迎的。但是各个假设的论点却必须以在采用后可能产生的后果来作为适用与否的试验，凡是其后果最能满意克服原先困惑所在的假设，就可接受为最好和最真实的解决方法。这是一切自然、历史和社会科学的思考要素。

人类最大的谬误，就是以为社会和政治问题简单得很，所以根本不需要科学方法的严格训练，而只要根据实际经验就可以判断，就可以解决。

但是事实却是刚刚相反的。社会与政治问题是关联着千千万万人命和福利的问题。就是由于这些极具复杂性和重要性的问题是十分困难的，所以使得这些问题到今日还没有办法以准确的定量衡量方法和试验与实验的精确方法来计量。甚至以最审慎的态度和用严格的方法无法保证绝无错误。但是这些困难却省免不了我们用尽一切审慎和批判的洞察力来处理这些庞大的社会和政治问题的必要。

两千五百年前某诸侯问孔子说："一言而可以兴邦，……一言而丧邦有诸……"

想到社会与政治的问题，总会提醒我们关于向孔子请教的这两个问题，因为对社会与政治的思考必然会连带想起和计划整个国家、整个社会，或者整个世界的事。所以一切社会与政治理论在用以处理一个情况时，如果粗心大意或固守教条，严重地说来，可能有时候会促成预料不到的混乱、退步、战争，和毁灭，有时就真的是一言兴邦、一言丧邦。

刚就在前天，希特勒对他的军队发出一个命令，其中说到一句话：他要决定他的国家和人民未来一千年的命运！

但希特勒先生一个人是无法以个人的思想来决定千千万万人的生死问题。你们在这里所有的人需要考虑你们即将来临的本地与全国选举中有所选择，所有的人需要对和战问题表达意见，并下决定。是的，你们也会考虑到一个情况，你们在这个情况中的思考是正确、是错误，就会影响千千万万人的福利，也可能直接或间接地决定未来一千年世界与其文化的命运！

所以为少数特权阶级的我们大学男女，严肃地和胜任地把自己准备好，以便像在今日的这个时代、这个世界，每日从事思考和判断，把我们自己训练好，以便作有责任心的思考，乃是我们神圣的任务。

有责任心的思考至少含着三个主要的要求：第一，把我们的事实加以证明，把证据加以考查；第二，如有差错，谦虚地承认错误，慎防偏见和武断；第三，愿意尽量彻底获致一切会随着我们观点和理论而来的可能后果，并且道德上对这些后果负责任。

怠惰地思考，容许个人和党团的因素不知不觉地影响我们的思考，接受陈腐和不加分析的思想为思考之前提，或者未能努力以获致可能后果，来试验一个人的思想是否正确等就是智识上不负责任的表现。

你们是否充分准备来做这件在你们一生中最神圣的行动——有责任心的思考？

本文系胡适1941年6月中旬在美国普渡大学毕业典礼上的讲演，录自1984年台北联经初版的《胡适之先生年谱长编稿》第5册

爱国运动与求学

当五月七日北京学生包围章士钊宅，警察拘捕学生的事件发生以后，北京各学校的学生团体即有罢课的提议。有些学校的学生因为北大学生会不曾参加五七的事，竟在北大第一院前辱骂北大学生不爱国。北大学生也有很愤激的，有些人竟贴出布告攻击北大代理校长蒋梦麟媚章媚外。然而几日之内，北大学生会举行总投票表决罢课问题，共投一千一百多票，反对罢课者八百余票，这件事真使一班留心教育问题的人心里欢喜。可喜的不在罢课案的被否决，而在一、投票之多，二、手续的有秩序，三、学生态度的镇静。我的朋友高梦在上海读了这段新闻，写了一封长信给我，讨论此事，说，这样做去，便是在求学的范围以内做救国的事业，可算是在近年学生运动史上开一个新纪元。——只可惜我还没有回高先生的信，上海“五卅”的事件已发生了，前二十天的秩序与镇静都无法维持了。于是六月三日以后，全国学校遂都罢课了。

这也是很自然的。在这个时候，国事糟到这步田地，外间的刺激这么强：上海的事件未了，汉口的事件又来了，接着广州、南京的事件又来了：在这个时候，许多中年以上的人尚且忍耐不住，许多六十老翁尚且要出来慷慨激昂地主张宣战，何况这无数的少年男女学生呢？

我们观察这七年来的“学潮”，不能不算民国八年的“五四”事件与今年的“五卅”事件为最有价值。这两次都不是有什么作用，事前预备好了然后发动的；这两次都只是一般青年学生的爱国血诚，遇着国家的大耻辱，自然爆发，纯然是烂漫的天真，不顾利害地干将去，这种“无所为而为”的表示是真实的、可敬爱的。许多学生都是不愿意牺牲求学的时间的；只因为临时发生的问题太大了、刺激太强烈了，爱国的感情一时迸发，所以什么都顾不得了：功课也不顾了，秩序也不顾了，辛苦也不顾了。所以北大学生总投票表决不罢课之后，不到二十天，也就不能不罢课了。二十日前不罢课的表决可以表示学生不愿意牺牲功课的诚意；二十日后毫无勉强地罢课参加救国运动，可以证明此次学生运动的牺牲的精神。这并非前后矛盾：有了前回的不愿牺牲，方才更显出后来的牺牲之难能而可贵。岂但北大一校如此？国中无数学校都有这样的情形。

但群众的运动总是不能持久的。这并非中国人的“虎头蛇尾”“五分钟的热度”。这是世界人类的通病。所谓“民气”，所谓“群众运动”，都只是一时的大问题刺激起来的一种感情上的反应。感情的冲动是没有持久性的；无组织又无领袖的群众行动是最容易松散的。我们不看见北京大街的墙上大书着“打倒英日”不要五分钟的热度吗？其实写那些大字的人，写成之后，自己看着很满意，他的“热度”早已消除大半了；他回到家里，坐也坐得下了，睡也睡得着了。所谓“民气”，无论在中国在欧美，都是这样：突然而来，倏然而去。几天一次的公民大会，几天一次的示威游行，虽然可以勉强多维持一会儿，然而那回天安门打架之后，国民大会也就不容易召集了。

我们要知道，凡关于外交的问题，民气可以督促政府，政府可以利用民气：民气与政府相为声援方才可以收效。没有一个像样的政府，虽有民气，终不能单独成功。因为外国政府决不能直接和我们的群众办交涉；民众运动的影响（无论是一时的示威或是较有组织的经济抵制）终是间接的。一个健全的政府可以利用民气作后盾，在外交上可以多得胜利，至少也可以少吃点亏。若没有一个能运用民气的政府，我们可以断定民众运动的牺牲的大部分是白白地糟蹋了的。

倘使外交部于六月二十四日同时送出沪案及修改条约两照会之后即行负

责交涉，那时民气最盛，海员罢工的声势正大，沪案的交涉至少可以得一个比较满人意的结果。但这个政府太不像样了：外交部不敢自当交涉之冲，却要三个委员来代肩末梢；三个委员都是很聪明的人，也就乐得三揖三让，延搁下去。他们不但不能用民气，反惧怕民气了！况且某方面的官僚想借这风潮延长现政府的寿命；某方面的政客也想借这问题延缓东北势力的侵逼。他们不运用民气来对付外人，只会利用民气来便利他们自己的志气！于是一误，再误，至于今日，沪案及其他关联之各案丝毫不曾解决，而民气却早已成了强弩之末了！

上海的罢工本是对英日的，现在却是对邮政当局、商务印书馆、中华书局了。北京的学生运动一变而为对付杨荫榆，又变而为对付章士钊了。广州对英的事件全未了结，而广州城却早已成为共产与反共产的血战场了。三个月的“爱国运动”的变相竟致如此！

这时候有一件差强人意的事，就是全国学生总会议决秋季开学后各地学生应一律到校上课，上课后应努力于巩固学生会的组织，为民众运动的中心。北京学联会也决议北京各校同学于开学前务必到校，一面上课，一面仍继续进行。

这是很可喜的消息。全国学生总会的通告里并且有“‘五卅’运动并非短时间所可解决”的话。我们要为全国学生下一转语：救国事业更非短时间所能解决：帝国主义不是赤手空拳打得倒的；“英日强盗”也不是几千万人的喊声咒得死的。救国是一件顶大的事业：排队游街，高喊着“打倒英日强盗”，算不得救国事业；甚至于砍下手指写血书，甚至于蹈海投江，杀身殉国，都算不得救国的事业。救国的事业须要有各色各样的人才；真正的救国的预备在于把自己造成一个有用的人才。

易卜生说得好：真正的个人主义在于把你自己这块材料铸造成个东西。

他又说：有时候我觉得这个世界就好像大海上翻了船，最要紧的是救出我自己。在这个高唱国家主义的时期，我们要很诚恳地指出：易卜生说的“真正的个人主义”正是到国家主义的唯一大路。救国须从救出你自己下手！

学校固然不是造人才的唯一地方，但在学生时代的青年却应该充分地利用学校的环境与设备来把自己铸造成个东西。我们须要明白了解：

救国千万事，何一不当为？而吾性所适，仅有一二宜。认清了你“性之所近，而力之所能勉”的方向，努力求发展，这便是你对国家应尽的责任，这便是你的救国事业的预备工夫。国家的纷扰，外间的刺激，只应该增加你求学的热心与兴趣，而不应该引诱你跟着大家去呐喊，呐喊救不了国家。即使呐喊也算是救国运动的一部分，你也不可忘记你的事业有比呐喊重要十倍百倍的。你的事业是要把你自己造成一个有眼光有能力的人才。

你忍不住吗？你受不住外面的刺激吗？你的同学都出去呐喊了，你受不了他们的引诱与讥笑吗？你独坐在图书馆里觉得难为情吗？你心里不安吗？——这也是人情之常，我们不怪你：我们都有忍不住的时候。但我们可以告诉你一两个故事，也许可以给你一点鼓舞：——德国大文豪哥德（Goethe）在他的年谱里曾说，他每遇着国家政治上有大纷扰的时候，他便用心去研究一种绝不关系时局的学问，使他的心思不致受外界的扰乱。所以拿破仑的兵威逼迫德国最厉害的时期里，哥德天天用功研究中国的文物。又当利俾瑟之战的那一天哥德正关着门，做他的名著 Essex 的“尾声”。德国大哲学家费希特（Fichte）是近代国家主义的一个创始者。然而他当普鲁士被拿破仑践破之后的第二年（1807）回到柏林，便着手计划一个新的大学——即今日之柏林大学。那时候，柏林还在敌国驻兵的掌握里。费希特在柏林继续讲学，在很危险的环境里发表他的“告德意志民族”（Redengl die deut schenation）。往往在他讲学的堂上听得见敌人驻兵操演回来的笳声。他这一套讲演——“告德意志民族”——忠告德国人不要灰心丧志，不要惊慌失措；他说，德意志民族是不会亡国的；这个民族有一种天赋的使命，就是要在世间建立一个精神的文明——德意志的文明，他说：这个民族的国家是不会亡的。

后来费希特计划的柏林大学变成了世界的一个最有名的学府；他那部“告德意志民族”不但变成了德意志帝国建国的一个动力，并且成了十九世纪全世界的国家主义的一种经典。

上边的两段故事是我愿意介绍给全国的青年男女学生的。我们不期望人人都做哥德与费希特。我们只希望大家知道：在一个扰攘纷乱的时期里跟着人家乱跑乱喊，不能就算是尽了爱国的责任，此外还有更难更可贵的任务：在纷乱的喊声里，能立定脚跟，打定主意，救出你自己，努力把你这块材料铸造成个有用的东西！

本文原载于1925年9月5日《现代评论》第2卷第39期

新思潮的意义

近来报纸上发表过几篇解释“新思潮”的文章。我读了这几篇文章，觉得他们所举出的新思潮的性质，或太琐碎，或太笼统，不能算作新思潮运动的真确解释，也不能指出新思潮的将来趋势。即如包世杰先生的《新思潮是什么》一篇长文，列举新思潮的内容，何尝不详细？但是他究竟不曾使我们明白那种种新思潮的共同意义是什么。比较最简单的解释要算我的朋友陈独秀先生所举出的新青年两大罪——其实就是新思潮的两大罪案——一是拥护德莫克拉西先生（民治主义），一是拥护赛因斯先生（科学）。陈先生说：要拥护那德先生，便不得不反对孔教、礼法、贞节、旧伦理，旧政治。要拥护那赛先生，便不得不反对旧艺术、旧宗教。要拥护德先生，又要拥护赛先生，便不得不反对国粹和旧文学。

这话虽然很简明，但是还嫌太笼统了一点。假使有人问：“何以要拥护德先生和赛先生便不能不反对国粹和旧文学呢？”答案自然是：“因为国粹和旧文学是同德赛两位先生反对的。”又问：“何以凡同德赛两位先生反对的东西都该反对呢？”这个问题可就不是几句笼统简单的话所能回答的了。

据我个人的观察，新思潮的根本意义只是一种新态度。这种新态度可叫做“评判的态度”。

评判的态度，简单说来，只是凡事要重新分别一个好与不好。仔细说来，评判的态度含有几种特别的要求：

（1）对于习俗相传下来的制度风俗，要问："这种制度现在还有存在的价值吗？"

（2）对于古代遗传下来的圣贤教训，要问："这句话在今日还是不错吗？"

（3）对于社会上糊涂公认的行为与信仰，都要问："大家公认的，就不会错了吗？人家这样做，我也该这样做吗？难道没有别样做法比这个更好、更有理、更有益的吗？"

尼采说现今时代是一个"重新估定一切价值"（Transvaudtion of all Valuss）的时代。"重新估定一切价值"八个字便是评判的态度的最好解释。从前的人说妇女的脚越小越美。现在我们不但不认小脚为"美"，简直说这是"惨无人道"了。十年前，人家和店家都用鸦片烟敬客。现在鸦片烟变成犯禁品了。二十年前，康有为是洪水猛兽一般的维新党。现在康有为变成老古董了。康有为并不曾变换，估价的人变了，故他的价值也跟着变了。这叫做"重新估定一切价值"。

我以为现在所谓"新思潮"，无论怎样不一致，根本上同有这公共的一点——评判的态度。孔教的讨论只是要重新估定孔教的价值。文学的评论只是要重新估定旧文学的价值。贞操的讨论只是要重新估定贞操的道德在现代社会的价值。旧戏的评论只是要重新估定旧戏在今日文学上的价值。礼教的讨论只是要重新估定古代的纲常礼教在今日还有什么价值。女子的问题只是要重新估定女子在社会上的价值。政府与无政府的讨论，财产私有与公有的讨论，也只是要重新估定政府与财产等制度在今日社会的价值。我也不必往下数了，这些例很够证明这种评判的态度是新思潮运动的共同精神。

这种评判的态度，在实际上表现时，有两种趋势。一方面是讨论社会上、政治上、宗教上、文学上种种问题。一方面是介绍西洋的新思想、新学术、新文学、新信仰。前者是"研究问题"，后者是"输入学理"。这两项是新思潮的手段。

我们随便翻开这两三年以来的新杂志与报纸，便可以看出这两种的趋势。在研究问题一方面，我们可以指出（1）孔教问题，（2）文学改革问题，

（3）国语统一问题，（4）女子解放问题，（5）贞操问题，（6）礼教问题，（7）教育改良问题，（8）婚姻问题，（9）父子问题，（10）戏剧改良问题，等等。在输入学理一方面，我们可以指出《新青年》的“易卜生号”、“马克思号”，《民铎》的“现代思潮号”，《新教育》的“杜威号”，《建设》的“全民政治”的学理，和北京《晨报国民公报》《每周评论》，上海《星期评论》《时事新报》《解放与改造》，广州《民风周刊》……等杂志报纸所介绍的种种西洋新学说。

为什么要研究问题呢？因为我们的社会现在正当根本动摇的时候，有许多风俗制度，向来不发生问题的，现在因为不能适应时势的需要，不能使人满意，都渐渐地变成困难的问题，不能不彻底研究，不能不考问旧日的解决法是否错误；如果错了，错在什么地方；错误寻出了，可有什么更好的解决方法；有什么方法可以适应现时的要求。例如孔教的问题，向来不成什么问题；后来东方文化与西方文化接近，孔教的势力渐渐衰微，于是有一班信仰孔教的人妄想要用政府法令的势力来恢复孔教的尊严；却不知道这种高压的手段恰好挑起一种怀疑的反动。因此，民国四五年的时候，孔教会的活动最大，反对孔教的人也最多。孔教成为问题就在这个时候。现在大多数明白事理的人，已打破了孔教的迷梦，这个问题又渐渐地不成问题了，故安福部的议员通过孔教为修身大本的议案时，国内竟没有人睬他们了！

又如文学革命的问题。向来教育是少数“读书人”的特别权利，于大多数人是无关系的，文字的艰深不成问题。近来教育成为全国人的公共权利，人人知道普及教育是不可少的，故逐渐地有人知道文言在教育上实在不适用，于是文言白话就成为问题了。后来有人觉得单用白话做教科书是不中用的，因为世间决没有人情愿学一种除了教科书以外便没有用处的文字。这些人主张：古文不但不配做教育的工具，并且不配做文学的利器；若要提倡国语的教育，先须提倡国语的文学。文学革命的问题就是这样发生的。现在全国教育联合会已全体一致通过小学教科书改用国语的议案，况且用国语做文章的人也渐渐地多了，这个问题又渐渐地不成问题了。

为什么要输入学理呢？这个大概有几层解释。一来呢，有些人深信中国不但缺乏炮弹兵船电报铁路，还缺乏新思想与新学术，故他们尽量地输入西洋近世的学说。二来呢，有些人自己深信某种学说，要想他传播发展，故尽力提倡。三来呢，有些人自己不能做具体的研究工夫，觉得翻译现成的学说比较容易些，故乐得做这种稗贩事业。四来呢，研究具体的社会问题或政治问题，一方面做那破坏事业，一方面做对症下药的工夫，不但不容易，并且很遭犯忌讳，很容易惹祸，故不如做介绍学说的事业，借“学理研究”的美名；既可以避“过激派”的罪名，又还可以种下一点革命的种子。五来呢，研究问题的人势不能专就问题本身讨论，不能不从那问题的意义上着想；但是问题引申到意义上去，便不能不靠许多学理做参考比较的材料，故学理的输入往往可以帮助问题的研究。

这五种动机虽然不同，但是多少总含有一种“评判的态度”，总表示对于旧有学术思想的一种不满意和对于西方的精神文明的一种新觉悟。

但是这两三年新思潮运动的历史应该给我们一种很有益的教训。什么教训呢？就是：这两三年来新思潮运动的最大成绩差不多全是研究问题的结果。新文学的运动便是一个最明白的例。这个道理很容易解释。凡社会上成为问题的问题，一定是与许多人有密切关系的。这许多人虽然不能提出什么新解决，但是他们平时对于这个问题自然不能不注意。若有人能把这个问题的各方面都细细分析出来，加上评判的研究，指出不满意的所在，提出新鲜的救济方法，自然容易引起许多人的注意。起初自然有许多人反对。但是反对便是注意的证据，便是兴趣的表示。试看近日报纸上登的马克思的《赢余价值论》，可有反对的吗？可有讨论的吗？没有人讨论，没有人反对，便是不能引起人注意的证据。研究问题的文章所以能发生效果，正为所研究的问题一定是社会人生最切要的问题，最能使人注意，也最能使人觉悟。悬空介绍某种专家学说，如《赢余价值论》之类，除了少数专门学者之外，决不会发生什么影响。但是我们可以在研究问题里面做点输入学理的事业，或用学理来解释问题的意义，或从学理上寻求解决问题的方法。用这种方法来输入学理，能使人于不知不觉之中感受学理的影响。不但如此，研究问题最能使读者渐渐地养成一种批评的态度、研究的兴趣、独立思想的习惯。十部“纯粹理性的评判”，不如一点评判的态度，十篇《赢余价值论》，不如一点研究的兴趣；十种“全民政治论”，不如一点独立思想的习惯。

总起来说：研究问题所以能于短时期中发生很大的效力，正因为研究问题有这几种好处：（1）研究社会人生切要的问题最容易引起大家的注意；（2）因为问题关切人生，故最容易引起反对，但反对是该欢迎的，因为反对便是兴趣的表示，况且反对的讨论不但给我们许多不要钱的广告，还可使我们得讨论的益处，使真理格外分明；（3）因为问题是逼人的活问题，故容易使人觉悟，容易得人信从；（4）因为从研究问题里面输入的学理，最容易消除平常人对于学理的抗拒力，最容易使人于不知不觉之中受学理的影响；（5）因为研究问题可以不知不觉地养成一班研究的、评判的、独立思想的革新人才。

这是这几年新思潮运动的大教训！我希望新思潮的领袖人物以后能了解这个教训，能把全部精力贯注到研究问题上去；能把一切学理不看作天经地义，但看作研究问题的参考材料；能把一切学理应用到我们自己的种种切要问题上去；能在研究问题上面做输入学理的工夫；能用研究问题的工夫来提倡研究问题的态度，来养成研究问题的人才。

这是我对于新思潮运动的解释。这也是我对于新思潮将来的趋向的希望。

以上说新思潮的“评判的精神”在实际上的两种表现。现在要问：“新思潮的运动对于中国旧有的学术思想，持什么态度呢？”

我的答案是：“也是评判的态度。”

分开来说，我们对于旧有的学术思想有三种态度。第一，反对盲从；第二，反对调和；第三，主张整理国故。

盲从是评判的反面，我们既主张“重新估定一切价值”，自然要反对盲从。这是不消说的了。

为什么要反对调和呢？因为评判的态度只认得一个是与不是、一个好与不好、一个适与不适，——不认得什么古今中外的调和。调和是社会的一种天然趋势。人类社会有一种守旧的惰性，少数人只管趋向极端的革新，大多数人至多只能跟你走半程路。这就是调和。调和是人类懒病的天然趋势，用不着我们来提倡。我们走了一百里路，大多数人也许勉强走三四十里。我们若先讲调和，只走五十里，他们就一步都不走了。所以革新家的责任只是认定“是”的一个方向走去，不要回头讲调和。社会上自然有无数懒人懦夫出来调和。

我们对于旧有的学术思想，积极的只有一个主张，——就是“整理国故”。整理就是从乱七八糟里面寻出一个条理脉络来从无头无脑里面寻出一个前因后果来；从胡说谬解里面寻出一个真意义来；从武断迷信里面寻出一个真价值来。为什么要整理呢？因为古代的学术思想向来没有条理、没有头绪，没有系统，故第一步是条理系统的整理。因为前人研究古书，很少有历史进化的眼光的，故从来不讲究一种学术的渊源、一种思想的前因后果，所以第二步是要寻出每种学术思想怎样发生，发生之后有什么影响效果。因为前人读古书，除极少数学者以外，大都是以讹传讹的谬说——如太极图、爻辰、先天图、卦气……之类——故第三步是要用科学的方法，作精确的考证，把古人的意义弄得明白清楚。因为前人对于古代的学术思想，有种种武断的成见，有种种可笑的迷信——如骂杨朱墨翟为禽兽，却尊孔丘为德配天地、道冠古今！——故第四步是综合前三步的研究，各家都还它一个本来真面目，各家都还它一个真价值。

这叫做“整理国故”。现在有许多人自己不懂得国粹是什么东西，却偏要高谈“保存国粹”。林琴南先生做文章论古文之不当废，他说，“吾知其理而不能言其所以然”！现在许多国粹党，有几个不是这样糊涂懵懂的？这种人如何配谈国粹？若要知道什么是国粹、什么是国渣，先须要用评判的态度、科学的精神，去做一番整理国故的工夫。

新思潮的精神是一种评判的态度。

新思潮的手段是研究问题与输入学理。

新思潮将来趋势，依我个人的私见看来，应该是注重研究人生社会的切要问题，应该于研究问题之中做介绍学理的事业。

新思潮对于旧文化的态度，在消极一方面是反对盲从，是反对调和；在积极一方面，是用科学的方法来做整理的工夫。

新思潮唯一目的是什么呢？是再造文明。

文明不是笼统造成的，是一点一滴地造成的进化，不是一晚上笼统进化的，是一点一滴地进化的。现今的人爱谈“解放与改造”，须知解放不是笼统解放，改造也不是笼统改造。解放是这个那个制度的解放，这种那种思想的解放，这个那个人的解放，是一点一滴地解放。改造是这个那个制度的改造，这种那种思想的改造，这个那个人的改造，是一点一滴地改造。

再造文明的下手工夫，是这个那个问题的研究。再造文明的进行，是这个那个问题的解决。

本文原载于1919年12月1日《新青年》第7卷第1号

没有胃口与信心浅薄

我们中国人有一种最普遍的死症，医书上还没有名字，我姑且叫他作“没有胃口”。无论什么好东西，到了我们嘴里，舌头一舔，刚觉有味，才吞下肚去，就要作呕了。胃口不好，什么美味都只能“浅尝而止”，终不能下咽，所以我们天天皱起眉头，做出苦样子来，说：没有好东西吃！这个病症，看上去很平常，其实是死症。

前些年，大家都承认中国需要科学；然而科学还没有进口，早就听见一班妄人高唱“科学破产”了；不久又听见一班妄人高唱“打倒科学”了。前些年，大家又都承认中国需要民主宪政；然而宪政还没有入门，国会只召集过一个，早就听见一班“学者”高唱“议会政治破产”，“民主宪政是资本主义的副产物”了。

更奇怪的是今日大家对于教育的不信任。我做小孩子的时候，常听见人说这类的话：“普鲁士战胜法兰西，不在战场上而在小学校里。”“英国的国旗从日出处飘到日入处，其原因要在英国学堂的足球场上去寻找。”那时的中国人真迷信教育的万能！山东有一个乞丐武训，他终身讨饭，积下钱来就去办小学堂；他开了好几个小学堂，当时全国人都知道“义丐武训”的大名。这个故事，最可以表示那个时代的人对于教育的狂热。民国初元，范源濂等人极力提倡师范教育，他们的见解虽然太偏重“普及”而忽略了“提高”的方面，然而他们还是向来迷信教育救国的一派的代表。民国六年以后，蔡元培等人注意大学教育，他们的弊病恰和前一派相反，他们用全力去做“提高”的事业，却又忽略了教育“普及”的方面。但无论如何，范蔡诸人都还绝对信仰教育是救国的唯一路子。民八至民九，杜威博士在中国各地讲演新教育的原理与方法，也很引起了全国人的注意。那时阎锡山在娘子关内也正在计划山西的普及教育，太原的种种补充小学师资的速成训练班正在极热烈的猛进时期，当时到太原游览参观的人都不能不深刻地感觉山西的一班领袖对于普及教育的狂热。

曾几何时，全国人对于教育好像忽然都冷淡了！渐渐地有人厌恶教育了，渐渐地有人高喊“教育破产”了。

从狂热的迷信教育，变到冷淡的开疑教育，这里面当然有许多复杂的原因。第一是教育界自己毁坏他们在国中的信用：自从民八双十节以后北京教育界抬出了“索薪”的大旗来替代了“造新文化”的运动，甚至于不恤教员罢课至一年以上以求达到索薪的目的，从此以后，我们真不能怪国人瞧不起教育界了。第二是这十年来教育的政治化，使教育变空虚了；往往学校所认为最不满意的人，可以不读书，不做学问，而仅仅靠着活动的能力取得禄位与权力；学校本身又因为政治的不安定，时时发生令人厌恶的风潮。第三，这十几年来（直到最近时期），教育行政的当局无力管理教育，就使私立中学与大学尽量地营业化；往往失业的大学生与留学生，不用什么图书仪器的设备，就可以挂起中学或大学的招牌来招收学生；野难学校越多，教育的信用当然越低落了。第四，这十几年来，所谓高等教育的机关，添设太快了，国内人才实在不够分配，所以大学地位与程度都降低了，这也是教育招人轻视的一个原因。第五，粗制滥造的毕业生骤然增多了，而社会上的事业不能有同样速度的发展，政府机关又不肯充分采用考试任官的方法，于是“粥少僧多”的现象就成为今日的严重问题，做父兄的，担负了十多年的教育费，眼见子弟拿着文凭寻不到饭碗，当然要埋怨教育本身的失败了。

这许多原因（当然不限于这些），我们都不否认。但我要指出，这种种原因都不够证实教育的破产。事实上，我们今日还只是刚开始试办教育，还只是刚起了一个头，离那现代国家应该有的教育真是去题万里！本来还没有“教育”可说，怎么谈得到“教育破产”？产还没有置，有什么可破？今日高唱“教育破产”的妄人，都只是害了我在上文说的“没有胃口”的病症。他们在一个时代也曾跟着别人喊着要教育，等到刚尝着教育的味儿，他们早就皱起眉头来说教育是吃不得的了！我们只能学耶稣的话来对这种人说：“啊！你们这班信心浅薄的人啊！”

我要很诚恳地的对全国人诉说：今日中国教育的一切毛病，都由于我们对教育太没有信心，太不注意，太不肯花钱。教育所以“破产”，都因为教育太少了，太不够了。教育的失败，正因为我们今日还不曾真正有教育。

为什么一个小学毕业的孩子不肯回到田间去帮他父母做工呢？并不是小学教育毁了他。第一，是因为田间小孩子能读完小学的人数太少了，他觉得他进了一种特殊阶级，所以不屑种田学手艺了。第二，是因为那班种田做手艺的人也连小学都没有进过，本来也就不欢迎这个认得几担大字的小学生。第三，他的父兄花钱送他进学堂，心眼里本来也就指望他做一个特殊阶级，可以夸耀邻里，本来也就最不指望他做块“回乡豆腐干”重回到田间来。

对于这三个根本原因，一切所谓“生活教育”、“职业教育”，都不是有效的救济。根本的救济在于教育普及，使个个学龄儿童都得受义务的（不用父母花钱的）小学教育；使人人都感觉那一点点的小学教育并不是某种特殊阶级的标记，不过是个个“人”必需的东西——和吃饭、睡觉、呼吸空气一样的必需的东西。人人都受了小学教育，小学毕业生自然不会做游民了。

中学教育和大学教育的许多怪现状，也不全是教育本身的毛病，也往往是这个过渡时期（从没有教育过渡到刚开始有教育的时期）不可避免的现状。因为教育太稀有，太贵；因为小学教育太不普及，所以中等教育便成了极少数人家子弟的专有品，大学教育更不用说了。今日大多数升学的青年，不一定都是应该升学的，只因为他们的父兄有送子弟升学的财力，或者因为他们的父兄存了“将本求利”的心思勉力借贷供给他们升学的。中学毕业要贴报条向亲戚报喜，大学毕业要在祠堂前竖旗杆，这都不是今日已绝迹的事。这样稀有的宝贝（今日在初中的人数约占全国人口一千分之一；在高中的人数约占全国人口四千分之一；在专科以上学校的人数约占全国人口一万分之一）！当然要高自位置，不屑回到内地去，宁做都市的失业者而不肯做农村的尊师了。

今日中等教育与高等教育所以还办不好，基本的原因还在于学生的来源太狭，在于下层的教育基础太窄太小，（十九年度全国高中普通科毕业生数不满八千人，而二十年度专科以上学校一年级新生有一万五千多人！）来学的多数是为熬资格而来，不是为求学问而来。因为要的是资格，所以只要学校肯给文凭便有学生。因为要的是资格，所以教员越不负责任，越受欢迎，而严格负责的训练管理往往反可以引起风潮；学问是可以牺牲的，资格和文凭是不可以牺牲的。

欲要救济教育的失败，根本的方法只有用全力扩大那个下层的基础，就是要下决心在最短年限内做到初等义务教育的普及。国家与社会在今日必须拼命扩充初等义务教育，然后可以用助学金和免费的制度，从那绝大多数的青年学生里，选拔那些真有求高等知识的天才的人去升学。受教育的人多了，单有文凭上的资格就不够用了，多数人自然会要求真正的知识与技能了。

这当然是绝大的财政负担，其经费数目的伟大可以骇死今日中央和地方天天叫穷的财政家。但这不是绝不可能的事。在七八年前，谁敢相信中国政府每年能担负四万万元的军费？然而这个巨大的军费数目在今日久已是我们看惯毫不惊讶的事实了！

所以今日最可虑的还不是没有钱，只是我们全国人对于教育没有信心。我们今日必须坚决的信仰：五千万失学儿童的救济比五千架飞机的功效至少要大五万倍！

本文曾收于 1921 年 12 月亚东图书馆出版的《胡适文存》

积少成多

兄弟想起一句古话来了，叫做“积少成多”。看官，你不要看轻了这四个字，要晓得这四个字里，包含了许多意思，许多精妙的意思，而且有极大的用处，列位且听我一一道来。

列位不看见那天上落下的雨么？落下来的时候，大的不过豆那样大，小的不过米那样大，这自然是极少的了。然而那无数无数的雨点积起来，流入地中，便成极长的江河、极大的湖、极深的海洋，列位，这不是积少成多么！

列位又不看见那泥土沙石么？那一撮沙泥，一块小石，自然是极少的了，然而我们要是把许多许多的沙泥土石，堆在一处，一堆一堆地堆起来，不到几时，便可成一座大山了。列位，这不是积少成多么！

列位现在可晓得了，积许多雨点，便可成大江大海；积许多小沙小石，便可成高山。可见积少成多四字是丝毫不错的，然而我们中国的人，却很不懂这个极浅的道理。何以见得呢？你看他们做小本生意的人，一天到晚，能赚几个钱，然而他们鸦片烟是要吸的，香烟是要吃的，吃一支香烟，便是几文钱，吸一筒鸦片烟，便是几十文，要晓得，这几文钱几十文钱，虽是极小的事，然而积了几十个几文便是几百文，积了几十个几十文便是几千文。香烟每支三文钱，每天省吃一支，一个月便是九十文，一年三百六十日便是一千零八十文，可以买得几件衣服了，再积两年三年，便是两三块钱了，这一天省一支香烟，是极容易人人都做得到的事，毫不费力，兄弟不过借他做一个比喻罢了，列位看官听了我的话，要是肯去试验试验，一天少吃一碗茶，少吸两筒鸦片烟，少坐一回车，少吃几回点心，一天一天地积起来，不多几时便可发大财了。列位要晓得发财的法子，再没有比这个好的了，这个法子又容易，又省事，列位尽可试试看灵也不灵。去年《中外日报》上登了一部小说，叫做《美国十五大富豪传》，兄弟看了一看，这十五大富豪之中，只有二三个是有钱子弟出身的，其余的都是赤了双手，拼命去做苦工，苦苦地积下钱来，积的钱积得多了，然后拿去做生意，一步一步地发起财来，后来都有了几万万几千万的家产。不知道的，都羡慕他说他发财了，却不会去学他那积少成多的法子来自己也发发财。唉！这真是愚蠢极了。兄弟很望大家用一些的心，听听兄弟这个发财秘诀罢！

但是兄弟上面所说的，是要人人积几个本钱，一来呢，可以安家立业，无须求人；二来呢，可以拿去做生意，多赚几个钱，免得白白用掉，岂不可惜！这便是兄弟说这篇论说的缘故。列位要晓得，兄弟的意思，并不是劝人省吃省用，一毛不拔做一个守财奴，列位断不可误会了兄弟这篇意思呵！

还有一层，上面说的不过积钱发财的意思，列位可记得一句古语叫做“光阴一刻值千金”，你想一刻光阴，不到一顿饭的时候，便不知不觉地过去了，有什么宝贵呢！嗄！因为一天抛掉一刻光阴，不上四天，便抛掉一点钟的光阴了，不上两个月，便抛了一天的光阴了。一天的光阴，你想能够干多少的事，如今却这么恍恍惚惚地过了，抛掉了，岂不可惜！而且“人生七十古来稀”，即使活到七十岁，也不过二万五千二百日罢了！一天一天地过去，何等快速，所以我们大家也应该爱惜这些日子，大家努力把这些有限的光阴，用来做些有益的事业，不要把这些可宝可贵一刻千金的光阴，白白糟蹋了，要是列位把来白白抛掉，把来销耗在酒楼、茶馆、烟间、妓院种种无益之地，那便是对不起这光阴，那便是对不起我做这篇白话的人了。

本文曾载于1908年9月16日《竞业旬报》第27期，
署名“铁儿”

新生活 ——为《新生活》杂志第一期做的

那样的生活可以叫做新生活呢？

我想来想去，只有一句话。新生活就是有意思的生活。

你听了，必定要问我，有意思的生活又是什么样子的生活呢？

我且先说一两件实在的事情做个样子，你就明白我的意思了。

前天你没有事做，闲得不耐烦了，你跑到街上一个小酒店里，打了四两白干，喝完了，又要四两，再添上四两。喝得大醉了，同张大哥吵了一回嘴，几乎打起架来。后来李四哥来把你拉开，你气忿忿地又要了四两白干，喝得人事不知，幸亏李四哥把你扶回去睡了。昨儿早上，你酒醒了，大嫂子把前天的事告诉你，你懊悔得很，自己埋怨自己："昨儿为什么要喝那么多酒呢？可不是糊涂吗？"

你赶上张大哥家去，作了许多揖，赔了许多不是，自己怪自己湖涂，请张大哥大量包涵。正说时，李四哥也来了，王三哥也来了，他们三缺一，要你陪他们打牌。你坐下来，打了十二圈牌，输了一百多吊钱。你回得家来，大嫂子怪你不该赌博，你又懊悔得很，自己怪自己道："是呵，我为什么要陪他们打牌呢？可不是糊涂吗？"

诸位，像这样子的生活，叫做糊涂生活，糊涂生活便是没有意思的生活。你做完了这种生活，回头一想，"我为什么要这样干呢？"你自己也回不出究竟为什么。

诸位，凡是自己说不出"为什么这样做"的事，都是没有意思的生活。

反过来说，凡是自己说得出“为什么这样做”的事，都可以说是有意思的生活。

生活的“为什么”，就是生活的意思。

人同畜牲的分别，就在这个“为什么”上。你到万牲园里去看那白熊一天到晚摆来摆去不肯歇，那就是没有意思的生活。我们做了人，应该不要学那些畜牲的生活。畜牲的生活只是糊涂，只是胡混，只是不晓得自己为什么如此做。一个人做的事应该件件事回答得出一个“为什么”。

我为什么要干这个？为什么不干那个？回答得出，方才可算是一个人的生活。

我们希望中国人都能做这种有意思的新生活。其实这种新生活并不十分难，只消时时刻刻问自己为什么这样做，为什么不那样做，就可以渐渐地做到我们所说的新生活了。

诸位，千万不要说“为什么”这三个字是很容易的小事。你打今天起，每做一件事，便问一个为什么，——为什么不把辫子剪了？为什么不把大姑娘的小脚放了？为什么大嫂子脸上搽那么多的脂粉？为什么出棺材要用那么多叫化子？为什么娶媳妇也要用那么多叫化子？为什么骂人要骂他的爹娘？为什么这个？为什么那个？——你试办一两天，你就会觉得这三个字的趣味真是无穷无尽，这三个字的功用也无穷无尽。

诸位，我们恭恭敬敬地请你们来试试这种新生活。

民国八年八月

原载 1919 年 8 月 24 日《新生活》第 1 期

非个人主义的新生活

这个题目是我在山东道上想着的，后来曾在天津学生联合会的学术讲演会讲过一次，又在唐山的学术讲演会讲过一次。唐山的演稿由一位刘赞清君记出，登在一月十五日《时事新报》上。我这一篇的大意是对于新村的运动贡献一点批评。这种批评是否合理，我也不敢说。但是我自信这一篇文字是研究考虑的结果，并不是根据于先有的成见的。

民国九年一月二十二日

本篇有两层意思。一是表示我不赞成现在一般有志青年所提倡，我所认为“个人主义的”新生活。一是提出我所主张的“非个人主义的”新生活，就是“社会的”新生活。

先说什么叫做“个人主义”（Individualism）。一月二日夜（就是我在天津讲演前一晚），杜威博士在天津青年会讲演“真的与假的个人主义”，他说：个人主义有两种：

一、假的个人主义——就是为我主义（Egoism）。他的性质是自私自利：只顾自己的利益，不管群众的利益。

二、真的个人主义——就是个性主义（Individuality）。他的特性有两种：一是独立思想，不肯把别人的耳朵当耳朵，不肯把别人的眼睛当眼睛，不肯把别人的脑力当自己的脑力；二是个人对于自己思想信仰的结果要负完全责任，不怕权威，不怕监禁杀身，只认得真理，不认得个人的利害。

杜威先生极力反对前一种假的个人主义，主张后一种真的个人主义。这是我们都赞成的。但是他反对的那种自私自利的个人主义的害处，是大家都明白的。因为人多明白这种主义的害处，故他的危险究竟不很大。例如东方现在实行这种极端为我主义的“财主督军”，无论他们眼前怎样横行，究竟逃不了公论的怨恨，究竟不会受多数有志青年的崇拜。所以我们可以说这种主义的危险是很有限的。但是我觉得“个人主义”还有第三派，是很受人崇敬的，是格外危险的。这一派是：

三、独善的个人主义 ——他的共同性质是：不满意于现社会，却又无可如何，只想跳出这个社会去寻一种超出现社会的理想生活。

这个定义含有两部分：（1）承认这个现社会是没有法子挽救的了；（2）要想在现社会之外另寻一种独善的理想生活。自有人类以来，这种个人主义的表现也不知有多少次了。简括说来，共有四种：

（一）宗教家的极乐国。如佛家的净土、犹太人的伊丁园、别种宗教的天堂、天国，都属于这一派。这种理想的原起，都由于对现社会不满意。因为厌恶现社会，故悬想那些无量寿、无量光的净土；不识不知、完全天趣的伊丁园；只有快乐、毫无痛苦的天国。这种极乐国里所没有的，都是他们所厌恨的；所有的，都是他们所梦想而不能得到的。

（二）神仙生活。神仙的生活也是一种悬想的超出现社会的生活。人世有疾病痛苦，神仙无病长生；人世愚昧无知，神仙能知过去未来；人生不自由，神仙乘云遨游，来去自由。

（三）山林隐逸的生活。前两种是完全出世的；他们的理想生活是悬想的、渺茫的出世生活。山林隐逸的生活虽然不是完全出世的，也是不满意于现社会的表示。他们不满意于当时的社会政治，却又无能为力，只得隐姓埋名，逃出这个恶浊社会去做他们自己理想中的生活。他们不能“得君行道”，故对于功名利禄，表示藐视的态度；他们痛恨富贵的人骄奢淫逸，故说富贵如同天上的浮云，如同脚下的破草鞋。他们痛恨社会上有许多不耕而食、不劳而得的“吃白阶级”，故自己耕田锄地，自食其力。他们厌恶这污浊的社会，故实行他们理想中梅妻鹤子、渔蓑钓艇的洁净生活。

（四）近代的新村生活。近代的新村运动，如十九世纪法国、美国的理想农村，如现在日本日向的新村，照我的见解看起来，实在同山林隐逸的生活是根本相同的。那不同的地方，自然也有。山林隐逸是没有组织的，新村是有组织的：这是一种不同。隐遁的生活是同世事完全隔绝的，故有“不知有汉，遑论魏晋”的理想；现在的新村的人能有赏玩 Rodin 同 C é zanne 的幸福，还能在村外著书出报：这又是一种不同。但是这两种不同都是时代造成的，是偶然的，不是根本的区别。从根本性质上看来，新村的运动都是对于现社会不满意的表示。即如日向的新村，他们对于现在“少数人在多数人的不幸上，筑起自己的幸福”的社会制度，表示不满意，自然是公认的事实。周作人先生说日向新村里有人把中国看作“最自然，最自在的国”（《新潮》二，75 页）。这是他们对于日本政治极不满意的一种牢骚话，很可玩味的。武者小路实笃先生一班人虽然极不满意于现社会，却又不赞成用“暴力”的改革。他们都是“真心仰慕着平和”的人。他们于无可如何之中，想出这个新村的计划来。周作人先生说：“新村的理想，要将历来非暴力不能做到的事，用和平方法得来。”（《新青年》七，二，一三四）这个和平方法就是离开现社会，去做一种模范的生活。“只要万人真希望这种的世界，这世界便能实现。”（《新青年》同上）这句话不但是独善主义的精义，简直全是净土宗的口气了！所以我把新村来比山林隐逸，不算冤枉它；就是把它来比求净土天国的宗教运动，也不算玷辱它。不过他们的“净土”是在日向，不在西天罢了。

我这篇文章要批评的“个人主义的新生活”，就是指这一种跳出现社会的新村生活。这种生活，我认为“独善的个人主义”的一种。“独善”两个字是从孟轲“穷则独善其身”一句话上来的。有人说：新村的根本主张是要人人“尽了对于人类的义务，却又完全发展自己个性”；如此看来，他们既承认“对于人类的义务”，如何还是独善的个人主义呢？我说：这正是个人主义的证据。试看古往今来主张个人主义的思想家，从希腊的“狗派”（Cynic）以至十八九世纪的个人主义，哪一个不是一方面崇拜个人，一方面崇拜那广漠的“人类”的？主张个人主义的人，只是否认那些切近的伦谊——或是家族，或是“社会”，或是国家——但是因为要推翻这些比较狭小逼人的伦谊，不得不捧出那广漠不逼人的“人类”。所以凡是个人主义的思想家，没有一个不承认这个双重关系的。

新村的人主张“完全发展自己个性”，故是一种个人主义。他们要想跳出现社会去发展自己个性，故是一种独善的个人主义。

这种新村的运动，因为恰合现在青年不满意于现社会的心理，故近来中国也有许多人欢迎、赞叹、崇拜。我也是敬仰武者先生一班人的，故也曾仔细考究这个问题。我考究的结果是不赞成这种运动，我以为中国的有志青年不应该仿行这种个人主义的新生活。

这种新村的运动有什么可以反对的地方呢？

第一，因为这种生活是避世的，是避开现社会的。这就是让步。这便不是奋斗，我们自然不应该提倡“暴力”，但是非暴力的奋斗是不可少的。我并不是说武者先生一班人没有奋斗的精神。他们在日本能提倡反对暴力的论调——如《一个青年的梦》——自然是有奋斗精神的，但是他们的新村计划想避开现社会里“奋斗的生活”，去寻那现社会外“生活的奋斗”，这便是一大让步。武者先生的《一个青年的梦》里的主人公最后有几句话，很可玩味。他说：

……请宽恕我的无力。——宽恕我的话的无力。但我心里所有的对于美丽的国的仰慕，却要请诸君体察的……（《新青年》七，二，一〇二）

我们对于日向的新村应该作如此观察。

第二，在古代，这种独善主义还有存在的理由；在现代，我们就不该崇拜它了。古代的人不知道个人有多大的势力，故孟轲说：“穷则独善其身，达则兼善天下。”古人总想，改良社会是“达”了以后的事业，——是得君行道以后的事业；——故承认个人——穷的个人——只能做独善的事业，不配做兼善的事业。古人错了，现在我们承认个人有许多事业可做。人人都是一个无冠的帝王，人人都可以做一些改良社会的事。去年的五四运动和六三运动，何尝是“得君行道”的人做出来的？知道个人可以做事，知道有组织的个人更可以做事，便可以知道这种个人主义的独善生活是不值得模仿的了。

第三，他们所信仰的“泛劳动主义”是很不经济的。他们主张：“一个人生存上必要的衣食住，论理应该用自己的力去得来，不该要别人代负这责任。”这话从消极一方面看，——从反对那“游民贵族”的方面看——自然是有理的。但是从他们的积极实行方面看，他们要“人人尽劳动的义务，制造这生活的资料”——就是衣食住的资料——这便是“矫枉过正”了。人人要尽制造衣食住的资料的义务，就是人人要加入这生活的奋斗（周作人先生再三说新村里平和幸福的空气，也许不承认“生活的奋斗”的话；但是我说的，并不是人同人争面包米饭的奋斗，乃是人在自然界谋生存的奋斗；周先生说新村的农作物至今还不够自用，便是一证）。现在文化进步的趋势，是要使人类渐渐减轻生活的奋斗至最低度，使人类能多分一些精力出来，做增加生活意味的事业。新村的生活使人人都要尽“制造衣食住的资料”的义务，根本上否认分工进化的道理，增加生活的奋斗，是很不经济的。

第四，这种独善的个人主义的根本观念就是周先生说的“改造社会，还要从改造个人做起”。我对于这个观念，根本上不能承认。这个观念的根本错误在于把“改造个人”与“改造社会”分作两截；在于把个人看作一个可以提到社会外去改造的东西。要知道个人是社会上种种势力的结果。我们吃的饭、穿的衣服、说的话、呼吸的空气、写的字、有的思想……没有一件不是社会的。我曾有几句诗，说：“……此身非吾有：一半属父母，一半属朋友。”当时我以为把一半的我归功社会，总算很慷慨了。后来我才知道这点算学做错了！父母给我的真是极少的一部分。其余各种极重要的部分，如思想、信仰、知识、技术、习惯，等等，大都是社会给我的。我穿线袜的法子是一个徽州同乡教我的；我穿皮鞋打的结能不散开，是一个美国女朋友教我的。这两件极细碎的例，很可以说明这个“我”是社会上无数势力所造成的。社会上的“良好分子”并不是生成的，也不是个人修炼成的——都是因为造成他们的种种势力里面，良好的势力比不良的势力多些。反过来，不良的势力比良好的势力多，结果便是“恶劣分子”了。古代的社会哲学和政治哲学只为要妄想凭空改造个人，故主张正心、诚意、独善其身的办法。这种办法其实是没有办法，因为没有下手的地方。近代的人生哲学渐渐变了，渐渐打破了这种迷梦，渐渐觉悟：改造社会的下手方法在于改良那些造成社会的种种势力——制度、习惯、思想、教育，等等。那些势力改良了，人也改良了。所以我觉得“改造社会要从改造个人做起”还是脱不了旧思想的影响。我们的根本观点是：

个人是社会上无数势力造成的。

改造社会需从改造这些造成社会、造成个人的种种势力做起。

改造社会即是改造个人。

新村的运动如果真是建筑在“改造社会要从改造个人做起”一个观念上，我觉得那是根本错误了。改造个人也是要一点一滴地改造那些造成个人的种种社会势力。不站在这个社会里来做这种一点一滴的社会改造，却跳出这个社会去“完全发展自己个性”，这便是放弃现社会，认为不能改造，这便是独善的个人主义。

以上说的是本篇的第一层意思。现在我且简单说明我所主张的“非个人主义的”新生活是什么。这种生活是一种“社会的新生活”；是站在这个现社会里奋斗的生活；是霸占住这个社会来改造这个社会的新生活。它的根本观念有三条：

一、社会是种种势力造成的，改造社会需要改造社会的种种势力。这种改造一定是零碎的改造——一点一滴地改造，一尺一步地改造。无论你的志愿如何宏大，理想如何彻底，计划如何伟大，你总不能笼统地改造，你总不能不做这种“得寸进寸，得尺进尺”的功夫。所以我说：社会的改造是这种制度那种制度的改造，是这种思想那种思想的改造，是这个家庭那个家庭的改造，是这个学堂那个学堂的改造。

[附注]

有人说：“社会的种种势力是互相牵制的、互相影响的。这种零碎的改造，是不中用的。因为你才动手改这一种制度，其余的种种势力便围拢来牵制你了。如此看来，改造还是该做笼统的改造。”我说不然。正因为社会的势力是互相影响牵制的，故一部分的改造自然会影响到别种势力上去。这种影响是最切实的、最有力的。近年来的文字改革，自然是局部的改革，但是他所影响的别种势力，竟有意想不到的多。这不是一个很明显的例吗？

二、因为要做一点一滴的改造，故有志做改造事业的人必须要时时刻刻存研究的态度，做切实的调查，下精细的考虑，提出大胆的假设，寻出实验的证明。这种新生活是研究的生活，是随时随地解决具体问题的生活。具体的问题多解决了一个，便是社会的改造进了那么一步。做这种生活的人要睁开眼睛，公开心胸；要手足灵敏，耳目聪明，心思活泼；要欢迎事实，要不怕事实；要爱问题，要不怕问题的逼人！

三、这种生活是要奋斗的。那避世的独善主义是与人无忤、与世无争的，故不必奋斗。这种"淑世"的新生活，到处翻出不中听的事实，到处提出不中听的问题，自然是很讨人厌的，是一定要招起反对的。反对就是兴趣的表示，就是注意的表示。我们对于反对的旧势力，应该做正当的奋斗，不可退缩。我们的方针是：奋斗的结果，要使社会的旧势力不能不让我们；切不可先就偃旗息鼓退出现社会去，把这个社会双手让给旧势力。换句话说，应该使旧社会变成新社会，使旧村变为新村，使旧生活变为新生活。

我且举一个实际的例。英美近二三十年来，有一种运动，叫做"贫民区域居留地"的运动（Social Settlements）。这种运动的大意是：一班青年的男女——大都是大学的毕业生——在本城拣定一块极龌龊、极不堪的贫民区域，买一块地，造一所房屋。这一班人便终日在这里面做事。这屋里，凡是物质文明所赐的生活需要品——电灯、电话、热气、浴室、游水池、钢琴、话匣，等等——无一不有。他们把附近的小孩子——垢面的孩子，顽皮的孩子——都招拢来，教他们游水，教他们读书，教他们打球，教他们演说辩论，组成音乐队，组成演剧团，教他们演戏奏艺。还有女医生和看护妇，天天出去访问贫家，替他们医病，帮他们接生和看护产妇。病重的，由"居留地"的人送入公家医院。因为天下贫民都是最安本分的，他们眼见那高楼大屋的大医院，心里以为这定是为有钱人家造的，决不是替贫民诊病的；所以必须有人打破他们这种见解，教他们知道医院不是专为富贵人家的。还有许多贫家的妇女每日早晨出门做工，家里小孩子无人看管，所以“居留地”的人教他们把小孩子每天寄在“居留地”里，有人替他们洗浴，换洗衣服，喂他们饮食，领他们游戏。到了晚上，他们的母亲回来了，各人把小孩领回去。这种小孩子从小就在洁净慈爱的环境里长大，渐渐养成了良好习惯，回到家中，自然会把从前的种种污秽的环境改了。家中的大人也因时时同这种新生活接触，渐渐地改良了。我在纽约时，曾常常去看亨利街上的一所居留地，是华德女士（Lilian Wald）办的。有一晚我去看那街上的贫家子弟演戏，演的是贝里（Barry）的名剧。我至今回想起来，他们演戏的程度比我们大学的新戏高得多咧！

这种生活是我所说的“非个人主义的新生活”！是我所说的“变旧社会为新社会，变旧村为新村”的生活！这也不是用“暴力”去得来的！我希望中国的青年要做这一类的新生活，不要去模仿那跳出现社会的独善生活，我们的新村就在我们自己的旧村里！我们所要的新村是要我们自己的旧村变成的新村！

可爱的男女少年！我们的旧村里我们可做的事业多得很咧！村上的鸦片烟灯还有多少？村上的吗啡针害死了多少人？村上缠脚的女子还有多少？村上的学堂成个什么样子？村上的绅士今年卖选票得了多少钱？村上的神庙香火还是怎样兴旺？村上的医生断送了几百条人命？村上的煤矿工人每日只拿到五个铜子，你知道吗？村上多少女工被贫穷逼去卖淫，你知道吗？村上的工厂没有避火的铁梯，昨天火起，烧死了一百多人，你知道吗？村上的童养媳妇被婆婆打断了一条腿，村上的绅士逼他的女儿饿死做烈女，你知道吗？

有志求新生活的男女少年！我们有什么权利，丢开这许多的事业去做那避世的新村生活！我们放着这个恶浊的旧村，有什么面孔、有什么良心，去寻那“和平幸福”的新村生活！

民国九年一月二十六日

原载 1920 年 1 月 15 日上海《时事新报》，

又载 1920 年 4 月 1 日《新潮》第 2 卷第 3 号

写在孔子诞辰纪念之后

我们家乡有句俗话说：“做戏无法，出个菩萨。”编戏的人遇到了无法转变的情节，往往请出一个观音菩萨来解围救急。这两年来，中国人受了外患的刺激，颇有点手忙脚乱的情形，也就不免走上了“做戏无法，出个菩萨”的一条路。这本是人之常情。西洋文学批评史也有 deusex machina 的话，译出来也可说，“解围无计，出个上帝”。本年五月里美国奇旱，报纸上也曾登出旱区妇女孩子跪着祈祷求雨的照片。这都是穷愁呼天的常情，其可怜可恕，和今年我们国内许多请张天师求雨或请班禅喇嘛消灾的人，是一样的。

这种心理，在一般愚夫愚妇的行为上表现出来，是可怜而可恕的；但在一个现代政府的政令上表现出来，是可怜而不可恕的。现代政府的责任在于充分运用现代科学的正确知识，消极的防患除弊，积极的兴利惠民。这都是一点一滴的工作，一尺一步的旅程，这里面绝对没有一条捷径可以偷渡。然而我们观察近年我们当政的领袖好像都不免有一种“做戏无法，出个菩萨”的心理，想寻求一条救国的捷径，想用最简易的方法做到一种复兴的灵迹。最近政府忽然手忙脚乱地恢复了纪念孔子诞辰的典礼，很匆遽地颁布了礼节的规定。八月二十七日，全国都奉命举行了这个孔诞纪念的大典。在每年许多个先烈纪念日之中加上一个孔子诞辰的纪念日，本来不值得我们的诧异。然而政府中人说这是“倡导国民培养精神上之人格”的方法；舆论界的一位领袖也说：“有此一举，诚足以奋起国民之精神，恢复民族的自信。”难道世间真有这样简便的捷径吗？

我们当然赞成“培养精神上之人格”，“奋起国民之精神，恢复民族的自信”。但是古人也曾说过：“礼乐所由起，百年积德而后可兴也。”国民的精神，民族的信心，也是这样的；他的颓废不是一朝一夕之故，他的复兴也不是虚文口号所能做到的。“洙水桥前，大成殿上，多士济济，肃穆趋跄”(用八月二十七日《大公报》社论中语)；四方城市里，政客军人也都率领着官吏士民，济济跄跄地行礼，堂堂皇皇地演说，——礼成祭毕，纷纷而散，假期是添了一日，口号是添了二十句，演讲词是多出了几篇，官吏学生是多跑了一趟，然在精神的人格与民族的自信上，究竟有丝毫的影响吗？

那一天《大公报》的社论曾有这样一段议论：

最近二十年，世变弥烈，人欲横流，功利思想如水趋壑，不特仁义之说为俗诽笑，即人禽之判亦几以不明，民族的自尊心与自信力既已荡然无存，不待外侮之来，国家固早已濒于精神幻灭之域。

如果这种诊断是对的，那么，我们的民族病不过起于“最近二十年”，这样浅的病根，应该是很容易医治的了。可惜我们平日敬重的这位天津同业先生未免错读历史了。《官场现形记》和《二十年目睹之怪现状》描写的社会政治情形，不是中国的实情吗？是不是我们得把病情移前三十年呢？《品花宝鉴》以至《金瓶梅》描写的也不是中国的社会政治吗？这样一来，又得挪上三五百年了。那些时代，孔子是年年祭的，《论语》《孝经》《大学》是村学儿童人人读的，还有士大夫讲理学的风气哩！究竟那每年“洙水桥前，大成殿上，多士济济，肃穆趋跄”，曾何补于当时的惨酷的社会，贪污的政治？

我们回想到我们三十年前在村学堂读书的时候，每年开学是要向孔夫子叩头礼拜的；每天放学，拿了先生批点过的习字，是要向中堂(不一定有孔子像)拜揖然后回家的。至今回想起来，那个时代的人情风尚也未见得比现在高多少。在许多方面，我们还可以确定地说：“最近二十年”比那个拜孔夫子的时代高明得多多了。这二三十年中，我们废除了三千年的太监，一千年的小脚，六百年的八股，四五百年的男娼，五千年的酷刑，这都没有借重孔子的力量。八月二十七那一天汪精卫先生在中央党部演说，也指出“孔子没有反对纳妾，没有反对蓄奴婢：如今呢，纳妾蓄奴婢，虐待之固是罪恶，善待之亦是罪恶，根本纳妾蓄奴婢便是罪恶”。汪先生的解说是：“仁是万古不易的，而仁的内容与条件是与时俱进的。”这样的解说毕竟不能抹杀历史的事实。事实是“最近”几年中，丝毫没有借重孔夫子，而我们的道德观念已进化到承认“根本纳妾蓄奴婢便是罪恶”了。

平心说来，“最近二十年”是中国进步最速的时代；无论在知识上，道德上，国民精神上，国民人格上，社会风俗上，政治组织上，民族自信力上，这二十年的进步都可以说是超过以前的任何时代。这时期中自然也有不少的怪现状的暴露，劣根性的表现，然而种种缺陷都不能减损这二十年的总进步的净赢余。这里不是我们专论这个大问题的地方。但我们可以指出这个总进步的几个大项目：

第一，帝制的推翻，而几千年托庇在专制帝王之下的城狐社鼠，——一切妃嫔、太监、贵胄、吏胥、捐纳，——都跟着倒了。

第二，教育的革新。浅见的人在今日还攻击新教育的失败，但他们若平心想想旧教育是些什么东西，有些什么东西，就可以明白这二三十年的新教育，无论在量上或质上都比三十年前进步至少千百倍了。在消极方面，因旧教育的推倒，八股、骈文、律诗等等谬制都逐渐跟着倒了；在积极方面，新教育虽然还肤浅，然而常识的增加，技能的增加，文字的改革，体育的进步，国家观念的比较普遍，这都是旧教育万不能做到的成绩。（汪精卫先生前天曾说：“中国号称以孝治天下，而一开口便侮辱人的母亲，甚至祖宗妹子等。”试问今日受过小学教育的学生还有这种开口骂人妈妈妹子的国粹习惯吗？）

第三，家庭的变化。城市工商业与教育的发展使人口趋向都会，受影响最大的是旧式家庭的崩溃，家庭变小了，父母公婆与族长的专制威风减削了，儿女宣告独立了。在这变化的家庭中，妇女的地位的抬高与婚姻制度的改革是五千年来最重大的变化。

第四，社会风俗的改革。小脚、男娼、酷刑等等，我已屡次说过了。在积极方面，如女子的解放，如婚丧礼俗的新试验，如青年对于体育运动的热心，如新医学及公共卫生的逐渐推行，这都是古代圣哲所不曾梦见的大进步。

第五，政治组织的新试验。这是帝制推翻的积极方面的结果。二十多年的试验虽然还没有做到满意的效果，但在许多方面（如新式的司法，如警察，如军事，如胥吏政治之变为士人政治）都已明白地显出几千年来所未曾有的成绩。不过我们生在这个时代，往往为成见所蔽，不肯承认罢了。单就最近几年来颁行的新民法一项而论，其中含有无数超越古昔的优点，已可说是一个不流血的绝大社会革命了。

这些都是毫无可疑的历史事实，都是“最近二十年”中不曾借重孔夫子而居然做到的伟大的进步。革命的成功就是这些，维新的成绩也就是这些。可怜无数维新志士，革命仁人，他们出了大力，冒了大险，替国家民族在二三十年中做到了这样超越前圣，凌驾百王的大进步，到头来，被几句死书迷了眼睛，见了黑旋风不认得是李逵，反倒唉声叹气，发思古之幽情，痛惜今之不如古，梦想从那“荆棘丛生，檐角倾斜”的大成殿里抬出孔圣人来“卫我宗邦，保我族类”！这岂不是天下古今最可怪笑的愚笨吗？

文章写到这里，有人打岔道：“喂，你别跑野马了。他们要的是‘国民精神上之人格，民族的自信’。在这‘最近二十年’里，这些项目也有进步吗？不借重孔夫子，行吗？”

什么是人格？人格只是已养成的行为习惯的总和。什么是信心？信心只是敢于肯定一个不可知的将来的勇气。在这个时代，新旧势力，中西思潮，四方八面的交攻，都自然会影响到我们这一辈人的行为习惯，所以我们很难指出某种人格是某一种势力单独造成的。但我们可以毫不迟疑地说：这二三十年中的领袖人才，正因为生活在一个新世界的新潮流里，他们的人格往往比旧时代的人物更伟大：思想更透辟，知识更丰富，气象更开阔，行为更豪放，人格更崇高。试把孙中山来比曾国藩，我们就可以明白这两个世界的代表人物的不同了。在古典文学的成就上，在世故的磨炼上，在小心谨慎的行为上，中山先生当然比不上曾文正。然而在见解的大胆，气象的雄伟，行为的勇敢上，那一位理学名臣就远不如这一位革命领袖了。照我这十几年来的观察，凡受这个新世界的新文化的震撼最大的人物，他们的人格都可以上比一切时代的圣贤，不但没有愧色，往往超越前人。我且举几个已死的朋友做例子，如高梦旦先生，如蔡元培先生，如丁文江先生。他们的人格的崇高可爱敬，在中国古人中真寻不出相当的伦比。这种人格只有这个新时代才能产生，同时又都是能够给这个时代增加光耀的。

我们谈到古人的人格，往往想到岳飞、文天祥和晚明那些死在廷杖下或天牢里的东林忠臣。我们何不想想这二三十年中为了各种革命慷慨杀身的无数志士！那些年年有特别纪念日追悼的人们，我们姑且不论。我们试想想那些为排满革命而死的许多志士，那些为民十五六年的国民革命而死的无数青年，那些前两年中在上海在长城一带为抗日卫国而死的无数青年，那些为民十三以来的共产革命而死的无数青年，——他们慷慨献身去经营的目标比起东林诸君子的目标来，其伟大真不可比例了。东林诸君子慷慨抗争的是“红丸”“移宫”“妖书”等等米米小的问题；而这无数的革命青年慷慨献身去工作的是全民族的解放，整个国家的自由平等，或他们所梦想的全人类社会的自由平等。我们想到了这二十年中为一个主义而从容杀身的无数青年，我们想起了这无数个“杀身成仁”中国青年，我们不能不低下头来向他们致最深的敬礼；我们不能不颂赞这“最近二十年”是中国史上一个精神人格最崇高，民族自信心最坚强的时代。他们把他们的生命都献给了他们的国家和他们的主义，天下还有比这更大的信心吗？

凡是咒诅这个时代为“人欲横流，人禽无别”的人，都是不曾认识这个新时代的人：他们不认识这二十年中国的空前大进步，也不认识这二十年中整千整万的中国少年流的血究竟为的是什么。

可怜的没有信心的老革命党呵！你们要革命，现在革命做到了这二十年的空前大进步，你们反不认得它了。这二十年的一点进步不是孔夫子之赐，是大家努力革命的结果，是大家接受了一个新世界的新文明的结果。只有向前走是有希望的。开倒车是不会有成功的。

你们心眼里最不满意的现状，——你们所咒诅的“人欲横流，人禽无别”，——只是任何革命时代所不能避免的一点副产物而已。这种现状的存在，只够证明革命还没有成功，进步还不够。孔圣人是无法帮忙的；开倒车也决不能引你们回到那个本来不存在的“美德造成的黄金世界”的！养个孩子还免不了肚痛，何况改造一个国家，何况改造一个文化？别灰心了，向前走罢！

二十三，九，三夜。

本文原载1934年9月《独立评论》第117号

第三章 青年人的苦闷

我们中国今日无数人的苦闷悲观，都由于当年期望太奢而努力不够。悲观是不能救国的，呐喊是不能救国的，口号标语是不能救国的，责人而自己不努力是不能救国的。“你要想有益于社会，最好的法子莫如把自己这块材料铸造成器。”

青年人的苦闷

今年6月2日早晨，一个北京大学一年级学生，在悲观与烦闷之中，写了一封很沉痛的信给我。这封信使我很感动，所以我在那个6月2日的半夜后写了一封一千多字的信回答他。

我觉得这个青年学生诉说他的苦闷不仅是他一个人感受的苦闷，他要解答的问题也不仅是他一个人要问的问题。今日无数青年都感觉大同小异的苦痛与烦闷，我们必须充分了解这件绝不容讳饰的事实，我们必须帮助青年人解答他们渴望解答的问题。

这个北大一年级学生来信里有这一段话：

生自小学毕业到中学，过了八年沦陷生活，苦闷万分，夜中偷听后方消息，日夜企盼祖国胜利，在深夜时暗自流泪，自恨不能为祖国做事。对蒋主席之崇拜，无法形容。但胜利后，我们接收大员及政府所表现的，实在太不像话……生从沦陷起对政府所怀各种希望完全变成失望，且曾一度悲观到萌自杀的念头……自四月下旬物价暴涨，同时内战更打得起劲。生亲眼见到同胞受饥饿而自杀，以及内战的惨酷，联想到祖国的今后前途，不禁悲从中来，原因是生受过敌人压迫，实再怕做第二次亡国奴！……我伤心，我悲哀，同时绝望——在绝望的最后几分钟，问您几个问题。

他问了我七个问题，我现在挑出这三个：

一、国家是否有救？救的方法如何？

二、国家前途是否绝望？若有，希望在那里？请具体示知。

三、青年人将苦闷死了，如何发泄？

以上我摘抄这个青年朋友的话，以下是我答复他的话的大致，加上后来我自己修改引申的话。这都是我心里要对一切苦闷青年说的老实话。

我们今日所受的苦痛，都是我们这个民族努力不够的当然结果。我们事事不如人：科学不如人，工业生产不如人，教育不如人，知识水准不如人，社会政治组织不如人；所以我们经过了八年的苦战，大破坏之后，恢复很不容易。人家送兵船给我们，我们没有技术人才去驾驶。人家送工厂给我们——如胜利之后敌人留下了多少大工厂——而我们没有技术人才去接收使用，继续生产，所以许多烟囱不冒烟了，机器上了锈，无数老百姓失业了！

青年人的苦闷失望——其实岂止青年人苦闷失望吗？——最大原因都是因为我们前几年太乐观了，大家都梦想"天亮"，都梦想一旦天亮之后就会"天朗气清，惠风和畅"，有好日子过了！

这种过度的乐观是今日一切苦闷悲观的主要心理因素。大家在那"夜中偷听后方消息，日夜企盼祖国胜利"的心境里，当然不会想到战争是比较容易的事，而和平善后是最困难的事。在胜利的初期，国家的地位忽然抬高了，从一个垂亡的国家一跳就成了世界上第四强国了！大家在那狂喜的心境里，更不肯去想想坐稳那世界第四把交椅是多大困难的事业。天下哪有科学落后、工业生产落后、政治经济社会组织事事落后的国家可以坐享世界第四强国的福分！

试看世界的几个先进国家，战胜之后，至今都还不能享受和平的清福，都还免不了饥饿的恐慌。美国是唯一的例外。前年 11 月我到英国，住在伦敦第一等旅馆里，整整三个星期，没有看见一个鸡蛋！我到英国公教人员家去，很少人家有一盒火柴，却只用小木片向炉上点火供客。大多数人的衣服都是旧的补丁的。试想英国在三十年前多么威风！在第二次大战之中，英国人一面咬牙苦战，一面都明白战胜之后英国的殖民地必须丢去一大半，英国必须降为二等大国，英国人民必须吃大苦痛。但英国人的知识水准高，大家绝不悲观，都能明白战后恢复工作的巨大与艰难，必须靠大家束紧裤带，挺起脊梁，埋头苦干。

我们中国今日无数人的苦闷悲观，都由于当年期望太奢而努力不够。我们在今日必须深刻地了解：和平善后要比八年抗战困难得多。大战时须要吃苦努力，胜利之后更要吃苦努力，才可以希望在十年二十年之中做到一点复兴的成绩。

国家当然有救，国家的前途当然不绝望。这一次日本的全面侵略，中国确有亡国的危险。我们居然得救了。现存的几个强国，除了一个国家还不能使我们完全放心之外，都绝对没有侵略我们的企图。我们的将来全靠我们自己今后如何努力。

正因为我们今日的种种苦痛都是从前努力不够的结果，所以我们将来的恢复与兴盛决没有捷径，只有努力工作一条窄路，一点一滴地努力，一寸一尺地改善。

悲观是不能救国的，呐喊是不能救国的，口号标语是不能救国的，责人而自己不努力是不能救国的。

我在二十多年前最爱引易卜生对他的青年朋友说的一句话："你要想有益于社会，最好的法子莫如把自己这块材料铸造成器。"我现在还要把这句话赠送给一切悲观苦闷的青年朋友。社会国家需要你们做最大的努力，所以你们必须先把自己这块材料铸造成有用的东西，方才有资格为社会国家努力。

今年 4 月 16 日，美国南加罗林那州的州议会举行了一个很隆重的典礼，悬挂本州最有名的公民巴鲁克（Bernard M. Baruch）的画像在州议会的壁上，请巴鲁克先生自己来演说。巴鲁克先生今年七十七岁了，是个犹太裔的美国大名人。当第一次世界大战时，威尔逊总统的国防顾问，是原料委员会的主任，后来专管战时工业原料。巴黎和会时，他是威尔逊的经济顾问。当第二次世界大战时，他是战时动员总署的专家顾问，是罗斯福总统特派的人造橡皮研究委员会的主任。战争结束后，他是总统特任的原子能管理委员会的主席。他是两次世界大战都曾出大力有大功的一个公民。

这一天，这位七十七岁的巴鲁克先生起来答谢他的故乡同胞对他的好意，他的演说辞是广播全国对全国人民说的。他的演说，从头至尾，只有一句话：美国人民必须努力工作，必须为和平努力工作，必须比战时更努力工作。

巴鲁克先生说："现在许多人说借款给人可以拯救世界，这是一个最大的错觉。只有人们大家努力做工可以使世界复兴，如果我们美国愿意担负起保存文化的使命，我们必须做更大的努力，比我们四年苦战还更大的努力。我们必须准备出大汗，努力撙节，努力制造世界人类需要的东西，使人们有面包吃，有衣服穿，有房子住，有教育，有精神上的享受，有娱乐。"

他说："工作是把苦闷变成快乐的炼丹仙人。"他又说：美国工人现在的工作时间太短了，不够应付世界的需要。他主张：如果不能回到每周六天，每天八小时的工作时间，至少要大家同心做到每周四十四小时的工作；不罢工，不停顿，才可以做出震惊全世界的工作成绩来。

巴鲁克先生最后说："我们必须认清：今天我们正在四面包围拢来的通货膨胀的危崖上，只有一条生路，那就是工作。我们生产越多，生活费用就越减低；我们能购买的货物也就越加多，我们的剩余力量（物质的、经济的、精神的）也就越容易积聚。"

我引巴鲁克先生的演说，要我们知道，美国在这极强盛极光荣的时候，他们远见的领袖还这样力劝全国人民努力工作。"工作是把苦闷变成快乐的炼丹仙人。"我们中国青年不应该想想这句话吗？

收入《独立时论集》（第一集），

1948 年 4 月北平独立出版社

拜金主义

吴稚晖先生在今年 5 月底曾对我说："适之先生，你千万再不要提倡那害人误国的国故整理了。现在最要紧的是要提倡一种纯粹的拜金主义。"

我因为个人兴趣上的关系，大概还不能完全抛弃国故的整理。但对于他说的拜金主义的提倡，我却表示二十四分的赞成。

拜金主义并没有什么深奥的教旨，吴稚晖先生在他的《一个新信仰的宇宙观与人生观》里，曾发挥过这种教义。简单说来，拜金主义只有三个信条：

第一，要自己能挣饭吃。

第二，不可抢别人的饭吃。

第三，要能想出法子来，开出生路来，叫别人有挣饭吃的机会。

《珠砂痣》里有一句说白："原来银子是一件好宝贝。"这就是拜金主义的浅说。银子为什么是一件好宝贝呢？因为没有银子便是贫穷，贫穷便是一切罪恶的来源。《珠砂痣》里那个男子因为贫穷，便肯卖妻子，卖妻子便是一桩罪恶。你仔细想想，那一件罪恶不是由于贫穷的？小偷、大盗、扒手、绑票、卖娼、贪贼、卖国，那一件不是由于贫穷？

所以古人说：

衣食足而后知荣辱，

仓廪实而后知礼节。

这便是拜金主义的人生观。

一班瞎了眼睛、迷了心头孔的人，不知道人情是什么，偏要大骂西洋人，尤其是美国人，骂他们“崇拜大拉”（Worship the dollar）！你要知道，美国人因为崇拜大拉，所以已经做到了真正“夜不闭户、路不拾遗”的理想境界了（几个大城市里自然还有罪恶，但乡间真能夜不闭户、路不拾遗是西洋的普遍现状）。

我们不配骂人崇拜大拉；请回头看看我们自己崇拜的是什么！

一个老太婆，背着一只竹箩，拿着一根铁扦，天天到巷堂里扒垃圾堆，去寻找那垃圾堆里一个半个没有烧完的煤球，一寸两寸稀烂奇脏的破布——这些人崇拜的是什么！

要知道，这种人连半个没有烧完的煤球也不肯放过，还能有什么“道德”“牺牲”“廉洁”“路不拾遗”？

所以现今的要务是要充分提倡拜金主义，提倡人人要挣饭吃。

上海青年会里的朋友们现在办了一种职业学校，要造成一些能自己挣饭吃的人才，这真是大做好事，功德无量。我想社会上一定有些假充道学的人，嫌这个学校的拜金气味太重，所以写这篇短文，预先替他们做点辩护。

原载 1927 年 10 月《文社月刊》第 2 卷第 10 册

贞操问题

周作人先生所译的日本与谢野晶子的《贞操论》(《新青年》四卷五号),我读了很有感触。这个问题,在世界上受了几千年无意识的迷信,到近几十年中,方才有些西洋学者正式讨论这问题的真意义。文学家如易卜生的《群鬼》和 Thomas Hardy 的《苔丝》(Tess)都带着讨论这个问题。如今家庭专制最厉害的日本居然也有这样大胆的议论!这是东方文明史上一件极可贺的事。

当周先生翻译这篇文字的时候,北京一家很有价值的报纸登出一篇恰相反的文章。这篇文章是海宁朱尔迈的《会葬唐烈妇记》(七月二十三四日北京《中华新报》)。上半篇写唐烈妇之死如下:

唐烈妇之死,所阅灰水,钱卤,投河,雉经者五,前后绝食者三;又益之以砒霜,则其亲试乎杀人之方者凡九。自除夕上溯其夫亡之夕,凡九十有八日。夫以九死之惨毒,又历九十八日之长,非所称百挫千折有进而无退者乎。

下文又借出一件"俞氏女守节"的事来替唐烈妇作陪衬:

女年十九,受海监张氏聘,未于归,夫夭,女即绝食七日;家人劝之力,始进糜曰,"吾即生,必至张氏,宁服丧三年,然后归报地下。"

最妙的是朱尔迈的论断:

嗟乎,俞氏女盖闻热妇之风而兴起者乎。俞氏女果能死于绝食七日之内,岂不甚幸?乃为家人阻之,俞氏女亦以三年为己任,余正恐三年之间,凡一千八十日有奇，非如烈妇之九十乙日也。且绝食之后，其家人防之者百端。虽有死之志，而无死之间，可奈何？烈妇倘能阴相之以成其节，风化所关，猗欤盛矣！

这种议论简直是全无心肝的贞操论。俞氏女还不曾出嫁，不过因为信了那种荒谬的贞操迷信，想做那"青史上留名的事"，所以绝食寻死，想做烈女。这位朱先生要维持风化，所以忍心巴望那位烈妇的英灵来帮助俞氏女赶快死了，"岂不甚幸"！这种议论可算得贞操迷信的极端代表。《儒林外史》里面的王玉辉看他女儿殉夫死了，不但不哀痛，反仰天大笑道："死得好！死得好！"（五十二回）王玉辉的女儿殉已嫁之夫，尚在情理之中。王玉辉自己"生这女儿为伦纪生色"，他看他女儿死了反觉高兴，已不在情理中了。至于这位朱先生巴望别人家的女儿替他未婚夫做烈女，说出那种"猗欤盛哉"的全无心肝的话，可不是贞操迷信的极端代表吗？

贞操问题之中，第一无道理的，便是这个替未婚夫守节和殉烈的风俗。在文明国里，男女用自由意志，由高尚的恋爱，订了婚约，有时男的或女的不幸死了，剩下的那一个因为生时爱情太深，故情愿不再婚嫁。这是合情理的事。若在婚姻不自由之国，男女订婚以后，女的还不知男的面长面短，有何情爱可言？不料竟有一种陋儒，用"青史上留名的事"来鼓励无知女儿做烈女，"为伦纪生色""风化所关，猗欤盛矣"！我以为我们今日若要作具体的贞操论，第一步就该反对这种忍心害理的烈女论，要渐渐养成一种舆论，不但永不把这种行为看作"猗欤盛矣"可旌表褒扬的事，还要公认这是不合人情、不合天理的罪恶；还要公认劝人做烈女，罪等于故意杀人。

这不过是贞操问题的一方面。这个问题的真相，已经与谢野晶子说得很明白了。他提出几个疑问，内中有一条是："贞操是否单是女子必要的道德，还是男女都必要的呢？"这个疑问，在中国更为重要。中国的男子要他们的妻子替他们守贞守节，他们自己却公然嫖妓，公然纳妾，公然"吊膀子"。再嫁的妇人在社会上几乎没有社交的资格；再婚的男子、多妻的男子，却一毫不损失他们的身份，这不是最不平等的事吗？怪不得古人要请“周婆制礼”来补救“周公制礼”的不平等了。

我不是说，因为男子嫖妓，女子便该偷汉；也不是说，因为老爷有姨太太，太太便该有姨老爷。我说的是，男子嫖妓，与妇人偷汉，犯的是同等的罪恶；老爷纳妾，与太太偷人，犯的也是同等的罪恶。

为什么呢？因为贞操不是个人的事，乃是人对人的事；不是一方面的事，乃是双方面的事。女子尊重男子的爱情，心思专一，不肯再爱别人，这就是贞操。贞操是一个“人”对别一个“人”的一种态度。因为如此，男子对于女子，也该有同等的态度，若男子不能照样还敬，他就是不配受这种贞操的待遇。这并不是外国进口的妖言，这乃是孔丘说的“己所不欲，勿施于人”。孔丘说：君子之道四，丘未能一焉：所求乎子以事父，未能也；所求乎臣以事君，未能也；所求乎弟以事兄，未能也；所求乎朋友，先施之，未能也。

孔丘五伦之中，只说了四伦，未免有点欠缺。他理该加上一句道：所求乎吾妇，先施之，未能也。

这才是大公无私的圣人之道！

我这篇文字刚才做完，又在上海报上看见陈烈女殉夫的事。今先记此事大略如下：

陈烈女名宛珍，绍兴县人，三世居上海。年十七，字王远甫之子菁士。菁士于本年三月二十三日病死，年十八岁。陈女闻死耗，即沐浴更衣，潜自仰药。其家人觉察，仓皇施救，已无及。女乃泫然曰：“儿志早决。生虽未获见夫，殁或相从地下……”言讫，遂死，死时距其未婚夫之死仅三时而已。（此据上海绍兴同乡会所出征文启。）

过了两天，又见上海县知事呈江苏省长请予褒扬的呈文中说：

呈为陈烈女行实可风，造册具书证明，请予按例褒扬事……（事实略）……兹据呈称……并开具事实，附送褒扬费银六元前来。知事复查无异。除先给予“贞烈可风”匾额，以资旌表外，谨援褒扬条例……之规定，造具清册，并附证明书，连同褒扬费，一并构文呈送，仰祈鉴核，俯赐咨行内务部将陈烈女按例褒扬，实为德便。

我读了这篇呈文，方才知道我们中华民国居然还有什么褒扬条例。于是我把那些条例寻来一看，只见第一条九种可褒扬的行谊的第二款便是“妇女节烈贞操可以风世者”；第七款是“著述书籍制造器用，于学术技艺或发明或改良之功者”；第九款是“年逾百岁者”！一个人偶然活到了一百岁，居然也可以与学术技艺上的著作发明享受同等的褒扬！这已是不伦不类可笑得很了。再看那条例施行细则解释第一条第二款的“妇女节烈贞操可以风世者”如下：

第二条：褒扬条例第一条第二款所称之“节”夕刁，其守节年限自三十岁以前守节至五十岁以后者。但年未五十而身故，其守节已及六年者同。

第三条：同条款所称之“烈”妇“烈”女，凡遇强暴不从致死，或羞忿自尽，及夫亡殉节者，属之。

第四条：同条款所称之“贞”女，守贞年限与节妇同。其在夫家守贞身故，及未符年例而身故者，亦属之。

以上各条乃是中国贞操问题的中心点。第二条褒扬“自三十岁以前守节至五十岁以后”的节妇，是中国法律明明认三十岁以下的寡妇不该再嫁；再嫁为不道德。第三条褒扬“夫亡殉节”的烈妇烈女，是中国法律明明鼓励妇人自杀以殉夫；明明鼓励未嫁女子自杀以殉未嫁之夫。第四条褒扬未嫁女子替未婚亡夫守贞二十年以上，是中国法律明明说未嫁而丧夫的女子不该再嫁人；再嫁便是不道德。

这是中国法律对于贞操问题的规定。

依我个人的意思看来，这三种规定都没有成立的理由。

第一，寡妇再嫁问题。这全是一个个人问题。妇人若是对他已死的丈夫真有割不断的情义，他自己不忍再嫁；或是已有了孩子，不肯再嫁；或是年纪已大，不能再嫁；或是家道殷实，不愁衣食，不必再嫁，——妇人处于这种境地，自然守节不嫁。还有一些妇人，对他丈夫，或有怨心，或无恩意，年纪又轻，不肯抛弃人生正当的家庭快乐；或是没有儿女，家又贫苦，不能度日；——妇人处于这种境遇没有守节的理由，为个人计，为社会计，为人道计，都该劝他改嫁。贞操乃是夫妇相待的一种态度。夫妇之间爱情深了，恩谊厚了，无论谁生谁死，无论生时死后，都不忍把这爱情移于别人，这便是贞操。夫妻之间若没有爱情恩意，即没有贞操可说。若不问夫妇之间有无可以永久不变的爱情，若不问做丈夫的配不配受他妻子的贞操，只晓得主张做妻子的总该替他丈夫守节；这是一偏的贞操论，这是不合人情公理的伦理。再者，贞操的道德，“照各人境遇体质的不同，有时能守，有时不能守；在甲能守，在乙不能守。”（用与谢野晶子的话）若不问个人的境遇体质，只晓得说“忠臣不事二君，烈女不更二夫”；只晓得说“饿死事极小，失节事极大”（用程子语）；这是忍心害理，男子专制的贞操论。——以上所说，大旨只要指出寡妇应否再嫁全是个人问题，有个人恩情上、体质上、家计上种种不同的理由，不可偏于一方面主张不近情理的守节。因为如此，故我极端反对国家用法律的规定来褒扬守节不嫁的寡妇。褒扬守节的寡妇，即是说寡妇再嫁为不道德，即是主张一偏的贞操论。法律既不能断定寡妇再嫁为不道德，即不该褒扬不嫁的寡妇。

第二，烈妇殉夫问题。寡妇守节最正当的理由是夫妇间的爱情。妇人殉夫最正当的理由也是夫妇间的爱情。爱情深了，生离尚且不能堪，何况死别？再加以宗教的迷信，以为死后可以夫妇团圆。因此有许多妇人，夫死之后，情愿杀身从夫于地下。这个不属于贞操问题。但我以为无论如何，这也是个人恩爱问题，应由个人自由意志去决定。无论如何，法律总不该正式褒扬妇人自杀殉夫的举动。一来呢，殉夫既由于个人的恩爱，何须用法律来褒扬鼓励？二来呢，殉夫若由于死后团圆的迷信，更不该有法律的褒扬了。三来呢，若用法律来褒扬殉夫的烈妇，有一些好名的妇人，便要借此博一个“青史留名”；是法律的褒扬反发生一种沽名钓誉，作为不诚的行为了！

第三，贞女烈女问题。未嫁而夫死的女子，守贞不嫁的，是“贞女”；杀身殉夫的，是“烈女”。我上文说过，夫妇之间若没有恩爱，即没有贞操可说。依此看来，那未嫁的女子，对于他丈夫有何恩爱？既无恩爱，更有何贞操可守？我说到这里，有个朋友驳我道，这话别人说了还可，胡适之可不该说这话。为什么呢？你自己曾作过一首诗，诗里有一段道：

我不认得他，他不认得我，我却常念他，这是为什么？
岂不因我们，分定常相亲？由分生情意，所以非路人。

海外土生子，生不识故里，终有故乡情，其理亦如此。依你这诗的理论看来，岂不是已订婚而未嫁娶的男女因为名分已定，也会有一种情意。既有了情意，自然发生贞操问题。你于今又说未婚嫁的男女没有恩爱，故也没有贞操可说，可不是自相矛盾吗？我听了这番驳论，几乎开口不得。想了一想，我才回答道：我那首诗所说名分上发生的情意，自然是有的；若没有那种名分上的情意，中国的旧式婚姻决不能存在。如旧日女子听人说他未婚夫的事，即面红害羞，即留神注意，可见他对他未婚夫实有这种名分上所发生的情谊。但这种情谊完全属于理想的。这种理想的情谊往往因实际上的反证，遂完全消灭。如女子悬想一个可爱的丈夫，及到嫁时，只见一个极下流不堪的男子，她如何能坚持那从前理想中的情谊呢？我承认名分可以发生一种情谊，我并且希望一切名分都能发生相当的情谊。但这种理想的情谊，依我看来实在不够发生终身不嫁的贞操，更不够发生杀身殉夫的节烈。即使我更让一步，承认中国有些女子，例如吴趼人《恨海》里那个浪子的聘妻，深中了圣贤经传的毒，由名分上真能生出极浓挚的情谊，无论他未婚夫如何淫荡，人格如何堕落，依旧贞一不变。试问我们在这个文明时代，是否应该赞成提倡这种盲从的贞操？这种盲从的贞操，只值得一句“其愚不可及也”的评论，却不值得法律的褒扬。法律既许未嫁的女子夫死再嫁，便不该褒扬处女守贞。至于法律褒扬无辜女子自杀以殉不曾见面的丈夫，那更是男子专制时代的风俗，不该存在于现今的世界。

总而言之，我对于中国人的贞操问题，有三层意见。

第一，这个问题，从前的人都看作“天经地义”，一味盲从，全不研究“贞操”两字究竟有何意义。我们生在今日，无论提倡何种道德，总该想想那种道德的真意义是什么。《墨子》说得好：

子墨子问于儒者曰，“何故为乐？”曰，“乐以为乐也。”子墨子曰，“子未我应也。今我问曰，‘何故为室？’曰，‘冬避寒焉，夏避暑焉，室以为男女之别也，’则子告我为室之故矣。今我问曰，‘何故为乐？’曰，‘乐以为乐也’。是犹曰，‘何故为室？’曰，‘室以为室也’。”（“公孟篇”）

今试问人“贞操是什么”或“为什么你褒扬贞操”？他一定回答道：“贞操就是贞操。我因为这是贞操，故褒扬他。”这种“室以为室也”的论理，便是今日道德思想宣告破产的证据。故我做这篇文字的第一个主意只是要大家知道“贞操”这个问题并不是“天经地义”，是可以彻底研究、可以反复讨论的。

第二，我以为贞操是男女相待的一种态度，乃是双方交互的道德，不是偏于女子一方面的。由这个前提，便生出几条引申的意见：一、男子对于女子、丈夫对于妻子，也应有贞操的态度；二、男子做不贞操的行为，如嫖妓娶妾之类，社会上应该用对待不贞妇女的态度来对待他；三、妇女对于无贞操的丈夫，没有守贞操的责任；四、社会法律既不认嫖妓纳妾为不道德，便不该褒扬女子的“节烈贞操”。

第三，我绝对地反对褒扬贞操的法律。我的理由是：

一、贞操是个人男女双方对待的一种态度，诚意的贞操是完全自动的道德，不容有外部的干涉，不须有法律的提倡。

二、若用法律的褒扬为提倡贞操的方法，势必至造成许多沽名钓誉、不诚实、无意识的贞操举动。

三、在现代社会，许多贞操问题，如寡妇再嫁，处女守贞，等等问题的是非得失，却都还有讨论余地，法律不当以武断的态度制定褒贬的规条。

四、法律既不奖励男子的贞操，又不惩男子的不贞操，便不该单独提倡女子的贞操。

五、以近世人道主义的眼光看来，褒扬烈妇烈女杀身殉夫，都是野蛮残忍的法律，这种法律在今日没有存在的地位。

民国七年七月

本文最初发表于1918年7月《新青年》第5卷第1号

信心与反省

这一期（《独立》一〇三期）里有寿生先生的一篇文章，题为“我们要有信心”。在这文里，他提出一个大问题：中华民族真不行吗？他自己的答案是：我们是还有生存权的。

我很高兴我们的青年在这种恶劣空气里还能保持他们对于国家民族前途的绝大信心。这种信心是一个民族生存的基础，我们当然是完全同情的。

可是我们要补充一点：这种信心本身要建筑在稳固的基础之上，不可站在散沙之上，如果信仰的根据不稳固，一朝根基动摇了，信仰也就完了。

寿生先生不赞成那些旧人“拿什么五千年的古国哟、精神文明哟、地大物博哟，来遮丑”。这是不错的。然而他自己提出的民族信心的根据，依我看来，文字上虽然和他们不同，实质上还是和他们同样地站在散沙之上，同样地挡不住风吹雨打。例如他说：

我们今日之改进不如日本之速者，就是因为我们的固有文化太丰富了。富于创造性的人，个性必强，接受性就较缓。

这种思想在实质上和那五千年古国精神文明的迷梦是同样的无稽的夸大。第一，他的原则“富于创造性的人，个性必强，接受性就较缓”，这个大前提就是完全无稽之谈，就是懒惰的中国士大夫捏造出来替自己遮丑的胡说。事实上恰是相反的：凡富于创造性的人必敏于模仿，凡不善模仿的人决不能创造。创造是一个最误人的名词，其实创造只是模仿到十足时的一点点新花样。古人说得最好："太阳之下，没有新的东西。"一切所谓创造都从模仿出来。我们不要被新名词骗了。新名词的模仿就是旧名词的"学"字；"学之为言效也"是一句不磨的老话。例如学琴，必须先模仿琴师弹琴；学画必须先模仿画师作画；就是画自然界的景物，也是模仿。模仿熟了，就是学会了，工具用得熟了，方法练得细密了，有天才的人自然会"熟能生巧"，这一点功夫到时的奇巧新花样就叫做创造。凡不肯模仿，就是不肯学人的长处。不肯学如何能创造？伽利略听说荷兰有个磨镜匠人做成了一座望远镜，他就依他听说的造法，自己制造了一座望远镜。这就是模仿，也就是创造。从十七世纪初年到如今，望远镜和显微镜都年年有进步，可是这三百年的进步，步步是模仿，也步步是创造。一切进步都是如此：没有一件创造不是先从模仿下手的。孔子说得好：

三人行，必有我师焉；择其善者而从之，其不善者而改之。

这就是一个圣人的模仿。懒人不肯模仿，所以决不会创造。一个民族也和个人一样，最肯学人的时代就是那个民族最伟大的时代；等到他不肯学人的时候，他的盛世已过去了，他已走上衰老僵化的时期了，我们中国民族最伟大的时代，正是我们最肯模仿四邻的时代：从汉到唐宋，一切建筑、绘画、雕刻、音乐、宗教、思想、算学、天文、工艺，那一件里没有模仿外国的重要成分？佛教和他带来的美术建筑，不用说了。从汉朝到今日，我们的历法改革，无一次不是采用外国的新法；最近三百年的历法是完全学西洋的，更不用说了。到了我们不肯学人家的好处的时候，我们的文化也就不进步了。我们到了民族中衰的时代，只有懒劲学印度人的吸食鸦片，却没有精力学满洲人的不缠脚，那就是我们自杀的法门了。

第二，我们不可轻视日本人的模仿。寿生先生也犯了一般人轻视日本的恶习惯，抹杀日本人善于模仿的绝大长处。日本的成功，正可以证明我在上文说的"一切创造都从模仿出来"的原则。寿生说：

从唐以至日本明治维新，千数百年间，日本有一件事足为中国取镜者吗？中国的学术思想在他手里去发展改进过吗？我们实无法说有。

这又是无稽的诬告了。三百年前，朱舜水到日本，他居留久了，能了解那个岛国民族的优点，所以他写信给中国的朋友说，日本的政治虽不能上比唐虞，可以说比得上三代盛世。这是一个中国大学者在长期寄居之后下的考语。是值得我们的注意的。日本民族的长处全在他们肯一心一意地学别人的好处。他们学了中国的无数好处，但始终不曾学我们的小脚、八股文、鸦片烟。这不够“为中国取镜”吗？他们学别国的文化，无论在那一方面，凡是学到家的，都能有创造的贡献。这是必然的道理。浅见的人都说日本的山水人物画是模仿中国的；其实日本画自有他的特点，在人物方面的成绩远胜过中国画，在山水方面也没有走上四王的笨路。在文学方面，他们也有很大的创造。近年已有人赏识日本的小诗了。我且举一个大家不甚留意的例子。文学史家往往说日本的《源氏物语》等作品是模仿中国唐人的小说《游氏窟》等画的。现今《游仙窟》已从日本翻印回中国来了，《源氏物语》也有了英国人卫来先生（Arthurwdey）的五巨册的译本。我们若比较这两部画，就不能不惊叹日本人创造力的伟大。如果“源氏”真是从模仿《游仙窟》出来的，那真是徒弟胜过师傅千万倍了！寿生先生原文里批评日本的工商业，也是中了成见的毒。日本今日工商业的长足发展，虽然也受了生活程度比人低和货币低落的恩惠，但他的根基实在是全靠科学与工商业的进步。今日大阪与兰肯歇的竞争，骨子里还是新式工业与旧式工业的竞争。日本今日自造的纺织器是世界各国公认为最新最良的。今日英国纺织业也不能不购买日本的新机器了。这是从模仿到创造的最好的例子。不然，我们工人的工资比日本更低，货币平常也比日本钱更贱，为什么我们不能“与他国资本家抢商场”呢？我们到了今日，若还要抹煞事实，笑人模仿，而自居于“富于创造性者”的不屑模仿，那真是盲目的夸大狂了。

第三，再看看“我们的固有文化”是不是真的“太丰富了”。寿生和其他夸大本国固有文化的人们，如果真肯平心想想，必然也会明白这句话也是无根的乱谈。这个问题太大，不是这篇短文里所能详细讨论的，我只能指出几个比较重要之点。使人明白我们的固有文化实在是很贫乏的，谈不到“太丰富”的梦话。近代的科学文化、工业文化，我们可以撇开不谈，因为在那些方面，我们的贫乏未免太丢人了。我们且谈谈老远的过去时代罢。我们的周秦时代当然可以和希腊罗马相提并论，然而我们如果平心研究希腊罗马的文学、雕刻、科学、政治，单是这四项就不能不使我们感觉我们的文化的贫乏了。尤其是造形美术与算学的两方面，我们真不能不低头愧汗。我们试想想，《几何原本》的作者欧几里得（Euclid）正和孟子先后同时；在那么早的时代，在二千多年前，我们在科学上早已太落后了！（少年爱国的人何不试拿《墨子》“经上篇”里的三五条几何学界说来比较《几何原本》？）从此以后，我们所有的，欧洲也都有；我们所没有的，人家所独有的，人家都比我们强。试举一个例子：欧洲有三个一千年的大学，有许多个五百年以上的大学，至今继续存在，继续发展，我们有没有？至于我们所独有的宝贝、骈文、律诗、八股、小脚、太监、姨太太、五世同居的大家庭、贞节牌坊、地狱活现的监狱、廷杖板子夹棍的法庭……虽然“丰富”，虽然“在这世界无不足以单独成一系统”，究竟都是使我们抬不起头来的文物制度。即如寿生先生指出的“那更光辉万丈”的宋明理学，说起来也真正可怜！讲了七八百年的理学，没有一个理学圣贤起来指出裹小脚是不人道的野蛮行为，只见大家崇信“饿死事极小，失节事极大”的吃人礼教：请问那万丈光辉究竟照耀到那里去了？

以上说的，都只是略略指出寿生先生代表的民族信心是建筑在散沙上面，经不起风吹草动，就会倒塌下来的。信心是我们需要的，但无根据的信心是没有力量的。

可靠的民族信心，必须建筑在一个坚固的基础之上，祖宗的光荣自是祖宗之光荣，不能救我们的痛苦羞辱。何况祖宗所建的基业不全是光荣呢？我们要指出：我们的民族信心必须站在“反省”的唯一基础之上。反省就是要闭门思过，要诚心诚意地想，我们祖宗的罪孽深重，我们自己的罪孽深重；要认清了罪孽所在，然后我们可以用全部精力去消灾灭罪。寿生先生引了一句“中国不亡是无天理”的悲叹词句，他也许不知道这句伤心的话是我十三四年前在中央公园后面柏树下对孙伏园先生说的，第二天被他记在《晨报》上，就流传至今。我说出那句话的目的，不是要人消极，是要人反省；不是要人灰心，是要人起信心，发下大弘誓来忏悔；来替祖宗忏悔，替我们自己忏悔；要发愿造新因来替代旧日种下的恶因。

今日的大患在于全国人不知耻。所以不知耻者，只是因为不曾反省。一个国家兵力不如人，被人打败了，被人抢夺了一大块土地去，这不算是最大的耻辱。一个国家在今日还容许整个的省份遍种鸦片烟，一个政府在今日还要依靠鸦片烟的税收——公卖税、吸户税、烟苗税、过境税——来做政府的收入的一部分，这是最大的耻辱。一个现代民族在今日还容许他们的最高官吏公然提倡什么“时轮金刚法会”“息灾利民法会”，这是最大的耻辱。一个国家有五千年的历史，而没有一个四十年的大学，甚至于没有一个真正完备的大学，这是最大的耻辱。一个国家能养三百万不能捍卫国家的兵，而至今不肯计划任何区域的国民义务教育，这是最大的耻辱。

真诚的反省自然发生真诚的愧耻。孟子说得好：“不耻不若人，何若人有？”

真诚的愧耻自然引起向上的努力，要发弘愿努力学人家的好处，铲除自家的罪恶。经过这种反省与忏悔之后，然后可以起新的信心：要信仰我们自己正是拨乱反正的人，这个担子必须我们自己来挑起。三四十年的天足运动已经差不多完全铲除了小脚的风气：从前大脚的女人要装小脚，现在小脚的女人要装大脚了。风气转移得这样快，这不够坚定我们的自信心吗？

历史的反省自然使我们明了今日的失败都因为过去的不努力，同时也可以使我们格外明晰“种瓜得瓜，种豆得豆”的因果铁律。铲除过去的罪孽只是割断已往种下的果。我们要收新果，必须努力造新因。祖宗生在过去的时代，他们没有我们今日的新工具，也居然能给我们留下了不少的遗产。我们今日有了祖宗不曾梦见的种种新工具，当然应该有比祖宗高明千百倍的成绩，才对得起这个新鲜的世界。日本一个小岛国，那么贫瘠的土地，那么少的人民，只因为伊藤博文、大久保利通、西乡隆盛等几十个人的努力，只因为他们肯拼命地学人家，肯拼命地用这个世界的新工具，居然在半个世纪之内一跃而为世界三五大强国之一。这还不够鼓舞我们的信心吗？

反省的结果应该使我们明白那五千年的精神文明。那“光辉万丈”的宋明理学，那并不太丰富的固有文化，都是无济于事的银样蜡枪头。我们的前途在我们自己的手里。我们的信心应该望在我们的将来。我们的将来全靠我们下什么种、出多少力。“播了种一定会有收获，用了力决不至于白费”：这是翁文灏先生要我们有的信心。

二十三·五·二十八

本文原刊于1934年《独立评论》103期

再论信心与反省

在《独立》第一〇三期，我写了一篇“信心与反省”，指出我们对国家民族的信心不能建筑在歌颂过去上，只可以建筑在“反省”的唯一基础之上。在那篇讨论里，我曾指出我们的固有文化是很贫乏的，决不能说是“太丰富了”的。我们的文化，比起欧洲一系的文化来，“我们所有的，人家也都有；我们所没有的，人家所独有的，人家都比我们强。至于我们所独有的宝贝，骈文、律诗、八股、小脚……又都是使我们抬不起头来的文物制度。”所以我们应该反省：认清了我们的祖宗和我们自己的罪孽深重，然后肯用全力去消灾灭罪；认清了自己百事不如人，然后肯死心塌地地去学人家的长处。

我知道这种论调在今日是很不合时宜的，是触犯忌讳的，是至少要引起严厉的抗议的。可是我心里要说的话，不能因为人不爱听就不说了。正因为人不爱听，所以我更觉得有不能不说的责任。

果然，那篇文章引起了一位读者子固先生的悲愤，害他终夜不能睡眠，害他半夜起来写他的抗议，直写到天明。他的文章，《怎样才能建立起民族的信心》是一篇很诚恳的、很沉痛的反省。我很尊敬他的悲愤，所以我很愿意讨论他提出的论点，很诚恳地指出他那“一半不同”正是全部不同。

子固先生的主要论点是：

我们民族这七八十年以来，与欧美文化接触，许多新奇的现象炫盲了我们的眼睛，在这炫盲当中，我们一方面没出息地丢了我们固有的维系并且引导我们向上的文化，另一方面我们又没有能够抓住外来文化之中那种能够帮助我们民族更为强盛的一部分。结果我们走入迷途，堕落下去！

忠孝仁爱信义和平是维系并且引导我们民族向上的固有文化，科学是外来文化中能够帮助我们民族更为强盛的一部分。子固先生的论调，其实还是三四十年前的老辈的论调。他们认得了富强的需要，所以不反对西方的科学工业；但他们心里很坚决地相信一切伦纪道德是我们所固有而不需外求的。老辈之中，一位最伟大的孙中山先生，在他的通俗讲演里，也不免要敷衍一般夸大狂的中国人，说“中国先前的忠孝仁爱信义种种的旧道德”都是“驾乎外国人”之上。中山先生这种议论在今日往往被一般人利用来做复古运动的典故，所以有些人就说“中国本来是一个由美德筑成的黄金世界”了（这是民国十八年叶楚伧先生的名言）！

子固先生也特别提出孙中山先生的伟大，特别颂扬他能“在当时一班知识阶级盲目崇拜欧美文化的狂流中，巍然不动地指示我们救国必须恢复我们固有文化，同时学习欧美科学”。但他如果留心细读中山先生的讲演，就可以看出他当时说那话时是很费力的，很不容易自圆其说的。例如讲“修身”，中山先生很明白地说：

但是从修身一方面来看，我们中国人对于这些功夫是很缺乏的。中国人一举一动都欠检点，只要和中国人来往过一次，便看得很清楚。（《三民主义》六）他还对我们说：

所以今天讲到修身，诸位新青年，便应该学外国人的新文化。（《三民主义》六）可是他一会儿又回过去颂扬固有的旧道德了。本来有保守性的读者只记得中山先生颂扬旧道德的话，却不曾细想他所颂扬的旧道德都只是几个人类共有的理想，并不是我们这个民族实行最力的道德。例如他说的“忠孝仁爱信义和平”，哪一件不是东西哲人共同提倡的理想？除了割股治病、卧冰求鲤一类不近人情的行动之外，哪一件不是世界文明人类公有的理想？孙中山先生也曾说过：

照这样实行一方面讲起来，仁爱的好道德，中国人现在似乎远不如外国。

但是仁爱还是中国的旧道德。我们要学外国，只要学他们那样实行，把仁爱恢复起来，再去发扬光大，便是中国固有的精神。（同上书）在这短短一段话里，我们可以看出中山先生未尝不明白在仁爱的“实行”上，我们实在远不如人。所谓“仁爱还是中国的旧道德”者，只是那个道德的名称罢了。中山先生很明白地教人：修身应该学外国人的新文化，仁爱也“要学外国”。但这些话中的话都是一般人不注意的。

在这些方面，吴稚晖先生比孙中山先生彻底多了。吴先生在他的“一个新信仰的宇宙观及人生观”里，很大胆地说中国民族的“总和道德是低浅的”；同时他又指出西洋民族：什么仁义道德，孝悌忠信，吃饭睡觉，无一不较上三族（阿拉伯、印度、中国）的人较有做法，较有热心。讲他们的总和道德叫做高明。这是很公允的评判。忠孝信义仁爱和平，都是有文化的民族共有的理想；在文字理论上，犹太人、印度人、阿拉伯人、希腊人，以至近世各文明民族，都讲得头头是道。所不同者，全在吴先生说的“有做法，有热心”两点。若没有切实的办法，没有真挚的热心，虽然有整千万册的理学书，终无救于道德的低浅。宋明的理学圣贤，谈性谈心，谈居敬，谈致良知，终因为没有做法，只能走上“终日端坐，如泥塑人”的死路上去。

我所以要特别提出子固先生的论点，只因为他的悲愤是可敬的，而他的解决方案还是无补于他的悲愤。他的方案，一面学科学，一面恢复我们固有的文化，还只是张之洞一辈人说的“中学为体，西学为用”的方案。老实说，这条路是走不通的。如果过去的文化是值得恢复的，我们今天不至糟到这步田地了。况且没有那科学工业的现代文化基础，是无法发扬什么文化的“伟大精神”的。忠孝仁爱信义和平是永远存在书本子里的；但是因为我们的祖宗只会把这些好听的名词都写作八股文章，画作太极图，编作理学语录，所以那些好听的名词都不能变成有做法有热心的事实。西洋人跳出了经院时代之后，努力做征服自然的事业、征服了海洋、征服了大地、征服了空气电气、征服了不少的原质、征服了不少的微生物——这都不是什么“保存国粹”发扬固有文化的口号所能包括的工作，然而科学与工业发达的自然结果是提高了人民的生活、提高了人类的幸福、提高了各个参加国家的文化。结果就是吴稚晖先生说的“总和道德叫作高明”。

世间讲“仁爱”的书，莫过于《华严经》的“净行品”，那一篇妙文教人时时刻刻不可忘了人类的痛苦与缺陷，甚至于大便小便时都要发愿不忘众生：左右便利，当愿众生，蠲除污秽，无淫怒痴。已而就水，当愿众生，向无上道，得出世法。

以水涤秽，当愿众生，具足净忍，毕竟无垢。以水盥掌，当愿众生，得上妙手，受持佛法。但是一个和尚的弘愿，究竟能做到多少实际的“仁爱”？回头看看那一心想征服自然的科学救世者，他们发现了一种病菌，制成了一种血清，可以救活无量数的人类，其为“仁爱”岂不是千万倍的伟大？

以上的讨论，好像全不曾顾到“民族的信心”的一个原来问题。这是因为子固先生的言论，剥除了一些动了感情的话，实在只说了一个“中学为体，西学为用”的老方案，所以我要指出这个方案的“一半”是行不通的：忠孝仁爱信义和平等并不是“维系并且引导我们民族向上的固有文化”，它们不过是人类共有的几个理想，如果没有做法，没有热心，只是一些空名词而已。这些好名词的存在并不曾挽救或阻止“八股、小脚、太监、姨太太、贞节牌坊、地狱的监牢、夹棍板子的法庭”的存在。这些八股、小脚等“固有文化”的崩溃，也全不是程颢、朱熹、顾亭林、戴东原等圣贤的功绩，乃是“与欧美文化接触”之后，那科学工业造成的新文化叫我们相形之下太难堪了，这些东方文明的罪孽方才逐渐崩溃的。我要指出：我们民族这七八十年来与欧美文化接触的结果，虽然还不曾学到那个整个的科学工业的文明（可怜丁文江、翁文灏、颜任光诸位先生都还是四十多岁的少年，他们的工作刚开始哩），究竟已替我们的祖宗消除了无数的罪孽，打倒了“小脚、八股、太监、五世同居的大家庭、贞节牌坊、地狱活现的监狱、夹棍板子的法庭”的一大部分或一小部分。这都是我们的“数不清的圣贤天才”从来不曾指摘讥弹的；这都是“忠孝仁爱信义和平”的固有文化从来不曾“引导向上”的。这些祖宗罪孽的崩溃，固然大部分是欧美文明的恩赐，同时也可以表示我们在这七八十年中至少也还做到了这些消极的进步。子固先生说我们在这七八十年中“走入迷途，堕落下去”，这真是无稽的诬告！中国民族在这七八十年中何尝“堕落”？在几十年之中，废除了三千年的太监、一千年的小脚、六百年的八股、五千年的酷刑，这是“向上”，不是堕落！

不过我们的“向上”还不够，努力还不够。八股废止至今不过三十年，八股的训练还存在大多数老而不死的人的心灵里，还间接直接地传授到我们的无数的青年人的脑筋里。今日还是一个大家做八股的中国，虽然题目换了。小脚逐渐绝迹了，夹棍板子、砍头碎剐废止了，但裹小脚的残酷心理、上夹棍打屁股的野蛮心理，都还存在无数老少人们的心灵里。今日还是一个残忍野蛮的中国，所以始终还不曾走上法治的路，更谈不到仁爱和平了。

所以我十分诚挚地对全国人说：我们今日还要反省，还要闭门思过，还要认清祖宗和我们自己的罪孽深重，决不是这样浅薄地“与欧美文化接触”就可以脱胎换骨的。我们要认清那个容忍拥戴“小脚、八股、太监、姨太太、骈文、律诗、五世同居的大家庭、贞节牌坊、地狱的监牢、夹棍板子的法庭”到几千几百年之久的固有文化，是不足迷恋的，是不能引我们向上的。那里面浮沉着的几个圣贤豪杰，其中当然有值得我们崇敬的人，但那几十颗星儿终究照不亮那满天的黑暗。我们的光荣的文化不在过去，是在将来，是在那扫清了祖宗的罪孽之后重新改造出来的文化。替祖国消除罪孽，替子孙建立文明，这是我们人人的责任。古代哲人曾参说得最好：

士不可以不弘毅：任重而道远。先明白了“任重而道远”的艰难，自然会不轻易灰心失望了。凡是轻易灰心失望的人，都只是不曾认清他挑的是一个百斤的重担，走的是一条万里的长路。今天挑不动，努力磨炼了总有挑得起的一天。今天走不完，走得一里前途就缩短了一里。“播了种一定会有收获，用了力决不至于白费”，这是我们最可靠的信心。

本文原刊于1934年6月25日《独立评论》

三论信心与反省

自从《独立》第一〇三号发表了那篇《信心与反省》之后，我收到了不少的讨论，其中有几篇已在《独立》(第一〇五、一〇六及一〇七号)登出了。我们读了这些和还有一些未发表的讨论，忍不住还要提出几个值得反复申明的论点来补充几句话。

第一个论点是：我们对于我们的“固有文化”，究竟应该采取什么态度，吴其玉先生(《独立》一〇六号)怪我“把中国文化压得太低了”；寿生先生也怪我把中国文化“抑”得太过火了。他们都怕我把中国看的太低了，会造成“民族自暴自弃的心理，造成他对于其他民族屈服卑鄙的心理”。吴其玉先生说：我们“应该优劣并提。不可只看人家的长、我们的短；更应当知道我们的长、人家的短。这样我们才能有努力的勇气”。

这些责备的话，含有一种共同的心理，就是不愿意揭穿固有文化的短处，更不愿意接受“祖宗罪孽深重”的控诉。一听见有人指出“骈文、律诗、八股、小脚、太监、姨太太、贞节牌坊、地狱的监牢、板子夹棍的法庭”等，一般自命为爱国的人们总觉得心里怪不舒服，总要想出法子来证明这些“未必特别羞辱我们”，因为这些都是“不可免的现象”，“无古今中外是一样的”(吴其玉先生的话)。所以吴其玉先生指出日本的“下女、男女同浴、自杀、暗杀、娼妓的风行、贿赂、强盗式的国际行为”；所以寿生先生也指出欧洲中古武士的“初夜权”“贞操锁”。所以子固先生也要问：“欧洲可有一个文化系统过去没有类似小脚、太监、姨太太、骈文、律诗、八股、地狱活现的监狱、廷杖、板子夹棍的法庭一类的丑处呢'？"(《独立》一〇五号)本期(《独立》一〇七号)有周作人先生来信，指出这又是"西洋也有臭虫"的老调。这种心理实在不是健全的心理，只是"遮羞"的一个老法门而已。从前笑话书上说：甲乙两人同坐，甲摸着身上一个虱子，有点难为情，把它抛在地上，说："我道是个虱子，原来不是的。"乙偏不识窍，弯身下去，把虱子拾起来，说："我道不是个虱子，原来是个虱子！"甲的做法，其实不是除虱的好法子。乙的做法，虽然可恼，至少有"实事求是"的长处。虱子终是虱子，臭虫终是臭虫，何必讳呢？何必问别人家有没有呢？

况且我原来举出的"我们所独有的宝贝"：骈文、律诗、八股、小脚、太监、姨太太、五世同居的大家庭、贞节牌坊、地狱的监牢、廷杖、板子夹棍的法庭，这十一项，除姨太太外，差不多全是"我们所独有的"，"在这世界无不足以单独成一系统的"。高跟鞋与木屐何足以媲美小脚，"贞操锁"我在巴黎的克吕尼博物院看见过，并且带有照片回来，这不过是几个色情狂的私人的特制，万配不上比那普及全国至一千多年之久，诗人颂为香钩、文人尊为金莲的小脚。我们走遍世界，研究过初民社会，没有看见过一个文明的或野蛮的民族把他们的女人的脚裹小到三四寸，裹到骨节断折残废，而一千年公认为"美"的！也没有看见过一个文明的民族的知识阶级有话不肯老实地说，必须凑成对子，做成骈文律诗律赋八股，历一千几百年之久，公认为"美"的！无论我们如何爱护祖宗，这十项的"国粹"是洋鬼子家里搜不出来的。

况且西洋的"臭虫"是装在玻璃盒里任人研究的，所以我们能在巴黎的克吕尼博物院纵观高跟鞋的古今沿革，纵观"贞操锁"的制法，并且可以在博物院中购买精致的"贞操锁"的照片寄回来让国中人士用作"西洋也有臭虫"的实例。我们呢？我们至今可有一个历史博物馆敢于搜集小脚鞋样、模型、图画，或鸦片烟灯、烟枪、烟膏，或廷杖、板子、闸床、夹棍等极重要的文化史料，用历史演变的原理排列展览，供全国人研究与警醒的吗？因为大家都要以为灭迹就可以遮羞，所以青年一辈人全不明白祖宗造的罪孽如何深重，所以他们不能明白国家民族何以堕落到今日的地步，也不能明白这三四十年的解放与改革的绝大成绩。不明白过去的黑暗，所以他们不认得今日的光明；不懂得祖宗罪孽的深重，所以他们不能知道这三四十年革新运动的努力并非全无效果。我们今日所以还要郑重指出八股、小脚、板子、夹棍等罪孽，岂是仅仅要宣扬家丑，我们的用意只是要大家明白我们的脊梁上驮着那二三千年的罪孽重担，所以几十年的不十分自觉的努力还不能够叫我们海底翻身。同时我们也可以从这种历史的知识上得着一种坚强的信心：三四十年的一点点努力已可以废除三千年的太监、一千年的小脚、六百年的八股、四五百年的男娼、五千年的酷刑，这不够使我们更决心向前努力吗！西洋人把高跟鞋、细腰模型、贞操锁都装置在博物院里，任人观看，叫人明白那个“美德造成的黄金世界”原来不在过去，而在那辽远的将来。这正是鼓励人们向前努力的好方法，是我们青年人不可不知道的。

固然，博物院里同时也应该陈列先民的优美成绩，谈固有文化的也应该如吴其玉先生说的“优劣并提”。这虽然不是我们现在讨论的本题（本题是“我们的固有文化真是太丰富了吗？”），我们也可以在此谈谈。我们的固有文化究竟有什么“优”“长”之处呢？我是研究历史的人，也是个有血气的中国人，当然也时常想寻出我们这个民族的固有文化的优长之处。但我寻出来的长处实在不多，说出来一定叫许多青年人失望。依我的愚见，我们的固有文化有三点是可以在世界上占数一数二的地位的：第一是我们的语言的“文法”是全世界最容易最合理的。第二是我们的社会组织，因为脱离封建时代最早，所以比较的是很平等的、很平民化的。第三是我们的先民，在印度宗教输入以前，他们的宗教比较的是最简单的、最近人情的；就在印度宗教势力盛行之后，还能勉力从中古宗教之下爬出来，勉强建立一个人世的文化：这样的宗教迷信的比较薄弱，也可算是世界稀有的。然而这三项都夹杂着不少的有害的成分，都不是纯粹的长处。文法是最合理的简易的，可是文字的形体太繁难，太不合理了。社会组织是平民化了，同时也因为没有中坚的主力，所以缺乏领袖，又不容易组织，弄成一个一盘散沙的国家；又因为社会没有重心，所以一切风气都起于最下层而不出于最优秀的分子，所以小脚起于舞女，鸦片起于游民，一切赌博皆出于民间，小说戏曲也皆起于街头弹唱的小民。至于宗教，因为古代的宗教太简单了，所以中间全国投降了印度宗教，造成了一个长期的黑暗迷信的时代，至今还留下了不少的非人生活的遗痕。——然而这三项究竟还是我们在这个世界上最特异的三点：最简易合理的文法，平民化的社会构造，薄弱的宗教心。此外，我想了二十年，实在想不出什么别的优长之点了。如有别位学者能够指出其他的长处来，我当然很愿意考虑的（这个问题当然不是一般短文所能讨论的，我在这里不过提出一个纲要而已）。

所以，我不能不被逼上"固有文化实在太不丰富"之结论了。我以为我们对于固有的文化，应该采取历史学者的态度，就是"实事求是"的态度。一部文化史平铺放着，我们可以平心细看：如果真是丰富，我们又何苦自讳其丰富，如果真是贫乏，我们也不必自讳其贫乏。如果真是罪孽深重，我们也不必自讳其罪孽深重。"实事求是"，才是最可靠的反省。自认贫乏，方才肯死心塌地地学；自认罪孽深重，方才肯下决心去消除罪愆。如果因为发现了自家不如人，就自暴自弃了，那只是不肖的纨绔子弟的行径，不是我们的有志青年应该有的态度。

话说长了，其他的论点不能详细讨论了，姑且讨论第二个论点，那就是模仿与创造的问题。吴其玉先生说文化进步发展的方式有四种：（一）模仿；（二）改进；（三）发明；（四）创作。这样分法，初看似乎有理，细看是不能成立的。吴先生承认"发明"之中"很多都由模仿来的"。"但也有许多与旧有的东西毫无关系的"。其实没有一件发明不是由模仿来的。吴先生举了两个例：一是瓦特的蒸汽力，一是印字术。他若翻开任何可靠的历史书，就可以知道这两件也是从模仿旧东西出来的。印字术是模仿抄写，这是最明显的事：从抄写到刻印章、从刻印章到刻印板画、从刻印板画到刻印符咒短文，逐渐进到刻印大部书，又由刻板进到活字排印，历史俱在，哪一个阶段不是模仿前一个阶段而添上的一点新花样，瓦特的蒸汽力，也是从模仿来的。瓦特生于一七三六年，他用的是牛可门 (Newcomen) 的蒸汽机，不过加上第二个凝冷器及其他修改而已。牛可门生于一六六三年，他用了同时人萨维里 (Savery) 的蒸汽机。牛萨两人又都是根据法国人巴平 (Denis Papin) 的蒸汽唧筒。巴平又是模仿他的老师荷兰人胡根斯 (Huygens) 的空气唧筒的（看 Kaempffernt：Modern Won-der Workers，pp. 467—503）。吴先生举的两个“发明”的例子，其实都是我所说的“模仿到十足时的一点新花样”。吴先生又说：“创作也须靠模仿为入手，但只模仿是不够的。”这和我的说法有何区别？他把“创作”归到“精神文明”方面，如美术、音乐、哲学等。这几项都是“模仿以外，还须有极高的开辟天才和独立的精神”。我的说法并不曾否认天才的重要。我说的是：

模仿熟了，就是学会了，工具用得熟了，方法练得细密了，有天才的人自然会“熟能生巧”，这一点功夫到时的奇巧新花样就叫做创造。

吴先生说，“创造须由模仿入手”；我说，“一切所谓创造都从模仿出来”，我看不出有一丝一毫的分别。

如此看来，吴先生列举的四个方式，其实只有一个方式：一切发明创作都从模仿出来。没有天才的人只能死板地模仿；天才高的人，功夫到时，自然会改善一点；改变得稍多一点，新花样添得多了，就好像是一件发明或创作了，其实还是模仿功夫深时添上的一点新花样。

这样的说法，比较现时一切时髦的创造论似乎要减少一点弊窦。今日青年人的大毛病是误信“天才”“灵感”等最荒谬的观念，而不知天才没有功力只能蹉跎自误，一无所成。世界大发明家爱迭生说得最好：“天才 (Genius) 是一分神来，九十九分汗下。”他所谓“神来” (Inspiration) 即是玄学鬼所谓“灵感”。用血汗苦功到了九十九分时，也许有一分的灵巧新花样出来，那就是创造了。颓废懒惰的人，痴待“灵感”之来，是终无所成的。寿生先生引孔子的话：“吾尝终日不食，终夜不寝，以思，无益，不如学也。”这一位最富有常识的圣人的话是值得我们大家想想的。

本文原载 1934 年 7 月《独立评论》第 107 号

大宇宙中谈博爱

"博爱"就是爱一切人。这题目范围很大。在未讨论以前，让我们先看一个问题："我们的世界有多大？"

我的答复是"很大！"我从前念《千字文》的时候，一开头便已念到这样的辞句："天地玄黄，宇宙洪荒。"宇宙是中国的字，和英文的（Universe,World）意思差不多，都是抽象名词。宇是空间（Space）即东南西北，宙是时间（Time）即古今旦暮。《淮南子》说宇是上下四方，宙是古往今来。宇宙就是天地，宙宇就是 Time-Space。古人能得"Universe"的观念实在不易，相当于今日的科学。但古人所见的空间很小，时间很短，现在的观念已扩大了许多。考古学探讨千万年的事，地质学、古生物学、天文学等不断地发现，更将时间空间的观念扩大。

现在的看法：空间是无穷的大，时间是无穷的长。

古人只见到八大行星，二十年前只见九大行星。现在所谓的银河，是古代所未能想象得到的。以前觉得太阳很远，现在说起来算不得什么，因为比太阳远千万倍的东西多得很。

科学就这样地答复了"宇宙究竟有多大"这个问题。

现在谈第二点：博爱。

在这个大世界里谈博爱，真是个大问题。广义的爱，是世界各大宗教的最终目的。墨子可谓中国历史上最了不起的人，可说是宗教创立者（Founder of Religion），他提出“兼爱”为他的理论中心。兼爱就是博爱，是爱无等差的爱。墨子理论和基督教教义有很多相合的地方，如“爱人如己”“爱我们的仇敌”等。

佛教哲学本谓一切无常，我亦无常，“我”是“四大”（土、水、火、风）偶然结合而成的，是十分简单的东西，因此无所谓爱与恨——根本不值得爱，也不值得恨。但早期佛教亦有爱的意念在：我既无常，可牺牲以为人。

和尚爱众生，但是佛教不准自食其力，所以有人称之为“叫化”（乞丐）宗教。自己的饭亦须取之于人，何能博爱？

古时很多人为了“爱”，每次登坑（大便）的时候便想，想，大想一番，想到爱人。有些人则以身喂蚊，或以刀割肉，以自身所受的痛苦来显示他们对人的爱。这种爱的方法，只能做到牺牲自己，在现代的眼光看来，是可笑的。这种博爱给人的帮助十分有限，与现代的科学——工程、医学……所能给我们的“博爱”比起来，力量实在小得可怜。今日的科学增进了人类互助博爱的能力。就说最近意大利邮船 Andrea Doria 号遇难的事吧，短短的数小时内就救起千多人。近代交通、医学……的发达，减少了人类无数的痛苦。

我们要谈博爱，一定要换一观念。古时那种喂蚊割肉的博爱，等于开空头支票，毫无价值。现在的科学才能放大我们的眼光，促进我们的同情心，增加我们助人的能力。我们需要一种以科学为基础的博爱——一种实际的博爱。

孔子说：“修己以敬，修己以安人，修己以安百姓。”修己就是把自己弄好。我们应当先把自己弄好，然后帮助别人；独善其身然后能兼善天下。同学们，现在我们读书的时候，不要空谈高唱博爱；但应先努力学习，充实自己，到我们有充分能力的时候才谈博爱，仍不算迟。

本文为 1956 年 9 月 1 日胡适在中西部留美同学大会上的演讲，
由《灯塔》特约记者简新程记录，
原载 1957 年 2 月 1 日香港《灯塔》第 8 期

当前中国文化问题

当前中国文化问题，讲起来很难令人满意，实在是问题太大了，今天只就平时想到的几点，提出来谈谈。

一、文化与文明

“文化”两字蕴义甚广，“文化”“文明”有时可解释为两个意思，也有时可看做一件事。解释为两个意思时，“文明”比较具体，看得见的东西如文物发明，属于物质的，“文化”比较抽象，看不见不易捉摸。

“文化”与“文明”虽可分为两件事，但有联系。某一民族为应付环境而创造发明的是文明。发明火便不再茹毛饮血，晚上有灯点，没有火，许多要应付的环境便无法应付。火的发明，也许是无意中的，一经发明，不仅可以烧饭，可以点灯，还可以将金属由硬化为软，制造种种应用的东西。人类之异于一切动物，即是会靠一颗脑袋两只手制造东西。发明火，可以制造更多的东西，这是“文明”。在某种文明中所过的生活形态生活方式，这是“文化”，所以“文化”和“文明”有联系。

一般的解释，“文化”是包括了“文化”与“文明”，范围较广，今天讲的属于后者，不采严格解释。

二、文化的世界性

从前交通阻塞时，某种民族的生活，都有民族性、国家性、地方性，各不相杂。交通发达以来，此种生活的民族性、国家性、地方性渐渐地削弱而世界性日渐加强。我们看到这礼堂里的电灯、椅子、瓷砖一切东西和各位所穿衣服，很少还能找出保持着纯粹地方性的，这便是交通发达文化交流的结果。

文化的沟通不过是近几百年的事，最初靠轮船火车电报传递，近来靠飞机无线电。利用无线电是第一次世界大战末期的事，战争初期尚未充分利用，现在若是没有无线电，一定有人说怎么可以打仗呢？诸君都看过《曾文正公日记》，他在江西建昌时，早上起身先要卜一个卦问问前方战事好不好，早上卜的是“中上”，中午卜的是“中中”，就很担心，实际上他离前线不过百余里，只因交通不便，没有飞机无线电侦察通消息，只好卜卦问吉凶。曾文正公距今不过数十年，相差就是这么远。第一次世界大战时已有电报电话，第二次世界大战就充分利用了无线电；现在上海纽约间随时可以通电话，整个世界的距离已经缩得很短了。到了最近更有进步，电视发明了，美国大选，人民坐在家里看，坐在家里听，赛球不必去球场看胜负，只需将电视一开就得了。记得小时候看《封神榜》《西游记》，见到讲顺风耳千里眼十分奇怪，想不到这些理想现在都成事实，非但成事实，而且方便与普遍远胜书中的理想。

现代消息传播之迅速，往来交通之方便，决不是几百年几十年前想象得到，因此，现代人类由于交通发达吸收交流的文化也就难以估计了。这时候要在任何一个地方任何一件东西上分辨何者从美国来何者从英国来，简直不可能。我到美国去，见春天四处都是黄色的花，非常美丽，那是我国的迎春花；中国女子赏识的栀子花，美国女子也欢迎，但美国很少有人能说这是中国去的。即将开放的菊花，冬天结实的橘子，世界每一角落都见得到，这两种东西都是中国去的，一经介绍被人欢迎就成为世界一部分，不再知道这是中国的产品了。又如丝绸、茶叶、桐油、大豆都是中国去的，丝绸已成为世界穿着不可少的东西，桐油是工业重要原料，大豆更是世界公认了不起的植物，这些早成了世界性的东西。

再看我们自己，用的方面人人少不了钟和表，那是十六世纪发明用机器计时的东西。从前我们用滴水计时，钟表来到中国，不到几十年就遍满全国。现在到故宫博物院去，还可以见到各式各样的钟。有的一个人出来打钟，有的一只鸟出来叫几声，有的是一个人出来写“天下太平”四个字，这些千奇百怪的钟，都是刚发明时所造，也成了世界上稀有的东西。到今日不但有西洋来的钟表，也有上海北平广东自造的钟表，已经成为世界文化的一部分了。再说吃的，玉蜀黍大家都误为四川来的，殊不知它却是从美国来的，在极短时期中不仅传遍中国，且已传遍全球，成了重要食粮之一，它能迅速传遍全世界，即是因为可以生长在平原，也可以生长在高山，用不到多施肥料，便到处被欢迎。玉蜀黍因了普遍，就很少人知道从哪里来的。穿的方面，机器织造的布匹呢绒来到中国不过一百多年，现在我们样样可以自造。又如装饰，小姐太太们的头发是国民革命军北伐以后剪去的，那时我从美国回来，见剪短的黑发小姐很美丽，二十年后的今天，不但已经剪短，还要烫发，再也分不出怎样的头发是西洋的，怎样的还是中国的，再往下去恐怕烫发是从西洋来的也无人知道了。日用品风俗习惯装饰，都是文化，由于吸收外来文化的结果，打破了地方性，减少了民族性，减少了国家性。所以这个时代讲到文化就是世界文化，很难找出一件纯粹的本国文化。我曾想用毛笔写中国字该是中国文化了，可是除了民国以前留下来的墨还用中国胶制造以外，现在制墨用的胶都是外国工厂用剩下来的，常常听到人说现在的墨写字胶笔不如从前，原因就是在此。写出来的文章，更不知不觉地受了外国文化影响，无形中吸收了不少西洋文法，标点更全盘接受了西洋文化。我又想吃中国饭用筷子总是中国文化吧！前天到最标准的中国式饭店马祥兴去，他们先将筷子用开水烫烫消毒，也受了西洋文化影响了。交通这样发达，坐在家里开无线电就可以听到旧金山的新闻报告，也可以听到王外长在巴黎说话的情形了。生活方式要不受外国文化影响，要分析哪些还是纯粹本国文化、哪些是受世界文化影响几乎不可能。

我记得小时候，上海报上登载了一篇法国小说，讲八十天环游地球，大家都说这件事了不得，也怀疑是不是事实，岂知四十年后，一百小时便可以环游地球，以后也许还可以减少到八十小时七十小时环游地球。一百小时不过四天，交通发达到这个阶段，谈到文化便只有世界性文化，如何还能有纯粹的地方性、民族性、国家性文化呢?

三、文化的接受与选择

文化的接受与选择，具有“自然”“自由”的条件，某些东西一经介绍便被采用，某些东西虽经介绍仍不为接受。迎春花、栀子花用不着推广人人欢迎，因为这种花你说好、你的女朋友也说好，自然采用了。钟表来到中国，铜壶滴漏即被弃置，现在仅能在博物院中看到。从前男人穿双棵鞋不分左右足，我起初穿这种鞋子生鸡眼很痛苦，幸而后来一位无名英雄造福人群，仿照皮鞋制成左右是不同的鞋子，我们穿了无限舒服，立刻就风行全国。这虽是小事，其解放男子的足，绝不下于解放女子缠足，并没有什么力量强制我们接受，只是大家觉得比我们好就自然采用。自由选择不同文化、接触不同文化，接受或拒绝，也有其必然的道理。简单说，不外以其所有易其所无，人家有的我没有，我采用，人家有我也有，我的比人家好，人家就采用。所以，有无优劣可说是自由选择、自然选择的条件，但这仅限于物质的。

三百多年前西洋人到中国来传教，那时他们势力已经达到澳门一带，知道中国文化很高，便研究应从哪一方面入手，后来认为到中国传教应选学问最好的人，带来中国所没有的东西及比中国更好的学问，所以派了利玛窦(Matthieu Ricci)带了三件东西，第一件是刚发明不久用机械计时的钟，并选制造最好最讲究的送给中国，这是代表物质。第二件是西方已经很进步的天文学，他们知道中国在讲改革历法，利玛窦天文学学得很好，也带到了中国，这是代表科学。第三件是宗教，才是他们最大的目的。

三件东西同时来到中国，可是吸收的程序不同，第一件钟毫无抵抗接受了，铜壶滴漏不如机械制造的钟，铜壶滴漏自然被打倒。第二件天文学经过一个时期才接受，那时候中国有两种天文学，一种是原有的，一种是回教的，两种天文学各不相让，中国素来遇到两方相争，便各给一个天文台，你们去算月蚀日蚀某月某日几时几分几秒开始，何时复圆，谁算得准确，就采用谁的历法。利玛窦也设了天文台，不但算北京月蚀日蚀时间，也算出南京、成都、广州许多地方的时间。北京下雨，别处不一定下雨，仍可以测验是否准确。比较结果教会天文台成绩最好，一分一秒也不差，显然中国历法不如他，经过十多年后，大家都说西洋历法了不得，明崇祯十六年采用新历法，下一年明朝就止了，清代沿用下去，民国后才整个接受世界一致的历法。第三件宗教接受程度最少，我们原来有佛教道教孔教，天主教来到中国后要比较哪一种最好，却没有比较算日蚀月蚀时间那般方便明显，也不免有主观感情成分。我见我爸爸妈妈相信的，外祖母外祖父相信的，我为什么不相信？所以家庭制度、社会制度、政治哲学、社会哲学以及宗教等等的吸收，不如物质科学那般容易，抵抗力大得多了。第一种是机械不容易抵御，钟比铜壶滴漏好，电灯比桐油灯好，无线电我们没有，自然接受了。至于说最近政府要减少汽车、减少飞机班次，那是偶然的事，和拒绝接受不同。第二种科学有抵抗，但抵抗有限度。医学我们有，天文学我们也有，但新的医学来了，旧的阴阳五行就被打倒，到今天虽还有人说阴阳五行比西医好，这只是少数。第三种社会制度、政治制度、经济制度、宗教等文化的吸收不吸收，拒绝不拒绝，就不若前两种可以比较，可以试验，可以有绝对的选择自由。当前中国文化问题就在这里。

四、当前文化的选择与认识

当前中国文化问题既然就是前面所说的社会制度、政治制度、经济制度、宗教等吸收或拒绝，在交通工具如此发达之时，我们不能也不可能拒绝某种文化。问题是，这类文化的接受牵涉到感情、牵涉到信仰、牵涉到思想、牵涉到宗教。具体说，当前有两个东西在斗争，这两个东西放在我们前面，既不是物质，就不能像商品那样这是德国货这是英国货美国货一般辨别谁好谁坏。现在放在面前的美国货俄国货是无法比较的东西，既不能以品质来较优劣，又不能以价格来比高下，放在面前的是两个世界或者说两个文化要我们去选择去决定往东往西往左往右。

数百年来自由选择、自由拒绝世界文化的阶段已经过去了，目前是必须要我们在两个中间挑选一个，我们既无法列一公式来证明往左是生路往右是死路，或者往右是生路往左是死路，又无法说我们有我们自己的，你们的两个都不要。所以问题就严重了，三十年前教科书里的东西用不着了，梁启超先生早年介绍我们"自由"，许多人谈"不自由毋宁死"，那时看来是天经地义的，现在是变了。打倒资本主义也要打倒自由主义，要服从要牺牲个人自由争取集体自由，从前对的话现在不对了。自由究竟要不要，是另一问题。如从历史上看，一切文化都是向前进，而自由正是前进的原动力，有学术思想自由、言论自由、出版自由才有不断的新科学新文化出来。照辩证法说，有甲就有非甲，甲与非甲斗争成为乙，有乙又有非乙，乙与非乙斗争成为丙。

我今天说这一段话，不是"卖膏药"，我没有膏药可卖。只是这个问题牵涉到情感牵涉到信仰牵涉到思想，除了思想有一点理智成分外，情感信仰就不同，受不了一点刺激。我今年五十八岁，一生相信自由主义，我是向来深信三百年来的历史完全是科学的改造，以人类的聪明睿智改造物质，减少人类痛苦，增加人类幸福，这种成就完全靠了有思想自由、信仰自由、出版自由，不怕天不怕地。倘使失了自由，哪里还有现在的物质文明。

我走过许多国家，我没有见到一个国家牺牲经济自由可以得到政治自由，也没有见到一个国家牺牲政治自由可以得到经济自由。俄国人民生活程度三十年来提高了多少？人民生活痛苦减轻了多少？经济自由得到了没有？牺牲政治自由而得到经济自由的，历史上未有先例。

是自由非自由的选择，也是容忍与不容忍的选择。前年在美国时，去看一位老师，他年已八十，一生努力研究自由历史，见了我说：“我年纪愈大，我才感到容忍与自由一样重要，也许比自由更重要。”不久他就死了。讲自由要容忍，理由很简单，从前的自由是皇帝允许我才有的，现在要多数人允许才能得到，主张左的容忍右的，主张右的容忍左的，相信上帝的要容忍不相信上帝的，不相信上帝的要容忍相信上帝的，不像从前我相信神你不相信神就打死你，现在是社会允许我讲无神论，讲无神论也要容忍讲有神论，因为社会一样允许他。各位都看到报上说美国华莱士组织第三党竞选总统，比较左倾，反对他的人，拿鸡蛋番茄掷他，掷他的人给警察抓了送到法庭去，法官说这是不对的，华莱士有言论自由，要判他在监里坐或者罚他抄篇写纽约前锋论坛报几十年来作标语的一句名言一千篇，那个人想想还是愿意抄一千篇，这一句话是：“你说的话我一个字也不相信，但我要拼命辩护你有权说这话。”这一句话多么伟大！假使这世界是自由与非自由之争的世界，我虽是老朽，我愿意接受有自由的世界，如果一个是容忍一个是不容忍的世界，我要选择容忍的世界。

此次从北平到上海，一位朋友对我说，这个输麻将还打什么，我说你是失败主义的说法，真正输麻将是十二年前的局面，那时我们和世界三海军国之一、陆军占世界第三位、工业占世界第三位的国家打仗，我们没有一点基础，飞机连教练机不过二百架，那才是必输的，可是我们要打，而且打胜了。人家最悲观的时候，我一点不悲观，我总是想，他们没有好装备，没有海军没有空军，我们只要稍稍好转，就可以风雨皆释了。这次斗争说是文化选择问题的斗争，决不能说输就算了，这不比选择双棵鞋、选择剪头发、选择钟表、选择天文历法那般容易，必须得从感情信仰思想各方面去决定，我们的决定也即是国家民族的决定！

本文为1948年9月27日胡适在公余学校的演讲，

原载于1948年10月《自由与进步》第1卷第10期

赠与今年的大学毕业生

这一两个星期里，各地的大学都有毕业的班次，都有很多的毕业生离开学校去开始他们的成人事业。学生的生活是一种享有特殊优待的生活，不妨幼稚一点，不妨吵吵闹闹，社会都能纵容他们，不肯严格地要他们负行为的责任。现在他们要撑起自己的肩膀来挑他们自己的担子了。在这个国难最紧急的年头，他们的担子真不轻！我们祝他们的成功，同时也不忍不依据我们自己的经验，赠与他们几句送行的赠言——虽未必是救命毫毛，也许作个防身的锦囊罢！

你们毕业之后，可走的路不出这几条：绝少数的人还可以在国内或国外的研究院继续作学术研究，少数的人可以寻着相当的职业；此外还有做官、办党、革命三条路；此外就是在家享福或者失业闲居了。第一条继续求学之路，我们可以不讨论。走其余几条路的人，都不能没有堕落的危险。堕落的方式很多，总括起来，约有这两大类：

第一是容易抛弃学生时代的求知识的欲望。你们到了实际社会里，往往所用非所学，往往所学全无用处，往往可以完全用不着学问，而一样可以胡乱混饭吃、混官做。在这种环境里，即使向来抱有求知识学问的决心的人，也不免心灰意懒，把求知的欲望渐渐冷淡下去。况且学问是要有相当的设备的：书籍、试验室、师友的切磋指导、闲暇的工夫，都不是一个平常要糊口养家的人所能容易办到的。没有做学问的环境，谁又能怪我们抛弃学问呢？

第二是容易抛弃学生时代的理想的人生的追求。少年人初次与冷酷的社会接触，容易感觉理想与事实相去太远，容易发生悲观和失望。多年怀抱的人生理想，改造的热诚、奋斗的勇气，到此时候，好像全不是那么一回事，渺小的个人在那强烈的社会炉火里，往往经不起长时期的烤炼就熔化了，一点高尚的理想不久就幻灭了。抱着改造社会的梦想而来，往往是弃甲曳兵而走，或者做了恶势力的俘虏。你在那俘虏牢狱里，回想那少年气壮时代的种种理想主义，好像都成了自误误人的迷梦！从此以后，你就甘心放弃理想的人生的追求，甘心做现成社会的顺民了。

要防御这两方面的堕落，一面要保持我们求知识的欲望，一面要保持我们对于理想人生的追求。有什么好法子呢？依我个人的观察和经验，有三种防身的药方是值得一试的。

第一个方子只有一句话："总得时时寻一两个值得研究的问题！"问题是知识学问的老祖宗；古今来一切知识的产生与积聚，都是因为要解答问题，一要解答实用上的困难或理论上的疑难。所谓"为知识而求知识"，其实也只是一种好奇心追求某种问题的解答，不过因为那种问题的性质不必是直接应用的，人们就觉得这是"无所为"地求知识了。我们出学校之后，离开了做学问的环境，如果没有一两个值得解答的疑难问题在脑子里盘旋，就很难继续保持追求学问的热心。可是，如果你有了一个真有趣的问题天天逗你去想它，天天引诱你去解决它，天天对你挑衅笑你无可奈何它——这时候，你就会同恋爱一个女子发了疯一样，坐也坐不下，睡也睡不安，没工夫也得偷出工夫去陪她，没钱也得撙衣节食去巴结她。没有书，你自会变卖家私去买书；没有仪器，你自会典押衣服去置办仪器；没有师友，你自会不远千里去寻师访友。你只要能时时有疑难问题来逼你用脑子，你自然会保持发展你对学问的兴趣，即使在最贫乏的智识环境中，你也会慢慢地聚起一个小图书馆来，或者设置起一所小试验室来。所以我说：第一要寻问题。脑子里没有问题之日，就是你的智识生活寿终正寝之时！古人说："待文王而兴者，凡民也。若夫豪杰之士，虽无文王犹兴。"试想伽利略（Calileo）和牛顿（Newton）

有多少藏书？有多少仪器？他们不过是有问题而已。有了问题而后，他们自会造出仪器来解答他们的问题。没有问题的人们，关在图书馆里也不会用书，锁在试验室里也不会有什么发现。

第二个方子也只有一句话："总得多发展一点非职业的兴趣。"离开学校之后，大家总得寻个吃饭的职业。可是你寻得的职业未必就是你所学的，或者未必是你所心喜的，或者是你所学而实在和你的性情不相近的。在这种状况之下，工作就往往成了苦工，就不感觉兴趣了。为糊口而做那种非"性之所近而力之所能勉"的工作，就很难保持求知的兴趣和生活的理想主义。最好的救济方法只有多多发展职业以外的正当兴趣与活动。一个人应该有他的职业，又应该有他的非职业的玩艺儿，可以叫做业余活动。凡一个人用他的闲暇来做的事业，都是他的业余活动。往往他的业余活动比他的职业还更重要，因为一个人的前程往往全靠他怎样用他的闲暇时间。他用他的闲暇来打麻将，他就成个赌徒；你用你的闲暇来做社会服务，你也许成个社会改革者；或者你用你的闲暇去研究历史，你也许成个史学家。你的闲暇往往定你的终身。英国十九世纪的两个哲人，弥儿（J·Smill）终身做东印度公司的秘书，然而他的业余工作使他在哲学上、经济学上、政治思想史上都占一个很高的位置；斯宾塞（Spencer）是一个测量工程师，然而他的业余工作使他成为前世纪晚期世界思想界的一个重镇。古来成大学问的人，几乎没有一个不是善用他的闲暇时间的。特别在这个组织不健全的中国社会，职业不容易适合我们性情，我们要想生活不苦痛或不堕落，只有多方发展业余的兴趣，使我们的精神有所寄托，使我们的剩余精力有所施展。有了这种心爱的玩艺儿，你就做六个钟头的抹桌子工夫也不会感觉烦闷了，因为你知道，抹了六个钟头的桌子之后，你可以回家去做你的化学研究，或画完你的大幅山水，或写你的小说戏曲，或继续你的历史考据，或做你的社会改革事业。你有了这种称心如意的活动，生活就不枯寂了，精神也就不会烦闷了。

第三个方子也只有一句话："你总得有一点信心。"我们生在这个不幸的时代，眼中所见，耳中所闻，无非是叫我们悲观失望的。特别是在这个年头毕业的你们，眼见自己的国家民族沉沦到这步田地，眼看世界只是强权的世界，望极天边好像看不见一线的光明——在这个年头不发狂自杀，已算是万幸了，怎么还能够希望保持一点内心的镇定和理想的信任呢？我要对你们说：这时候正是我们要培养我们的信心的时候！只要我们有信心，我们还有救。古人说："信心（Faith）可以移山。"又说，"只要工夫深，生铁磨成绣花针。"你不信吗？当拿破仑的军队征服普鲁士占据柏林的时候，有一位穷教授叫做菲希特（Fichte）的，天天在讲堂上劝他的国人要有信心，要信仰他们的民族是有世界的特殊使命的，是必定要复兴的。菲希特死的时候（1814），谁也不能预料德意志统一帝国何时可以实现。然而不满五十年，新的统一的德意志帝国居然实现了。

一个国家的强弱盛衰，都不是偶然的，都不能逃出因果的铁律的。我们今日所受的苦痛和耻辱，都只是过去种种恶因种下的恶果。我们要收将来的善果，必须努力种现在的新因。一粒一粒地种，必有满仓满屋地收，这是我们今日应该有的信心。

我们要深信：今日的失败，都由于过去的不努力。

我们要深信：今日的努力，必定有将来的大收成。

佛典里有一句话："福不唐捐。"唐捐就是白白地丢了。我们也应该说："功不唐捐！"没有一点努力是会白白地丢了的。在我们看不见想不到的时候，在我们看不见想不到的方向，你瞧！你种下的种子早已生根发叶开花结果了！

你不信吗？法国被普鲁士打败之后，割了两省地，赔了五十万万法郎的赔款。这时候有一位刻苦的科学家巴斯德（Pteur）终日埋头在他的试验室里做他的化学试验和微菌学研究。他是一个最爱国的人，然而他深信只有科学可以救国。他用一生的精力证明了三个科学问题：（一）每一种发酵作用都是由于一种微菌的发展；（二）每一种传染病都是由于一种微菌在生物体中的发展；（三）传染病的微菌，在特殊的培养之下，可以减轻毒力，使它从病菌变成防病的药苗。——这三个问题，在表面上似乎都和救国大事业没有多大的关系。然而从第一个问题的证明，巴斯德定出做醋酿酒的新法，使全国的酒醋业每年减除极大的损失。从第二个问题的证明，巴斯德教全国的蚕丝业怎样选种防病，教全国的畜牧农家怎样防止牛羊瘟疫，又教全世界的医学界怎样注重消毒以减除外科手术的死亡率。从第三个问题的证明，巴斯德发明了牲畜的脾热瘟的治疗药苗，每年替法国农家减除了二千万法郎的大损失；又发明了疯狗咬毒的治疗法，救济了无数的生命。所以英国的科学家赫胥黎（Huxley）在皇家学会里称颂巴斯德的功绩道："法国给了德国五十万万法郎的赔款，巴斯德先生一个人研究科学的成绩足够还清这一笔赔款了。"

巴斯德对于科学有绝大的信心，所以他在国家蒙奇辱大难的时候，终不肯抛弃他的显微镜与试验室。他绝不想他的显微镜底下能偿还五十万万法郎的赔款，然而在他看不见想不到的时候，他已收获了科学救国的奇迹了。

朋友们，在你最悲观最失望的时候，那正是你必须鼓起坚强的信心的时候。你要深信：天下没有白费的努力。成功不必在我，而功力必不唐捐。

本文是 1932 年 6 月 27 日，
即日本占领东三省大半年之后，
时任北大文学院院长胡适发表的一个演说，
曾收入《胡适文存》

第四章 不老不朽

就像猫狗会死一样，个人也会死的，但是他却依然存在所谓人类或社会的“大我”之中，而大我是不朽的。大我的继续存在，成为无量数小我个人成功与失败的永存纪念物。

领袖人才的来源

北京大学教授孟森先生前天寄了一篇文字来，题目是论“士大夫”（见《独立》第十二期）。他下的定义是：

“士大夫”者，以自然人为国负责，行事有权，败事有罪，无神圣之保障，为诛殛所可加者也。虽然孟先生说的“士大夫”，从狭义上说，好像是限于政治上负大责任的领袖；然而他又包括孟子说的“天民”一级不得位而有绝大影响的人物，所以我们可以说，若用现在的名词，孟先生文中所谓“士大夫”应该可以叫做“领袖人物”，省称为“领袖”。孟先生的文章是他和我的一席谈话引出来的，我读了忍不住想引申他的意思，讨论这个领袖人才的问题。

孟先生此文的言外之意是叹息近世居领袖地位的人缺乏真领袖的人格风度，既抛弃了古代“士大夫”的风范，又不知道外国的“士大夫”的流风遗韵，所以成了一种不足表率人群的领袖。他发愿要搜集中国古来的士大夫人格可以做后人模范的，做一部“士大夫集传”；他又希望有人搜集外国士大夫的精华，做一部“外国模范人物集传”。这都是很应该做的工作，也许是很有效用的教育材料。我们知道《新约》里的几种耶稣传记影响了无数人的人格；我们知道布鲁达克（Plutarch）的英雄传影响了后世许多的人物。欧洲的传记文学发达的最完备，历史上重要人物都有很详细的传记，往往有一篇传记长至几十万言的，也往往有一个人的传记多至几十种的。这种传记的翻译，倘使有审慎的选择和忠实明畅的译笔，应该可以使我们多知道一点西洋的领袖人物的嘉言懿行，间接地可以使我们对于西方民族的生活方式得一点具体的了解。

中国的传记文学太不发达了，所以中国的历史人物往往只靠一些干燥枯窘的碑版文字或史家列传流传下来；很少的传记材料是可信的，可读的已很少了；至于可歌可泣的传记，可说是绝对没有。我们对于古代大人物的认识，往往全靠一些很零碎的轶事琐闻。然而我至今还记得我做小孩子时代读的朱子《小学》里面记载的几个可爱的人物，如汲黯、陶渊明之流，朱子记陶渊明，只记他做县令时送一个长工给他儿子，附去一封家信，说："此亦人子也，可善遇之。"这寥寥九个字的家书，印在脑子里，也颇有很深刻的效力，使我三十年来不敢轻用一句暴戾的辞气对待那帮我做事的人。这一个小小例子可以使我承认模范人物的传记，无论如何不详细，只需剪裁得得当，描写得生动，也未尝不可以做少年人的良好教育材料，也未尝不可介绍一点做人的风范。

但是传记文学的贫乏与忽略，都不够解释为什么近世中国的领袖人物这样稀少而又不高明。领袖的人才决不是光靠几本"士大夫集传"就能铸造成功的。"士大夫"的稀少，只是因为"士大夫"在古代社会里自成一个阶级，而这个阶级久已不存在了。在南北朝的晚期，颜之推说：

吾观《礼经》，圣人之教，箕帚匕箸，咳唾唯诺，执烛沃盆，皆有范文，亦为至矣。但（《礼经》）既残缺非复全书，其有所不载，及世事变改者，达君子自为节度，相承行之。故世号"士大夫。风操"。而家门颇有不同，所见互称长短。然其阡陌亦自可知。（《颜氏家训》"风操"第六）在那个时代，虽然经过了魏晋旷达风气的解放，虽然经过了多少战祸的摧毁，"士大夫"的阶级还没有完全毁灭，一些名门望族都竭力维持他们的门阀。帝王的威权，外族的压迫，终不能完全消灭这门阀自卫的阶级观念。门阀的争存不全靠声势的煊赫、子孙的贵盛。他们所倚靠的是那"士大夫风操"，即是那个士大夫阶级所用来律己律人的生活典型。即如颜氏一家，遭遇亡国之祸，流徙异地，然而颜之推所最关心的还是"整齐门内，提撕子孙"，所以他着作家训，留作他家子孙的典则。隋唐以后，门阀的自尊还能维持这"士大夫风操"至几百年之久。我们看唐朝柳氏和宋朝吕氏、司马氏的家训，还可以想见当日士大夫的风范的保存是全靠那种整齐严肃的士大夫阶级的教育的。

然而这士大夫阶级始终被科学制度和别种政治和经济的势力打破了。元明以后，三家村的小儿只消读几部刻板书、念几百篇科学时文，就可以有登科做官的机会；一朝得了科第，像“红鸾禧”戏文里的丐头女婿，自然有送钱投靠的人来拥戴他去走马上任。他从小学的是科学时文，从来没有梦见过什么古来门阀里的“士大夫风操”的教育与训练，我们如何能期望他居士大夫之位要维持士大夫的人品呢？

以上我说的话，并不是追悼那个士大夫阶级的崩坏，更不是希冀那种门阀训练的复活。我要指出的是一种历史事实。凡成为领袖人物的，固然必须有过人的天资做底子，可是他们的知识见地、做人的风度，总得靠他们的教育训练。

一个时代有一个时代的“士大夫”，一个国家有一个国家的范型式的领袖人物。他们的高下优劣，总都逃不出他们所受的教育训练的势力。某种范型的训育自然产生某种范型的领袖。

这种领袖人物训育的来源，在古代差不多全靠特殊阶级（如中国古代的士大夫门阀，如日本的贵族门阀，如欧洲的贵族阶级及教会）的特殊训练。在近代的欧洲则差不多全靠那些训练领袖人才的大学。欧洲之有今日的灿烂文化，差不多全是中古时代留下的几十个大学的功劳。近代文明有四个基本源头：（一）是文艺复兴；（二）是十六七世纪的新科学；（三）是宗教革新；（四）是工业革命。这四个大运动的领袖人物，没有一个不是大学的产儿。中古时代的大学诚然是幼稚得可怜，然而意大利有几个大学都有一千年的历史；巴黎、牛津、剑桥都有八九百年的历史；欧洲的有名大学，多数是有几百年的历史的；最新的大学，如莫斯科大学也有一百八十多年了，柏林大学是一百二十岁了。有了这样长期的存在，才有积聚的图书设备，才有集中的人才，才有继长增高的学问，才有那使人依恋崇敬的“学风”。至于今日，西方国家的领袖人物，哪一个不是从大学出来的？即使偶有三五个例外，也没有一个不是直接间接受大学教育的深刻影响的。

在我们这个不幸的国家，一千年来，差不多没有一个训练领袖人才的机关。

贵族门阀是崩坏了，又没有一个高等教育的书院是有持久性的，也没有一种教育是训练“有为有守”的人才的。五千年的古国，没有一个三十年的大学！八股试帖是不能造领袖人才的，做书院课卷是不能造领袖人才的，当日最高的教育——理学与经学考据——也是不能造领袖人才的。现在这些东西都快成了历史陈迹了，然而这些新起的“大学”，东抄西袭的课程、朝三暮四的学制、七零八落的设备、四成五成的经费、朝秦暮楚的校长、东家宿而西家餐的教员，十日一雨五日一风的学潮——也都还没有造就领袖人才的资格。

丁文江先生在“中国政治的出路”（《独立》第十一期）里曾指出“中国的军事教育比任何其他的教育都要落后”，所以多数的军人都“因为缺乏最低的近代知识和训练，不足以担任国家的艰巨”。其实他太恭维“任何其他的教育”了！茫茫的中国，何处是训练大政治家的所在？何处是养成执法不阿的伟大法官的所在？何处是训练财政经济专家学者的所在？何处是训练我们的思想大师或教育大师的所在？

领袖人物的资格在今日已不比古代的容易了。在古代还可以有刘邦、刘裕一流的枭雄出来平定天下，还可以像赵普那样的人妄想用“半部《论语》治天下”。在今日的中国，领袖人物必须具备充分的现代见识，必须有充分的现代训练，必须有足以引起多数人信仰的人格。这种资格的养成，在今日的社会，除了学校，别无他途。

我们到今日才感觉整顿教育的需要，真有点像“临渴掘井”了。然而治七年之病，终须努力求三年之艾。国家与民族的生命是千万年的。我们在今日如果真感觉到全国无领袖的苦痛，如果真感觉到“盲人骑瞎马”的危机，我们应当深刻地认清只有咬定牙根来彻底整顿教育、稳定教育、提高教育的一条狭路可走。如果这条路上的荆棘不扫除，虎狼不驱逐，奠基不稳固；如果我们还想让这条路去长久埋没在淤泥水潦之中——那么，我们这个国家也只好长久被一班无知识无操守的浑人领导到沉沦的无底地狱里去了。

本文原载于 1932 年 8 月 7 日《独立评论》第 12 期

研究社会问题的方法

研究社会，当然和研究社会学的方法有关系。但这两种方法有不同的地方。就是社会学研究的是社会状况；社会问题是研究个人生活状况。社会学是科学的、是普遍的；社会问题是地方的、是特别的。研究这两样的倾向既然不同，那研究的方法也该有区别。

再者，社会学的目的有两样：第一，要知道人类的共同生活究竟是什么样子。在社会里头，能不能把人类社会的普通道理找出来。第二，如果社会里的风俗习惯发生病的状弁，应当用什么方法去补救。研究这两个问题，是社会学的目的。但我们研究社会问题，和他有一点不同。因为社会问题是特别的，是一国的，是地方的缘故。社会问题是怎样发生的呢？我们知道要等到社会里某种制度有了毛病，问题才能发生出来。如果没有毛病，就不会发生什么问题。好像走路、呼吸、饮食等事体，平时不会发生问题，因为身体这时没有病的缘故。到了饮食不消化或呼吸不顺利的时候，那就是有病了，那就成为问题了。

中国有子孝妇顺的礼教，行了几千年，没有什么变迁。

这是因为当时做儿子的和做媳妇的，对于孝顺的制度没有开疑，所以不成问题。到现在的时候，做儿子的对于父母、做丈夫的对于妻子、做妻子的对于丈夫等的礼法，都起了疑心。这一疑就是表明那些制度有点不适用，就是承认那些制度已经有了毛病。

要我们承认某种制度有了毛病，才能成为社会问题，才有研究的必要。我说研究社会问题，应当有四个目的。现在就用治病的方法来形容：第一，要知道病在什么地方。第二，病是怎样起的，他的原因在哪里。第三，已经知道病在哪里，就得开方给他，还要知某种药材的性质，能治什么病。第四，怎样用药。若是那病人身体太弱，就要想个用药的方法：是打针呢？是下补药呢？若是下药，是饭前呢？是饭后呢？是每天一次是每天两次呢？医生医治病人，短不了这四步。研究社会问题的人，也是这样。现在所用的比喻是医生治病，所以说的都是医术的名词。各位可别误会，在未入本题之前。我们须要避掉两件事：

（一）须避掉偏僻的成见，我们研究一种问题，最要紧的就是把成见除掉。不然，就会受它的障碍。比方一个病人跑到医生那里，对医生说："我这病或者是昨天到火神庙里去，在那里中了邪，或是早晨吃了两个生鸡蛋，然后不舒服。"如果那个医生是精明的，他必不听这病人的话。他先要看看脉，试试温度，验大小便，分析血液，然后下个诊断。他的工夫是从事实上下手，他不管那病人所说中了什么邪，或是吃了什么东西，只是一味虚心地去检验。我们要做社会的医生也是如此。

平常人对于种种事体，往往存着一种成见。比方娼妓问题和纳妾问题，我们对于他们，都存着一种道德的或宗教的成见，所以得不着其中的真相。真相既不能得着，那解决的方法也就无从下手了。所以我们对于娼妓的生涯，是道德是不道德，先别管它；只要从事实上把他分析得明明白白，不要靠着成见。我们要研究他与社会的经济、家庭的生计、工厂的组织等现象有什么关系。比方研究北京的娼妓问题，就得知道北京有什么工厂，工厂的组织是怎样的；南北的娼妓从那里来，与生计问题有什么关系，与南方的工厂有什么关系；千万不要当他做道德的问题，要把这种成见除掉，再从各种组织做入手研究的工夫。

（二）须除掉抽象的方法，我们研究一种问题，若是没有具体的方法，就永远没有解决的日子。在医书里头，有一部叫做《汤头歌诀》，乡下人把他背熟了，就可以挂起牌来做医生；他只知道某汤头是去暑的，某汤头是补益的，某汤头是温，某汤头是寒；病人的病理，他是一概不知道的。这种背熟几只歌诀来行医的医生，自然比那看脉、检温、验便、查血的医生忽略得多；要盼望他能够得着同样的效验，是不可能的。

研究社会问题的人，有时也犯了背歌诀的毛病。我们再拿娼妓问题来说，有些人不去研究以上所说种种的关系，专去说什么道德啦、妇女解放啦、社交公开啦、经济独立啦；要知道这些都和汤头歌歌诀一样，虽然天天把他们挂在嘴里，于事实上是毫无补益的；不但毫无补益，且能教我们把所有的事实忽略过去。所以我说，第二样要把抽象的方法除掉。

已经知道避掉这两件事情，我就要说到问题的身上，我已经把研究社会问题的方法分为四步，现在就照着次序讲下去。

一病在什么地方，社会的组织非常复杂，必定要找一个下手研究的地方；不然，所研究的就没有头绪；也得不着什么效果。所以我们在调查以前，应当做四步工夫，才能够得着病的所在。

第一步分析问题我们遇着一个问题，就要把他分析清楚，然后检查它的毛病。比方纳妾问题，分析出来，至少也有两种：一种是兽欲的，基于这种动机而纳妾的人，社会上稍有道德观念的，都不承认它是对的。一种是承嗣的，这是因为要有后嗣才去纳妾。自然和那兽欲的有分别。再从细里分析，兽欲的纳妾的原因，大概是在哪里，它与财产制度、奢侈习惯、娼妓制度等有什么关系。研究第一种的纳妾，在这些问题上，都要下工夫去研究，才能够明白。说到第二种的纳妾呢，我们就不能和以前一例的看。有许多道学先生，到了四十多岁还没有儿子，那时候朋友劝他纳妾，兄弟也劝他，甚至自己的妻子也劝他，若是妻子因为丈夫要纳妾承嗣的话，就起来反对，人家必要说这做妻子的不贤惠。这样看来，第二种的纳妾是很堂皇的。我们对于这个问题，要研究中国的宗教；人为什么一定要有后，为什么要男子才算是后，女子就不算数，要有男子才算有后；在道德上和宗教上有什么根据，他的结果怎样呢，他有什么效果，是不是有存在的理由；这些问题，都和兽欲纳妾问题不同，是研究的人所当注意的。

再举一个例，娼妓制度，决不是用四个字就可以把它概括起来的。我们亦把它的种类分析起来，就知有公娼、私娼的分别。公娼是纳税公开的，她们在警察厅权限底下，可以自由营业；私娼是不受警察厅保护的，他们要秘密地营业。从娼妓的内容说，还有高等和下等的分别；从最高等到最下等的娼妓，研究起来，还可以分析，这种分析非常有用，切不可忽略过去。从卖淫的心理考察，也可以分出好几种，有一种是全由于兽欲的，她受了身体上或精神上的影响，所以去做卖淫的生活。但是从日本的娼妓研究下去，就知其中不全是如此。日本的娼妓，在他们的社会里头，早就成为一种特别的阶级。她们的卖淫，并不根据于兽欲，是以这事为一种娱乐；兽欲与娱乐是两样事体，所以研究的方法也不能一样。

第二步观察和调查分析的工夫若是做完，我们就可以从事于问题的观察和调查。观察和调查的方法很多，我可以举出几条来给各位参考。

我们知道社会问题不是独立的。他有两种性质：一种是社会的，是成法的，非个人的。比方纳妾问题，决不是一两个人能够做成，乃是根于社会制度或祖宗成法而来。一种是个人的，社会问题的发生，虽不在乎个人，然而社会是由个人组成的，他与个人自然有关系。因着这两种性质，我就说研究社会问题有两方面：一方面是内包，一方面是外延；我们要从这两方面研究。所以调查的工夫越精密越好。我们拿北京的车夫来说，他会发生问题，也许与上海、广东有关系，也许与几千年前圣贤的话有关系；你去问他们的境况，虽然是十分紧要，若是能够更进一步，就得向各方面去调查。

西洋现行的观察和调查的方法，总起来可以分作三样：

（一）统计。统计的工夫，是国家的。他的方法，是派人分头向各区去调查，凡出入款、生死率、教育状况等的事体，都要仔细地调查清楚，为的是可以比较。

（二）社会测量（ Social Survey ）。研究社会问题的人测量社会，要像工程师测量土地一样。我们要选定一个区域，其中各方面的事体，像人口、宗教、生计、道德、家庭、卫生、生死等，都要测量过，然后将所得的结果，来做一个详细的报告。

三十年前，英国有一位蒲斯（Booth）专做这种社会测量的工夫。他花了好些金钱，才把伦敦的社会状况调查清楚。但三十年前的调查方法，不完全的地方很多，不必说的，此后有人把他的工作继续下去——很觉得有点进步；近来美国也仿行起来了。社会测量的方法，在中国也可以仿行。好像天津，好像唐山，都可以指定他们来做一个测量的区域。我们要明白在一区里头种种事体，才可以想法子去补救它。因为社会问题过于要紧、过于复杂，决不能因着一家人的情形，就可以知道全体的。现在研究社会问题的人，大毛病就是把调查的工夫忽略了。要是忽略调查的功夫，整天空说"妇女解放""财产废除""教育平等"，到底有什么用处、有什么效果。

（三）综合用统计学的方法。把所得的材料，综合起来做统计书，或把他们画在图表上头。统计的好处，是在指明地方和时间，教我们能够下比较好的工夫。他不但将所有的事实画在格里，还在底下解释他们的关系和结果。我们打开图表一看，就知道某两线是常在一处的，某线常比其他的线高，某线常比其他的线低，我们将没有关系的线，先搁在一边，专研究那有关系的，常在一处的。到我们得着解释的时候，那病的地方就不难知道啦。

我前次到山西去，看见学校行一种"自省"的制度。督军每日里派人到各学校去，监察学生自省和诵读圣书。我觉得奇怪，就向人打听一下，原来这制度是从前在军营里行的。军营里因为有了这自省的方法，就把花柳病减少到百分之六十。督军看见这个结果好，就把他用到学校去。我说这事有点错误，因为只靠花柳病减少的事实，就归功在自省上头，这样的判断是不准的。我们要看一看山西的教育在这几年进行得如何，太原的生活程度是不是高了，医术是不是进步了。这几方面，都应当用工夫去研究一下，看他们和军人的行为有什么关系，有什么影响。要是不明白种种的关系，只说是自省的功夫，恐怕这种判断有些不对。而且宜于军人的，未必宜于学生，若冒昧了，一定很危险。据传说食指动就有东西吃，食指动和有东西吃，本来没有关系，因为食指动是没有意识的。若在食指动以后，果然有东西吃，就把这两件事联起来做一个因果，那是不对的。我们对于原因结果的判断，一定要用逻辑的方法，要合乎逻辑的判断。那事实的真原因，才能够得着。所以我们研究社会问题，要用逻辑的方法，才能够知道病的确在什么地方、生病的原因在哪里。不然，所做的工夫，不但无功，而且很危险，这是应当注意的。

二病怎样起，我们把病的地方查出来以后，就要做第二步的功夫，就是要考察那病的来源。社会的病的来源，可以分做两面看：一方面是纵的，一方面是横的；可以说一方面是历史的，一方面是地理的；一方面是时间的，一方面是空间的。社会上各种制度，不是和时间有关系，就是和空间有关系，或是对于两方面都有关系。所以研究社会问题，最要紧的是不要把这两面忽略过去。

先从空间的关系说罢，我们拿北京的娼妓来研究，就知道他和中国各处都有关系。我们要用第一步的方法，研究那些娼妓的来路和那地方所以供给娼妓的缘故。还有本地的娼妓，多半是旗人当的。我们对于这事，就要研究北京的旗人，她们受了什么影响，致使一部分的人堕落。又要研究她们多半当私娼的，由男子方面说，他们为什么专下南方去贩女人上来，为什么不上别处去，他们为什么要在这里开娼寮？这些问题是时空的关系，我们都应当研究的。我再具体举一个例来，说南妓从前多半由苏州来，现在就从上海来，这是什么缘故呢？我们应当考究上海和苏州的光景怎样变迁，上海女工的境遇如何，他们在纱厂里做工，一天赚几十个铜元，若是女孩子，还赚不上十个。因为这个缘故，就有些人宁愿把女儿卖给人或是典给人，也不叫他们到工厂里去做工。从北京这方面说，在旗人的社会里，一部分的人会堕落到一个卖淫的地步，也许是他们的生活状况变迁，也许北京现有的职业不适合她们做，这两个例就是横的、地理的、空间的关系，要把他们看清楚才好。

社会问题，在时间上的关系，也是很重要的。时间的关系是什么呢？比方承嗣的纳妾问题，就是一种纵的、历史的、时间的关系。古代的贵族很重嫡子，因为基业相传的关系，无论如何，嫡子一派是不能断的，大宗是不能断的。但事实上不能个个嫡子都有后，所以要想法子把它接续下去。有人想，若是没有宗子的时候，有了庶子，也比无后强得多，这就是纳妾制度的起因。

到后来贵族的阶级消灭，一般人对于后嗣的观念仍然存在。如果没有儿子，就得纳妾，为的是不让支脉断绝了。所以我说为有后而纳妾，是历史的关系。知道这个，才可以研究。孔子说得好:“臣弑其君，子弑其父，非一朝一夕之故，其所由来者渐矣。”这几句话，就是指明凡事都有一种历史的原因。所以对于问题，不要把他的历史的、纵的、时间的关系忽略过去。

我再举一个例，办丧事的糜费，大概各位都承认是不对的。从前我住在竹竿巷的时候，在我们邻近有一所洗衣服的人家，也曾给我们洗衣服，所赚的钱是很少很少的；但是到他办丧事的时候，也免不了糜费。中国人办丧事要糜费，因为那是一种大礼。所以要从丧礼的历史去研究，才能得着其中的真相。

原来古代的丧服制度，有好几等。有行礼的，有不行礼的。第一等的人，可以哭好几天，不必做什么事；因为所有的事情，都有人替他办理，所以他整天躺着，哀至就哭，哭到要用人扶才站起来。所谓“百官备，百物具，不言而事行者，扶而起”。就是说这一等的丧礼，要行这样礼，不是皇帝诸侯就不能办得到。次一等的呢？有好些事体都要差人去办，所以自己要出主意，哭的时间也就少了，起来的时候，只用杖就可以，再不必用人去扶。所谓“言而后事行者，杖而起”，就是指着这一类说的。古代的大夫、士，都是行这样的礼。下等的人，所有的事都要自己去做，可以不必行礼，只要不洗脸就够了。所以说“身自执事而后行者，面垢而已”。这几等的制度，都是为古代的人而设的，所谓“礼不下庶人，刑不上大夫”，就是表明古礼尽为“士”以上的人而作，小百姓不必讲究。后来贵族阶级打破了，这种守礼的观念还留住，并且行到小百姓身上去。

现在中国一般人所行的丧礼，都是随着“四民之首”的“士”。他们守礼，本来没有“扶而后能起，扶而后能行”的光景，为行礼就存着一个形式，走路走得很稳，还要用杖。古时的丧服，本来不缝，现在的人，只在底下铰开一点，这都是表明从前的帝王、诸侯、大夫、士所行的真礼，一到小百姓用的时候，就变成假的。所以我们从历史方面去研究丧礼，就知道某礼节从前可以行，现在可以不必行，从前行了有意思，现在就没有意思。我们从这方面研究，将来要改良它，就可以减少许多阻力。

以上说的是第二步工夫。我们要知道病的起源，一部分是空间的关系，一部分是时间的关系，因为明白这两种的关系，才能够诊断那病是怎样发生的。以下我就要说开方和用药的方法。

三怎样用药，要是我们不知道病在什么地方，不知道病从何而来，纵使用了好些药，也是没有功效的。已经知道病在哪里，已经知道病的起因，还要明白药性和用药的方法。我在这里可以举出两个法子来：第一是调查。我们把问题各种特别的情形调查清楚，然后想法子去补救，这是我已经说过的。现在可以不必讲。第二是参考。我曾说用汤头来治病是不对的。因为有些地方要得着参考材料，才可以规定用药的方法。检查温度，试验大小便，分析血液，这些事体要医生才知道。若是给我做也做不来。这是什么缘故？因为我不是医生。没有拿什么大小便血液来比较或参考过的缘故。若是我们对于一个问题，不能多得参考的材料，虽然调查得很清楚，也是无用。

我们所用参考的材料，除用社会学、经济学、历史和其他的参考书以外，还要参考人家研究的结果。比方对于娼妓制度，要看人家怎样对付，结果又是怎样。禁酒问题，人家怎样立法、怎样教育、怎样鼓吹，结果都是什么。我不是说要用人所得的结果来做模范，因为那很容易陷到盲从的地步。我们只要知道在同一的问题里头，哪一部分和人相同，哪一部分和人不同。将各部分详细地比较，详细地参考，然后定补救的方法。

有人从美国回来，看见人家禁酒有了成效，就想模仿人家。孰不知美国的酒害与中国的酒害很不相同，哪里能够把他们的法子全然应用呢！美国的酒鬼，常常在街上打人，或是在家里打老婆；中国的醉翁，和他们是很不相同的。情形既然不同，就不能像人家用讲演或登报的方法来鼓吹。譬如要去北京的酒害，就得调查饮酒的人，看他们的酒癖和精神生计等，有什么关系。何以酒害对于上等人不发生关系，专在下等人中间显露出来。我们拿这些事实来比较，又将别人所得的结果来参考，然后断定那用药的方法。我们能够聚集许多参考材料，把他们画成一张图表，为的是容易比较，所以参考材料不怕多，越多越好比较。

四用药的功效，这里所谓功效，和社会学家的说法不同。社会学家不过把用药以后的社会现象记出来，此外可以不计较。社会改良家，一说就要自己动手去做，他所说的方法，一定要合乎实用才成。天下有许多好事，给好人弄坏了，这缘故是因为他有好良心，却没有好方法，所以常常偾事。社会改良家的失败，也是由于不去研究补救的方法而来。现在西洋所用的方法很多，我就将几样可以供我们参考的举出来：

（一）公开事业。有许多问题，一到公开的时候，那问题已是解决一大半了。公开的意思，就是把那问题的真相公布出来，教大家都能了解。社会改良家的职份，就是要把社会的秘密、社会的黑幕揭开。中国现在有许多黑幕书籍，他说是黑幕，其实里头一点真事也没有。不过是一班坏人，用些枝枝节节的方法，鼓吹人去做坏事罢了。这里所说的公开，自然不是和那黑幕书一样。比方北京娼妓的情形，这里的人到南方去买女子，或是用几十块钱去典回来；到北京以后，所有的杂费、器具、房屋都不能自己预备。做妓女的到这时候就要借钱，但一借就是四分利息，纵使个个月都赚钱，也不够还利息的。娼妓因为经济给这班人拿住，就不能挣脱。只有俯首下心去干那丑生活。久而久之，也就不觉得痛苦了。遇着这种情形，若是调查社会的人把他发表出来，教人人明白黑幕里的勾当。以后有机会，再加上政治的权力把那黑幕除掉，那问题就完全解决了。

（二）模范生活。现在有许多人主张大学移殖事业。这种事业，英文叫做 Social Settlement。翻出来就是“社会的殖民地”。但我以为翻做“贫民区域居留地”更好。移殖事业是怎样的呢？比方这里有许多大学的学生，暑假的时候，不上西山去，不到北戴河去，结几个同志到城市中极贫穷的区域去住，在那里教一般的贫民念书、游戏和等日用的常识。贫民得着大学生和他们住在一块，就渐渐地受感化，因此可以减掉许多困难的问题。我们做学生的一定要牺牲一点工夫，去做这模范生活，因为我们对于这事，不但要宣传，而且要尽力去实行。

（三）社会的立法（ Social legislation ）。社会的立法，就是用社会的权力，教政府立一种好的法度。这事我们还不配讲，因为有些地方，不能由下面做上来，还要由上面做下去。我们在唐山看见一种包工制度，一个工人的工钱，本来是一元，但是工头都包去招些七毛的，得七毛的也不做工，包给六毛的，得六毛的就去招一班人来，住在一个“乌窑”里头。他们的工钱，都给那得六毛的、得七毛的、得一元的工头分散了。他们一天的生活，只靠着五个铜子，要教他们出来组织工党，是不成功的。欧美各国的工人，都能要求政府立法，因为好些事是他们自己的能力所办不到的，好像身体损伤保险、生命保险、子女的保护和工作时间的规定，都是要靠社会的立法才能办得到的。上海的女子在工厂里做工，只能赚九个铜子，叫他们自己去要求以上那些事，自然办不到。所以要靠着社会替他们设法，我们由历史方面看，国家是一种最有用的工具。用得好就可以替社会造福，社会改良家一定要利用它，因为它可以帮助我们做好些事。

以上三种方法，不过是略略地举一些例。此外还有许多方法，因为不大合我们的采用，所以我不讲。

结论

我已经把研究社会问题四层的工夫讲完了。总结起来，可以分做两面：一面是研究的人，自己应当动手去做，不要整天住在家里，只会空口说白话。第二面是要多得参考的材料。从前就是因为没有参考材料，所以不发生问题。现在可就不然，所以我很盼望各位一面要做研究的学者，一面要做改良社会的实行家。

本文曾刊于1921年12月亚东图书馆出版的《胡适文存》

不要怕社会报复

前接先生三月二十一日手书，当时匆匆未及即时作答，现闻成都报纸因先生的女儿辟女士的事竟攻击先生，我觉得我此时不能不写几句话来劝慰先生。春间辟因留学的事来见我，我觉得她少年有志，冒险远来，胆识都不愧为名父之女，故很敬重她。她临行时，我给她几封介绍信，都很带有期望她的意思。后来忽然听见她和潘力山君结婚之事，我心里着实失望。我所以失望，倒并不是因为他们的恋爱关系——那另是一个问题——我最失望的是辟一腔志气不曾做到分毫，便自己甘心做一个人的妻子；将来家庭的负担、儿女的牵挂，都可以葬送她的前途。后来任叔永回国，告诉我他过卜克利见辟时的情形，果然辟躬自操作持家，努力做主妇了。

先生对于此事，不知感想如何？我怕外间纷纷的议论定已使先生心里不快。先生二十年来与恶社会宣战，恶社会现在借刀报复，自是意中之事。但此乃我们必不可免的牺牲——我们若怕社会的报复，决不来干这种与社会宣战的事了。乡间有人出来提倡毁寺观庙宇，改为学堂；过了几年，那人得暴病死了，乡下人都拍手称快，大家造出谣言，说那人是被菩萨捉去地狱里受罪了！这是很平常的事。我们不能预料我们的儿女的将来，正如我们不能预料我们的房子不被“天火”烧、我们的“灵魂”不被菩萨“捉去地狱里受罪”。

况且我们既主张使儿女自由自动，我们便不能妄想一生过老太爷的太平日子。自由不是容易得来的。自由有时可以发生流弊，但我们决不因为自由有流弊便不主张自由。“因噎废食”一句套语，此时真用得着了。自由的流弊有时或发现于我们自己的家里，但我们不可因此便失望，不可因此便对于自由起怀疑的心。我们还要因此更希望人类能从这种流弊里学得自由的真意义，从此得着更纯粹的自由。

从前英国的高德温（Godwin）主张无政府主义，主张自由恋爱，后来他的女儿爱了诗人雪莱（Shelley），跟他跑了。社会的守旧党遂借此攻击他老人家，但高德温的价值并不因此减损。当时那班借刀报复的人，现在谁也不提起了！我是很敬重先生的奋斗精神的。年来所以不曾通一信寄一字者，正因为我们本是神交，不必拘泥形迹。此次我因此事第一次寄书给先生，固是我从前不曾预料到的，但此时我若再不寄此信，我就真对不起先生了。

原题《寄吴又陵先生书》，

本文曾刊于1921年12月亚东图书馆出版的《胡适文存》

不朽——我的宗教

不朽有种种说法，但是总括看来，只有两种说法是真有区别的。一种是把“不朽”解作灵魂不灭的意思。一种就是《春秋左传》上说的“三不朽”。

（一）神不灭论宗教家往往说灵魂不灭，死后须受末日的裁判：做好事的享受天国天堂的快乐，做恶事的要受地狱的苦痛。这种说法，几千年来不但受了无数愚夫愚妇的迷信，居然还受了许多学者的信仰。但是古今来也有许多学者对于灵魂是否可离形体而存在的问题，不能不发生疑问。最重要的如南北朝人范缜的《神灭论》说：“形者神之质，神者形之用……神之于质，犹利之于刀；形之于用，犹刀之于利。舍利无刀，舍刀无利。未闻刀没而利存，岂容形亡而神在？”宋朝的司马光也说：“形既朽灭，神亦飘散，虽有烧舂磨，亦无所施。”但是司马光说的“形既朽灭，神亦飘散”，还不免把形与神看作两件事，不如范缜说得更透彻。范缜说人的神灵即是形体的作用，形体便是神灵的形质。正如刀子是形质，刀子的利钝是作用；有刀子方才有利钝，没有刀子便没有利钝。人有形体方才有作用：这个作用，我们叫做“灵魂”。若没有形体，便没有作用了，便没有灵魂了。范缜这篇《神灭论》出来的时候，惹起了无数人的反对。梁武帝叫了七十几个名士作论驳他，都没有什么真有价值的议论。其中只有沈约的《难神灭论》说：“利若遍施四方，则利体无处复立；利之为用正存一边毫毛处耳。神之与形，举体若合，又安得同乎？若以此譬为尽耶，则不尽；若谓本不尽耶，则不可以为譬也。”这一段是说刀是无机体，人是有机体，故不能彼此相比。这话固然有理，但终不能推翻“神者形之用”的议论。近世唯物派的学者也说人的灵魂并不是什么无形体，独立存在的事物，不过是神经作用的总名；灵魂的种种作用都即是脑部各部分的机能作用；若有某部被损伤，某种作用即时废止；人幼年时脑部不曾完全发达，神灵作用也不能完全，老年人脑部渐渐衰耗，神灵作用也渐渐衰耗。这种议论的大旨，与范缜所说“神者形之用”正相同。但是有许多人总舍不得把灵魂打消了，所以咬住说灵魂另是一种神秘玄妙的事物，并不是神经的作用。这个“神秘玄妙”的事物究竟是什么，他们也说不出来，只觉得总应该有这么一件事物。既是“神秘玄妙”，自然不能用科学试验来证明它，也不能用科学试验来驳倒它。既然如此，我们只好用实验主义（Pragmatiom）的方法，看这种学说的实际效果如何，以为评判的标准。依此标准看来，信神不灭论的固然也有好人，信神灭论的也未必全是坏人。即如司马光范缜赫胥黎一类的人，说不信灵魂不灭的话，何尝没有高尚的道德？更进一层说，有些人因为迷信天堂、天国、地狱、末日裁判，方才修德行善，这种修行全是自私自利的，也算不得真正道德。总而言之，灵魂灭不灭的问题，于人生行为上实在没有什么重大影响，既没有实际的影响，简直可说是不成问题了。

（二）三不朽说。《左传》说的三种不朽是：1. 立德的不朽；2. 立功的不朽；3. 立言的不朽。“德”便是个人人格的价值，像墨翟耶稣一类的人，一生刻意孤行，精诚勇猛，使当时的人敬爱信仰，使千百年后的人想念崇拜。这便是立德的不朽。“功”便是事业，像哥仑布发现美洲，像华盛顿造成美洲共和国，替当时的人开一新天地，替历史开一新纪元，替天下后世的人种下无量幸福的种子。这便是立功的不朽。“言”便是语言著作，像那《诗经》三百篇的许多无名诗人，又像陶潜杜甫莎士比亚易卜生一类的文学家，又像柏拉图卢梭弥儿顿一类的文学家，又像牛顿达尔文一类的科学家，或是作了几首好诗使千百年后的人欢喜感叹；或是作了几本好戏使当时的人鼓舞感动，使后世的人发愤兴起；或是创出一种新哲学或是发明了一种新学说，或在当时发生思想的革命，或在后世影响无穷。这便是立言的不朽。总而言之，这种不朽说，不问人死后灵魂能不能存在，只问他的人格、他的事业、他的著作有没有永远存在的价值。即如基督教徒说耶稣是上帝的儿子，他的灵魂永远存在，我们正不用驳这种无凭据的神话，只说耶稣的人格、事业和教训都可以不朽，又何必说那些无谓的神话呢？又如孔教会的人到了孔丘的生日，一定要举行祭孔的典礼，还有些人学那“朝山进香”的法子，要赶到曲阜孔林去对孔丘的神灵表示敬意！其实孔丘的不朽全在他的人格与教训，不在他那“在天之灵”。大总统多行两次丁祭，孔教会多走两次“朝山进香”，就可以使孔丘格外不朽了吗？更进一步说，像那《三百篇》里的诗人，也没有姓名，也没有事实，但是他们都可说是立言的不朽。为什么呢？因为不朽全靠个人的真价值，并不靠姓名事实的流传，也不靠灵魂的存在。试看古今来的多少大发明家，那发明火的、发明养蚕的、发明缫丝的、发明织布的、发明水车的、发明舂米的水碓的、发明规矩的、发明秤的。虽然姓名不传，事实湮没，但他们的功业永远存在，他们也就都不朽了。这种不朽比那个人的小小灵魂的存在，可不是更可宝贵，更可羡慕吗？况且那灵魂的有无还在不可知之中，这三种不朽——德功言——可是实在的。这三种不朽可不是比那灵魂的不灭更靠得住吗？

以上两种不朽论，依我个人看来，不消说得，那“三不朽说”是比那“神不灭说”好得多了。但是那“三不朽说”还有三层缺点，不可不知。第一，照平常的解说看来，那些真能不朽的人只不过是那极少数有道德、有功业、有著述的人。还有那无量平常人难道就没有不朽的希望吗？世界上能有几个墨翟耶稣、几个哥仑布华盛顿、几个杜甫陶潜，几个牛顿达尔文呢？这岂不成了一种“寡头”的不朽论吗？第二，这种不朽论单从积极一方面着想，但没有消极的裁制。那种灵魂的不朽论既说有天国的快乐，又说有地狱的苦楚，是积极消极两方面都顾着的。如今单说立德可以不朽，不立德又怎样呢？立功可以不朽，有罪恶又怎样呢？第三，这种不朽论所说的“德、功、言”三件，范围都很含糊。究竟怎样的人格方才可算是“德”呢？怎样的事业方才可算是“功”呢？怎样的著作方才可算是“言”呢？我且举一个例。哥仑布发现美洲固然可算得立了不朽之功，但是他船上的水手火头又怎样呢？他那只船的造船工人又怎样呢？他船上用的罗盘器械的制造工人又怎样呢？他所读的书的著作者又怎样呢。举这一条例，已可见“三不朽”的界限含糊不清了。

因为要补足这三层缺点，所以我想提出第三种不朽论来请大家讨论。我一时想不起别的好名字，姑且称它做“社会的不朽论”。

（三）社会的不朽论。社会的生命，无论是看纵剖面，是看横截面，都像一种有机的组织。从纵剖面看来，社会的历史是不断的；前人影响后人，后人又影响更后人；没有我们的祖宗和那无数的古人，又那里有今日的我和你？没有今日的我和你，又那里有将来的后人？没有那无量数的个人，便没有历史，但是没有历史，那无数的个人也决不是那个样子的个人：总而言之，个人造成历史，历史造成个人。从横截面看来，社会的生活是交互影响的：个人造成社会，社会造成个人：社会的生活全靠个人分工合作的生活，但个人的生活，无论如何不同，都脱不了社会的影响；若没有那样这样的社会，决不会有这样那样的我和你；若没有无数的我和你，社会也决不是这个样子。来勃尼慈（Leibnitz）说得好：

这个世界乃是一片大充实（Plenum，为真空 Vacuum 之对），其中一切物质都是接连着的。一个大充实里面有一点变动，全部的物质都要受影响，影响的程度与物体距离的远近成正比例。世界也是如此。每一个人不但直接受他身边亲近的人的影响，并且间接又间接地受距离很远的人的影响。所以世间的交互影响，无论距离远近，都受得着的。所以世界上的人，每人受着全世界一切动作的影响。如果他有周知万物的智慧，他可以在每人的身上看出世间一切施为，无论过去未来都可看得出，在这一个现在里面便有无穷时间空间的影子。

从这个交互影响的社会观和世界观上面，便生出我所说的“社会的不朽论”来。我这“社会的不朽论”的大旨是：

我这个“小我”不是独立存在的，是和无量数我有直接或间接的交互关系的；是和社会的全体和世界的全体都有互为影响的关系的；是和社会世界的过去和未来都有因果关系的。种种从前的因，种种现在无数“小我”和无数他种势力所造成的因，都成了我这个“小我”的一部分。我这个“小我”，加上了种种从前的因，又加上了种种现在的因，传递下去，又要造成无数将来的“小我”。这种种过去的“小我”、种种现在的“小我”、种种将来无穷的“小我”，一代传一代，一点加一滴；一线相传，连绵不断；一水奔流，滔滔不绝——这便是一个“大我”。“小我”是会消灭的，“大我”是永远不灭的。“小我”是有死的，“大我”是永远不死、永远不朽的。“小我”虽然会死，但是每一个“小我”的一切作为，一切功德罪恶，一切语言行事，无论大小、无论是非、无论善恶，一一都永远留存在那个“大我”之中。那个“大我”，便是古往今来一切“小我”的纪功碑、彰善祠、罪状判决书、孝子慈孙百世不能改的恶谥法。这个“大我”是永远不朽的，故一切“小我”的事业、人格、一举一动、一言一笑、一个念头、一场功劳、一桩罪过，也都永远不朽。这便是社会的不朽、“大我”的不朽。

那边“一座低低的土墙，遮着一个弹三弦的人”。那三弦的声浪，在空间起了无数波澜；那被冲动的空气质点，直接间接冲动无数旁的空气质点；这种波澜，由近而远，至于无穷空间；由现在而将来，由此刹那以至于无量刹那，至于无穷时间：——这已是不灭不朽了。那时间，那“低低的土墙”外边来了一位诗人，听见那三弦的声音，忽然起了一个念头；由这一个念头，就成了一首好诗；这首好诗传诵了许多；人人读了这诗，各起种种念头；由这种种念头，更发生无量数的念头，更发生无数的动作，以至于无穷。然而那“低低的土墙”里面那个弹三弦的人又如何知道他所发生的影响呢？

一个生肺病的人在路上偶然吐了一口痰。那口痰被太阳晒干了，化为微尘，被风吹起空中，东西飘散，渐吹渐远，至于无穷时间，至于无穷空间。偶然一部分的病菌被体弱的人呼吸进去，便发生肺病，由他一身传染一家，更由一家传染无数人家。如此辗转传染，至于无穷空间，至于无穷时间。然而那先前吐痰的人的骨头早已腐烂了，他又如何知道他所种的恶果呢？

一千五六百年前有一个人叫做范缜说了几句话道：“神之于形，犹利之于刀；未闻刀没而利存，岂容形亡而神在？”这几句话在当时受了无数人的攻击。到了宋朝有个司马光把这几句话记在他的《资治通鉴》里。一千五六百年之后，有一个十一岁的小孩子——就是我——看《通鉴》到这几句话，心里受了一大感动，后来便影响了他半生的思想行事。然而那说话的范缜早已死了一千五六百年了！

二千六七百年前，在印度地方有一个穷人病死了，没人收尸，尸首暴露在路上，已腐烂了。那边来了一辆车，车上坐着一个王太子，看见了这个腐烂发臭的死人，心中起了一念；由这一念，辗转发生无数念。后来那位王太子把王位也抛了，富贵也抛了，父母妻子也抛了，独自去寻思一个解脱生老病死的方法。后来这位王子便成了一个教主，创了种哲学的宗教，感化了无数人。他的影响势力至今还在；将来即使他的宗教全灭了，他的影响势力终久还存在，以至于无穷。这可是那腐烂发臭的路毙所曾梦想到的吗？

以上不过是略举几件事，说明上文说的“社会的不朽”、“大我的不朽”。这种不朽论，总而言之，只是说个人的一切功德罪恶、一切言语行事，无论大小好坏，一一都留下一些影响在那个“大我”之中，一一都与这永远不朽的“大我”一同永远不朽。

上文我批评那“三不朽论”的三层缺点：（一）只限于极少数的人；（二）没有消极的裁制；（三）所说“功、德、言”的范围太含糊了。如今所说“社会的不朽”，其实只是把那“三不朽论”的范围更推广了。既然不论事业功德的大小，一切都可不朽，那第一、第三两层短处都没有了。冠绝古今的道德功业固可以不朽，那极平常的“庸言庸行”，油盐柴米的琐屑、愚夫愚妇的细事、一言一笑的微细，也都永远不朽。那发现美洲的哥仑布固可以不朽，那些和他同行的水手火头、造船的工人、造罗盘器械的工人、供给他粮食衣服银钱的人、他所读的书的著作家、生他的父母、生他父母的父母祖宗，以及生育训练那些工人商人的父母祖宗，以及他以前和同时的社会，都永远不朽。社会是有机的组织，那英雄伟人可以不朽，那挑水的、烧饭的，甚至于浴堂里替你擦背的，甚至于每天替你家掏粪倒马桶的，也都永远不朽。至于那第二层缺点，也可免去。如今说立德不朽，行恶也不朽；立功不朽，犯罪也不朽；“流芳百世”不朽，“遗臭万年”也不朽；功德盖世固是不朽的善因，吐一口痰也有不朽的恶果。我的朋友李守常先生说得好：“稍一失脚，必致遗留层层罪恶种子于未来无量的人——即未来无量的我——永不能消除，永不能忏悔。”这就是消极的裁制了。

中国儒家的宗教提出一个父母的观念，和一个祖先的观念，来做人生一切行为的裁制力。所以说，“一出言而不敢忘父母，一举足而不敢忘父母”。父母死后，又用丧礼祭礼等见神见鬼的方法，时刻提醒这种人生行为的裁制力。所以又说，“斋明盛服，以承祭祀，洋洋乎如在其上，如在其左右”。又说，“斋三日，则见其所为斋者；祭之日，入室，然必有见乎其位；周还出户，肃然必有闻乎其容声；出产而听，忾然必有闻乎其叹息之声”。这都是“神道设教”，见神见鬼的手段。这种宗教的手段在今日是不中用了。还有那种“默示”的宗教，神权的宗教崇拜偶像的宗教，在我们心里也不能发生效力，不能裁制我们一生的行为。以我个人看来，这种“社会的不朽”观念很可以做我的宗教了。我的宗教的教旨是：

我这个现在的“小我”，对于那永远不朽的“大我”的无穷过去，须负重大的责任；对于那永远不朽的“大我”的无穷未来，也须负重大的责任。我须要时时想着，我应该如何努力利用现在的“小我”，方才可以不辜负了那“大我”的无穷过去，方才可以不遗害那“大我”的无穷未来？

（跋）这篇文章的主意是民国七年年底在我的母亲丧事里想到的。那时只写成一部分，到八年二月十九日方才写定付印。后来俞颂华先生在报纸上指出我论社会是有机体一段很有语病，我觉得他的批评很有理，故九年二月间我用英文发表这篇文章时，我就把那一段完全改过了。十年五月，又改定中文原稿，并记作文与修改的缘起于此。

本文原载于1919年2月15日《新青年》第6卷第2号

不老——跋梁漱溟先生致陈独秀书

一、梁先生原信节录

仲甫先生：

方才收到《新青年》六卷一号，看见你同陶孟和先生论我父亲自杀的事各一篇，我很感谢。为什么呢？因为凡是一件惹人注目的事，社会上对于他一定有许多思量感慨。当这用思兴感的时候，必不可无一种明确的议论来指导他们到一条正确的路上去，免得流于错误而不自觉。所以我很感谢你们作这种明确的议论。我今天写这信有两个意思：一个是我读孟和的论断似乎还欠明晰，要有所申论；一个是凡人的精神状况差不多都与他的思想有关系，要众人留意。

诸君在今日被一般人指而目之为新思想家，哪里知道二十年前我父亲也是受人指而目之为新思想家的呀。那时候人都毁骂郭筠仙（嵩涛）信洋人讲洋务。我父亲同他不相识，独排众论，极以他为然。又常亲近那最老的外交家许静山先生（珏）去访问世界大势，讨论什么亲俄亲英的问题。自己在日记上说："倘我本身不能出洋留学，一定节省出钱来叫我儿子出洋。万事可省，此事不可不办。"大家总该晓得向来小孩子开蒙念书照规矩是《百家姓》、《千字文》、"四书五经"。我父亲竟不如此，叫那先生拿"地球韵言"来教我。我八岁时候有一位陈先生开了一个"中西小学堂"，便叫我去那里学起 abcd 来。到现在二十岁了，那人人都会背的《论语》《孟子》，我不但不会背，还是没有念呢！请看二十年后的今日还在那里压派着小学生读经，稍为革废之论，即为大家所不容。没有过人的精神，能行之于二十年前么？我父亲有兄弟交彭翼仲先生是北京城报界开天辟地的人，创办《启蒙画报》《京话日报》《中华报》等。（《启蒙画报》上边拿些浅近科学知识讲给人听，排斥迷信，恐怕是北京人与赛先生（science）相遇的第一次呢！）北京人都叫他“洋报”。没人过问，赔累不堪，几次绝望。我父亲典当了钱接济他，前后千馀金。在那借钱摺子上自己批道：“我们为开化社会，就是把这钱赔干净了也甘心。”我父亲又拿鲁国漆室女倚门而叹的故事编了一出新戏叫作“女子爱国”。其事距今有十四五年了，算是北京新戏的开创头一回。戏里边便是把当时认为新思想的种种改革的主张夹七夹八地去灌输给听戏的人。平日言谈举动，在一般亲戚朋友看去，都有一种生硬新异的感觉，抱一种老大不赞成的意思。当时的事且不再叙，去占《新青年》的篇幅了。然而到了晚年，就是这五六年，除了合于从前自己主张的外，自己常很激烈地表示反对新人物新主张（于政治为尤然）。甚至把从前所主张的，如申张民权排斥迷信之类，有返回去的倾向。不但我父亲如此，我的父执彭先生本是勇往不过的革新家，那种破釜沉舟的气概，恐怕现在的革新家未必能及，到现在他的思想也是陈旧得很，甚至也有那返回去的倾向。当年我们两家虽都是南方籍贯，因为一连几代做官不曾回南，已经成了北京人。空气是异常腐败的。何以竟能发扬蹈厉去做革新的先锋？到现在的机会，要比起从前，那便利何止百倍，反而不能助成他们的新思想，却墨守成规起来，又何故呢？这便是我说的精神状况的关系了。当四十岁时，人的精神充裕，那一副过人的精神便显起效用来，于甚少的机会中追求出机会，摄取了知识，构成了思想，发动了志气，所以有那一番积极的作为。在那时代便是维新家了。到六十岁时，精神安能如昔？知识的摄取力先减了，思想的构成力也退了，所有的思想都是以前的遗留，没有那方兴未艾的创造，而外界的变迁却一日千里起来，于是乎就落后为旧人物了。因为所差的不过是精神的活泼，不过是创造的智慧，所以虽不是现在的新思想家，却还是从前的新思想家；虽没有今人的思想，却不像寻常人的没思想。况且我父亲虽然到了老年，因为有一种旧式道德家的训练，那颜色还是很好，目光极具有神，肌肉不瘠，步履甚健，样样都比我们年轻人还强。精神纵不如昔，还是过人。那神志的清明、志气的刚强、情感的真挚，真所谓老当益壮的了。对于外界政治上社会上种种不好的现象，他如何肯糊涂过去！便本着那所有的思想终日早起晏息地去做事，并且成了这自杀的举动。其间知识上的错误自是有的。然而不算事。假使拿他早年本有的精神遇着现在新学家同等的机会，那思想举动正未知如何呢！因此我又联想到何以这么大的中国，却只有一个《新青年》杂志？可以验国人的精神状况了！诸君所反复说之不已的，不过是很简单的一点意思，何以一般人就大惊小怪起来，又有一般人就觉得趣味无穷起来？想来这般人的思想构成力太缺了！然则这国民的“精神的养成”恐怕是第一大事了。我说精神状况与思想关系是要留意的一桩事，就是这个。

梁漱溟

一、跋

漱溟先生这封信，讨论他父亲巨川先生自杀的事，使人读了都很感动。他前面说的一段，因陶先生已去欧洲，我们且不讨论。后面一段论“精神状况与思想有关系”一个问题，使我们知道巨川先生精神生活的变迁，使我们对于他老先生不能不发生一种诚恳的敬爱心。这段文章，乃是近来传记中有数的文字。若是将来的孝子贤孙替父母祖宗作传时，都能有这种诚恳的态度、写实的文体、解释的见地，中国文学也许发生一些很有文学价值的传记。

我读这一段时，觉得内中有一节很可给我们少年人和壮年人做一种永久的教训，所以我把他提出来抄在下面：

“当四十岁时，人的精神充裕，那一副过人的精神便显起效用来，于甚少的机会中追求出机会，摄取了知识，构成了思想，发动了志气，所以有那一番积极的作为。在那时代便是维新家了。到六十岁时，精神安能如昔？知识的摄取力先减了，思想的构成力也退了，所有的思想都是以前的遗留，没有那方兴未艾的创造，而外界的变迁却一日千里起来，于是乎就落后成为旧人物了。”

我们少年人读了这一段，应该问自己道：“我们到了六七十岁时，还能保存那创造的精神，做那时代的新人物吗？”这个问题还不是根本问题。我们应该进一步，问自己道：“我们该用什么法子方才可使我们的精神到老还是进取创造的呢？我们应该怎么预备做一个白头的新人物呢？”

从这个问题上着想，我觉得漱溟先生对于他父亲平生事实的解释还不免有一点“倒果为因”的地方。他说：“到了六十岁时，精神安能如昔？知识的摄取力先减了，思想的构成力也退了。”这似乎是说因为精神先衰了，所以不能摄取新知识，不能构成新思想。但他下文又说巨川先生老年的精神还是过人，“真所谓老当益壮”。这可见巨川先生致死的原因不在精神先衰，乃在知识思想不能调剂补助他的精神。二十年前的知识思想决不够培养他那二十年后“老当益壮”的旧精神，所以有一种内部的冲突，所以竟致自杀。

我们从这个上面可得一个教训：我们应该早点预备下一些“精神不老丹”方才可望做一个白头的新人物。这个“精神不老丹”是什么呢？我说是永远可求得新知识新思想的门径。这种门径不外两条：一、养成一种欢迎新思想的习惯，使新知识新思潮可以源源进来；二、极力提倡思想自由和言论自由，养成一种自由的空气，布下新思潮的种子，预备我们到了七八十岁时，也还有许多簇新的知识思想可以收积来做我们的精神培养品。

今日的新青年！请看看二十年前的革命家！

本文原载于1919年4月15日《新青年》第6卷第4号

中国人思想中的不朽观念

一

在今天的演讲中，我预备把中国的宗教史和哲学史上各阶段有关不朽或人类死后依存概念的发展情况提供一个历史性的叙述。这是一个冗长概括三千年的故事，但它的主要纲领却是大致还算明确的。中国人的信仰与思想史可以方便地分成两个主要时期：

（1）中国固有的文明时期（1300B.C.—200A.D.　）

（2）中国思想与文化的印度化时期，也就是，佛教和印度人的思想开始影响中国人的生活和制度以来的那一时期（约 200A.D.—19 世纪）

为了研究中国宗教与思想史（the Religious and Intellecttual History）的学者的方便，中国固有的先佛学时期（Pre-Buddhistic age）可再约略地分成两个主要时代：

（1）原始的中国主义时代（the Era of Primitive Siniticism），也就是商周民族的宗教信仰与习俗（Practices）的时代，对于这个时代，这里拟用了“华夏主义”（Siniticism）或“华夏宗教”（the Sinitic Religion）一词（1300—700B.C.）。

（2）思想与哲学的成熟时代（700B.C.—200A.D.），包括老子、孔子（551—479B.C.）迄于王充（29—100A.D.）以来的正统派哲学家。为了特别有关中国人思想中的不朽概念的讨论，我们要问：

（1）关于早期华夏信仰有关人类死后存在的概念，我们究竟知道些什么？

（2）中国正统哲学家对于不朽的概念究竟有什么贡献？

（3）我们要怎样描述在长期印度文化影响下中国人的人类死后存在的观念？

二

史学界最重大的事件之一就是晚近的偶然发现，以及后来在安阳对千万片刻有卜辞的牛肩胛骨和龟甲有计划地发掘。安阳是商朝最后一个都邑的遗址，依照传统的纪年，商朝传国年代是 1783—1123B.C.（或据另种推算是 1751—1123B.C.）。这些考古学的发现物是安阳（译者按，这是指小屯村商代遗址）作为商代都城的大约 260 年间（1385—1123B.C.）的真实遗物。

近几十年来成千万片刻有卜辞的甲骨已经被收集、研究和考释。实际所见这些骨质“文件”都是在每次占卜以后，由熟练博学的祭司负责保存下来的占卜记录。这些记录里载有日期（译者按，此处恐系干支纪日），负责卜问的贞人、卜问的事情，以及在解读了因钻灼而显出的卜兆而得到的答案。

大部分的卜问都是有关一年对于先公先王的定期祭祀，这一类的祖先祭典是非常频繁而有规律的，因此中央研究院的董作宾先生，一九二八年第一次指导安阳考古发掘且曾参加了后来历次发掘，已能编成了商代末期的三个帝王在位期间计为 1273—1241、1209—1175，以及 1174— 1123B.C.——总计 120 年中的祭祀日谱[①]。每一年中的定期祭祀多至 360 次。所以商人称一年为一“祀”，一个祭祀的周期，实在是不足为怪的了！

其他卜问的事项包括战事、巡行、狩猎、收获、气候、疾病和每一旬中的吉运等事项。

1928—1937 年间科学的发掘结果掘出了几百座商代古墓葬，其中至少有四处是皇室大墓。除了成千成万片刻有卜辞的甲骨以外还发现了极多铸造精美的青铜礼器，生动的石质和象牙的雕刻，大量的家庭用器、武器和头盔，以及上千具的人体骨骸，此外，并发现有埋葬的狗、猪、羊、牛、马一类的家畜和其他多种动物。这些动物是为了奉献给死者而殉葬的。在一个坑穴中曾发现了三十八具马骨，全部都配戴着缀有许多带饰纹的小圆铜泡的缰辔；这些铜泡都还原封未动地摆着，而显出了组成辔头的皮条的痕迹（见 H.G.Greel 所著 the Birth of China 第 150 页）。

很多清楚的证据证明墓葬中有许多尸体是为了奉献给死者而埋葬的。1934—1935 年间所发掘的多座墓葬中曾发现了千余具无头的人体骨骸。这些骨骸十具一组的分别埋在各个坑穴中。体骨埋在长方坑穴中……而头骨则埋在附近的方坑中。在一个方坑里埋有十个人头骨；头顶朝上，排列成行，全部面向北。跟人体骨骸一起发现的……有小铜刀、斧头以及砺石等三种器物。每坑总是各埋十件，明显地是每人一件（见 Greel 前书 212 ~ 213 页）。

这些就是考古学所发掘出来的文献的和物质上的证据，藉以使我们了解远古历史的华夏宗教（Siniticism）时期中有关祖先崇拜的信仰。

这是第一次使我们从商代王朝和官方所表现的这种祖先崇拜的宗教的形式上认识了它的非凡和奢侈的物质。传统历史曾记载商人是崇拜祖先的灵魂的。但是直到近年来我们才了然定期献祭的几乎令人难以置信的频繁，以及珍贵的殉葬的物品，特别是殉葬的人牲的惊人数量。

无疑，这类祖先祭祀的周期频数和定期性证明着一种信仰，即死去的祖先一如活人似的也有情、欲和需求，而且这些情、欲和需求是必须藉着经常的祭献而得到满足的。大批的殉葬器皿、武器、动物、奴隶和卫士即指示着同样的结论。

中国古代的文献把华夏宗教（Sinitic Religion）时代的人殉品分为两类：第一类，即祭坛上所谓的“用人祭”。在这类人殉仪式中，显然只是用的战俘。另外一类，有一个专用名词，即“殉”，可以释为“死者的侍从”或“伴着死者被埋葬的人”。“殉”字据郑玄（死于 200A.D.）的解说是“杀人殉葬以充死者卫士”。这就是说死者需要他自己的卫士保护他，也需要他的宠妾娈童（play boy）陪他做伴。因此被杀殉葬的就是死者曾经指命或愿意“陪伴”他而去的那些人了。

就后来有关“殉”的史证而论，这种杀人殉葬的风俗最初很可能是得于一种“献爱”（Love Offering）的风俗，因此将死的人自然会挑选他自己所喜爱的死后伙伴。但是这种风俗竟发展成为一种仪式，于是大批的武装士兵被杀死殉葬以充死者的“卫士”。商代墓葬中所发现的与伟大的死者同葬的人体遗骸无疑是为了充任王者的卫队的。其中很可能有的是选定随着王而殉葬的爱妃，但是他们的遗体却无法确认了。在甲骨卜辞上即有祭祖时献人俘的记载。

依照着一种规律的计划和数字的顺序来埋葬这些人牲的有条不紊的情形，显示了一种根深蒂固的礼仪曾长久地麻痹着人类的自然意识而使得这类惨绝人寰的事件成为常典。当王朝和政府正忙于日常繁复的祖祭的时候，博学的祭司便负起每天的祭礼、占卜、释兆和刻卜辞的职务——在这种情况下，那几乎不可能期望有任何重大的思想和宗教上的觉醒，以有助于宗教制度的变更和改造。这样的觉醒直到倾覆商代的一次大战灭亡了这个帝国以后，甚至在新的征服者的统治之下历经了几百年的种族和文化的冲突以后才告开始的。

三

商朝和商帝国是被周民族征服了的。最初周民族住在遥远的西方，逐渐向东移动，直到军力和政治经过百余年持续不断的发展，终在公元前十二世纪的最后几十年才将商人的军队和盟军压服。

在周朝创建者的一些诰誓中，征服者列举了商代政府及王廷的罪状。对于商代王廷的主要控罪是耽于享乐，罔顾人民，特别是纵酒。但是对于献祭举行的频繁、奢纵、残忍却未加以控诉或谴责。这一事实显示着新的征服者并不认为商代宗教有什么不寻常的残忍或是不当的地方。

但是周征服者似乎原有他们自己的宗教，虽然它包括了一些祖先崇拜的特征，却并没有加以强调，也没有制定过任何繁复的礼仪。另一方面，有许多证据说明这一西方民族是一个最高神，就是他们所谓“帝”或“上帝”的崇拜者。

安阳甲骨卜辞使许多学者推断“帝”甚或“上帝”的观念对商人是并不陌生的。商人有一种奉少数祖先为神明，也就是说赠以“帝”号的风俗，这似乎是很确实的。另一件事，也似乎是很可能的，就是商人随着时间的演进而发展出来“上帝”最高神，也就是他们的始祖。那是一个部族神。时常，一位在战争及和平时有丰功伟绩的伟大祖先会被提升到神的阶级，并且成为最高神的陪享者。对于神或祖神的祭献也叫做“禘”。傅斯年先生在所著《性命古训辩证》中列举了用有“帝”字的 63 条甲骨卜辞。在这些条卜辞中，有 17 次用“帝”字来指称对于神圣祖先的祭祀；6 次用为祖神的尊称；26 次用为“神”的尊称而没有附加其他形容字。在最后一类里，帝（god）据说能“致雨”、“止雨”、“降饥馑”等等。这无疑暗示着一种一个有意识有权力的神的观念——一种有神论的观念，这种观念似乎曾经由于更具优势的祖先崇拜的祭祀而在发展上受到抑制与阻碍。

周民族在与商文化的长时期接触中逐渐接受了商民族的部族神作为他们自己的神，并且认成是自己的始祖。由于其他种族或部落的借用，商人的神逐渐失去了他的部族属性，而终于变成了遍在的神和最高的主宰。

周人的宗教赞颂诗和政治上的诰誓显示出一种非常深挚的宗教热诚。他们似乎深信，神不满于商代统治者的昏庸无道，因此把它的宠命[①]传赐给周人。他们在战场上的口号是：

上帝临女，无贰尔心。[①]

他们对于自己伟大的王的赞辞是：

穆穆文王，于缉熙敬止，假缉天命。[②]

早期周人似乎发展出来一种含混的观念，以为上帝住在天上，他们有几位伟大的王也会到那里去，且与上帝同在。一首关于文王的颂诗曾这样说：

文王在上……文王陟降，在帝左右。[③]

又在另一首诗里：

下武维周！世有哲王，三天在后。[④]

这几节诗似乎指出，周人对于上帝和少数先王所居住的天的观念是有限度的。这几位先王由于特殊的德能勋业而被允许和上帝同在。

这样具有独占性的天堂，平民是不能分享的，平民大多数是商人，他们受着新的统治阶级的封建诸侯的统治。有些诸侯是从周王朝获得他们原来的采邑的。这些商人继续信奉他们的崇拜祖先的宗教。

但是这种奢纵的皇家祖先崇拜宗教的伟大时代已经永远地消逝了。伟大的每年周而复始的日祀——周祭也消逝了，大规模的人殉也消逝了。博学的皇家祭祀阶级也贬降为职业的巫史阶级（professional class of scribes and priests），而靠着在大多数平民和少数统治贵族的家庭中表演和协助殡葬和祭祀讨生活，国家的灾患和个人的贫困已经深深地给他们灌输了谦逊温顺的教训。因此这一巫史阶级便获得了“儒”的统称，意思就是温顺和懦弱。他们仍然传授和表演殡丧和祖先崇拜的传统仪式。

在周代和后来独立相伐的战国时期（1100—250B.C.），统治阶级信神论的宗教（theistic religion）和平民更占优势的祖先崇拜宗教似乎已经相互影响而渐渐地融合成为一个可以恰当地称为“华夏宗教”（the Sinitic

Religion）的宗教，一种很简化了的祖先崇拜，跟有神论的特性共存，像普遍承认和崇拜着一位高踞于其他小神之上的“天”或“上帝”。主要不同的一点就是长久的居丧期——为父母居丧三年——这原是商人一般奉行的，却长久遭受到周朝统治阶级的反对。这在300B.C.孟子的时代也仍是如此。直到公元二世纪以后，三年之丧才渐渐法定为政府官员应遵守的礼法。

四

关于中国人最早对于人类死后遗存的观念，我们究能知道些什么呢？

首先让我们来观察一下古代在一个人死去的时候举行的“招魂”仪式。这种仪式见于最早的仪典，而且似乎曾普遍地奉行于华夏宗教的早期，就是所谓“复”的仪式。

当一个人被发现已经死去的时候，他的家属立刻拿着死者的一套衣服，登升屋顶，面向正北，挥动死者衣服而号告：“皋、某、复！”三呼而反，抛下衣服，再从屋上下来，拾起衣服，覆于死者身上，然后奉食于死者。[①]

这一古老的仪式暗示着一种观念，即一个人死了以后，有些什么东西从他的身体内出来，且似曾升到天上，因此需在屋顶上举行招复的仪式。

这种招魂的仪式也许暗示着藉企望召回逃离的一些东西而使死者复生，奉献食物这一点也似乎暗示着一种信仰，就是某些东西确实被召回来了，虽然这不能使死者复生，却认为是居留在家里，且接受祭献。

那么人死后从他身上出来的究竟是一些什么东西呢？那就是人的“光”或“魂”。在最早的文献上，是即所谓“魄”，就语源学上说，意思就是白色和亮光。值得注意的就是同一个名字“魄”在古代铜器铭文和记载上是用来指称新月增长中的光。新月以后的增长光亮时期即所谓“既生魄”；而满月后的末期，则称之为“既死魄”。原始的中国人似曾认为月有盈亏就是“魄”，即它的“白光”或“魄”的周期性的生和死。

以此类推，早期的中国人也就认为死是人的魄，即“光”或“魄”的离去。这种类推可能起源于“Will-o’-the-Wisp”，即中国人现在所说的“鬼火”。在《仪礼·士丧礼》:“死于适室……复者一人，以爵弁服簪裳于衣左……升自前东荣中屋！北而招以衣曰：皋、某、复！三，降底于前……升自阼阶以衣尸……奠脯醢醴酒。”《礼记·礼运》:“……及其死也，升屋而号告曰：皋、某、复。然后，饭腥而黄熟。”

古代“魄”认为是赋予人生命、知识和智慧的。人死，则魄离人体而变成或认为“鬼”，一种是幽灵或魔鬼。但是灵魄脱离人体也许是缓慢地随着生活力的衰退，魄就那么一点一点脱离身体了。迟至元前第六和第七世纪，学者和政治家在谈到一个人的智慧衰退情形时，就说是“天夺其魄”——意思是说，他将不久于人世了（见《左传》宣十五年，襄二十九年）。

不过后来，魄的观念却慢慢地为新的灵魂观念所取代了；认为灵魂是行动灵活飘然而无形、无色的东西。它很像是从活人口里出来的气息。这就是所谓“魂”。渐渐地，原来“魄”字便不再用来表示赋予生命和光亮的灵魂的意思，而衍变为意指体躯和体力了。

“魂”字，就语源学来说，跟“云”字一样，都意指“云”。云，飘浮，比盈亏之月的皎白部分也似乎更为自由轻灵。“魂”的概念可能是源于南方民族，因为他们把“复”（召呼死者）的仪式叫做“招魂”。

当哲学家们把重要的阴阳观念视为宇宙间的主动和被动的两大力量的时候，他们是当然也尝试要协调不同民族的信仰，而且认为人的灵魂包含着一种静止而不活动的“魄”和一种更活动而为云状的“魂”。

公元前六世纪以后，人们便渐渐地习于把人的灵魂称为“魂”或“魂魄”。在讨论到由于八年前一位曾有权势的政治家被谋杀的鬼魂出现而引起的普遍骚动的时候，名政治家子产（死于公元前 522 年），当时最聪明的人之一曾说，一个死于非命的强人会变成危害人类的幽灵的。他的解释是这样：“人生始生曰魄，既生魄，阳曰魂。用物精多，则魂魄强。是以有精爽，至于神明。

匹夫匹妇强死，其魂魄犹能凭依于人以为淫厉，况良霄（被杀的政治家，他的出现已传遍全城），我先君穆公之胄，子良之孙，子耳之子，数世之卿，从政三世矣……其用物也弘矣，其取精也多矣……而强死，做为鬼，不亦宜乎？”（《左传》昭公七年）

另外一个故事，叙述当时南方吴国另外的一个聪明人季札，他（约在公元前 515 年）负着外交使命而在北方旅行，旅途中他的爱子死去了。孔子由于这位习于礼的伟大哲学家季札的盛名的感召曾往而观葬。既封墓，季子左袒绕墓三呼道：“骨肉归复于土，命也。若魂气，则无不之也，无不之也。”仪式既毕，季札便继续登程了。

这两个常被引述的故事或可指出：一些贤智之士意在从矛盾纷纭的流行信仰基础上抽出一些有关人类“残存”永生（survival）的一般观念。这种一般性的理论，为方便计可援用下列的几句经文加以简赅的说明：“体魄则降，知气在上。”（《礼运》）又“魂迷归于天；形魄归于地”（《郊特性》）。显然的，简赅的陈述，跟季札在他儿子葬礼中所谓“骨肉归复于土。若魂气，则无不之也”的话是大致符合的。

正统派哲学家关于魂魄仅讨论到这里为止；他们不再臆测魂气离开人体而飘扬于空中以后究竟如何演变。他们以自称一无所知尽力地避免讨论。有的哲学家，如下文所知，实际上甚至否认鬼神的存在。

但是，一般人民却并不为这种犹豫所困扰。他们认为灵魂是一种事实，是一种真实的事物。他们确信灵魂或游动于地下甚或人世之间，通常是看不见的，但在必要时也可以显现。他们确信：正由于有灵魂，才有鬼神；灵魂本来的居处虽是在坟墓内或地下——“黄泉”——却可以且愿意探亲家里族人；鬼魂能够而且真的享用祭献的食物。同样的，他们相信，如果不供献食物，鬼会饿，并且可以“饿死”。因为一个古老的信仰说，“神不歆非类”（《左传》），正是肇端于这种古老的祖先崇拜宗教信仰，也正由于这才使得人而无后成了一大罪愆。

此外，另一个有关的信仰认为鬼魂如无处可去和享用应得的祭献，就会作祟害人。而这种信仰使得死后没有子嗣的人可以指定和收继子嗣的那种制度合理化了。

但是，甚至在最早的历史时期，中国人的祖先崇拜已对于要崇拜的祖先的数目却上了一项限制。就没有官阶的平民来说，祭献只限于去世的父母和祖父母，甚至在大家族内，祭祀也仅限于三四代。远祖由于每一新的世代（的死亡）而被跻升成为迁祧不祀的阶级。关于例常的迁祧的制度，儒家已有详细的考订，且用于皇朝和帝室的祖先。

那么迁祧的祖先灵魂将会怎样呢？他们不会饿死吗？答案曾是这样，即灵魂渐渐地缩小而最后完全消失。一种流行的信仰认为“新鬼大，故鬼小”[①]。就基于这类信仰。在古老的字典上“死”字便被界说为“澌灭”（《说文》）。这项定义综括了中国平民的常识和知识阶级的怀疑主义（skepticism）和理性主义（rationalism）。总之，早期中国人的华夏宗教含有着一些有关人类死后遗存的观念的，不过赋予生体以生命和知识的人体灵魂，虽视其强弱而做一个短时期的鬼神，却仍渐渐地衰萎而终至完全消散，它不是不灭的。

五

现在，纵是这样中庸的一种有关人类死后遗存的观念也受到哲学家们怀疑和警惕的批评。甚至是出身于巫史阶级的“儒”，且经训练而专司丧祖先祭祀种种仪礼的人正统派哲学家们，也为了祭献和殉葬品的奢侈，以及在某些有权势的阶层中仍残余的原始人殉习俗而感到困扰。

在《左传》（722— 468B.C.）这编年史里有六条关于“殉”即杀人殉葬的记载（分见文公六年，宣公十五年，成公二年、十年，昭公十三年，定公二年），其中只有一例（宣公十五年）记载着有意违背了即将死去的父亲的愿望而没有用他的宠妾殉葬。另外的五例则连累了许多人命牺牲在王室的墓葬中。其中两例（昭公十三年及定公二年）正当孔子生时（公元前551～479年）昭公十三年，楚王在内战流亡途中死于芈尹申亥氏。申亥曾以他的两个女儿殉葬。

《檀弓》（《礼记》卷二，其中包括很多关于孔子和他的第一、二两代弟子以及同时代人的故事）曾显然带有赞许意味地举出两条委婉拒绝以人殉葬的例子。而这两个例子都似乎属于孔子死后不久的时代。

此外，《左传》还记载了七条（见宣公十五年、三十年，成公三年，昭公五年、九年、十年，定公三年）有关另一型人殉的例子即献俘于祭坛。其中三例，都是用战俘的血衅鼓的奇异风俗——不过牺牲者都被赦免了。定公七年一例，有一个战败“夷狄”之族的王子在战役中被俘，而活生生地送到祭坛作了牺牲，不过祭仪以后却饶了他的命。这条例证是当孔夫子约五十岁时发生在他的故乡鲁国。

于是夏父弗忌为宗伯尊僖公，且明见曰:“吾见新鬼大，故鬼小，先大后小，顺也（解：新鬼，僖公，既为兄，死时年又长。故鬼，闵公，死时年少。弗忌明言其所见）。”依旧说，则僖公于闵公为兄，故其死也为鬼大。闵公为弟，故其死也为鬼小。亦即鬼之大小视其人之长少，不关新故。此说胡先生所不取，然读者详焉可也。

这些史例虽限于王朝贵族中国家的活动，但无疑说明了以人当已死祖先的牺牲一持久而普遍的风俗。不过由于文明的一般发展早已经达到一个相当高度的人文主义和理性主义的水准，所以大部分这类不人道的习俗的记载都附有史家的严厉非议。纵是这样，这一类的事件在号为文明国度里却仍然被可敬重的人们在奉行着。因此，当时的思想家为促成这种不人道习俗的宗教观念所困恼就无可惊异了。

孔子一派的哲学家似乎获得这样的结论：即促成人殉和厚葬的基本观念就是相信人在死后仍保有他的知识和感觉。孔子的一位弟子曾说过：“夏后氏用明器，示民无知也。殷人用祭器，示民有知也。周人兼用之，示民疑也。”

（见《札记·檀弓》上）这段说明坦率地指出明器殉葬和人死后有知的信仰间的历史关联。

孔子自己也持同样的看法。他说：

为明器者知丧道矣。……哀哉死者而用生者之器也，不殆用殉乎哉！……涂车雏灵自古有之，明器之道也。……为俑者不仁，殆于用人乎哉？（《礼记·檀弓》下和《孟子》卷一第四章）

显然的，孔子和他的一些弟子公开反对以真实的用器殉葬，因为这会暗示人类死后仍然有知的信仰。但是，他们是不是就那样公开地承认且宣扬死者是无知的吗？

孔子和他同派的学者偏于采取一种不轻加臆断的立场，而把这个问题加以保留。孔子说："之死，而致死之，不仁，而不可为也；之死，而致生之，不知，而不可为也。"（见《礼记·檀弓》上）那么正确的态度就是"我们无所知"。

这种事在《论语》中表现得更为明显。当一位弟子问如何事奉鬼神的时候，[①]孔子说："未能事人，焉能事鬼？"于是这位弟子又说："敢问死？"孔子说："未知生，焉知死？"（见《论语·先进》）又某次，孔子问弟子："由，诲汝知之乎？知之为知之，不知为不知，是知也。"（见《论语·为政》）

就孔子某些弟子来说，只要从不知论的立场再走一步，就会坦白地否认人死后有知，从而否认一切有关鬼神上帝的存在和真实性。公元前五世纪到四世纪时，儒家曾受到敌对的墨教学者的驳斥，认为他们实际是否定鬼神存在的。

墨教是公元前五世纪最伟大的宗教领袖墨翟倡导的。他竭诚奋力地想与人民的神道宗教辩护和改造，因此颇惹起一阵骚动。他信仰一种人格神（a personal god），而神是希望人该兼爱无私的。他坚决相信鬼神的存在的真实性。在《墨子》一书内，较长的一篇文章就是《明鬼》（卷三十一）。在这篇文章内，墨翟试图以三类论据辩证鬼的存在：（1）许多人确曾见过鬼或听到过鬼的声音，（2）鬼的存在，明白地记载或暗示于许多古籍中，（3）承认鬼神存在有助于人类的道德行为和国家的安谧。

墨翟复兴了并且建立了一个具有伟大力量的宗教。他是中国历史上最伟大最可敬爱的人物之一。但是他却没有“证明”鬼神的存在。

稍后，正统派的中国思想家或不仔细思索而直接地接受了传统的崇拜和祭祀，或是以孔子不轻加臆断的口实而承认他们不知道人在死后究否有知。为了更确定孔子的立场，晚期的儒家捏造了一个故事，作者不明，故事本身初见于公元前一世纪继而以增改的形式而流行于纪元三世纪。故事是这样的，一位弟子[①]问孔子死者是否可知，孔子说：“吾欲言死者之有知，将恐孝子顺孙妨生以送死。吾欲言死之无知，将恐不孝之子弃不葬。赐欲知死者有知与无知非今之急，死后自知之。”（见刘向《说苑》卷十八；孔子《家语》卷二）

但是有些中国思想家却坦白地采取一种无神论的立场。中国最伟大的哲学家之一王充（27—大约 100A.D.）写过几篇论文（见《论衡》卷六十一、六十三、六十五）以证明：“人死后并不变为鬼，死后无知同时并不能伤害人类。”他直认：当血液在一个人的脉管中停止循环，他的呼吸与灵魂随即分散，尸体腐烂或为泥土，并没有鬼。他的最出名的证明无鬼的推论之一是如此的：如果真的鬼系由死人灵魂所形成，那么，人们所见到的鬼应该是裸体的，确实应该没有穿衣裳。实在的，衣服与带子腐烂后不会有灵魂存在，如何能见到穿着衣裳的鬼？

就我所知，这项论证从来还没有被成功地驳倒过。

六

几乎就在王充致力于他的伟大《论衡》的时候，伟大的佛教侵入了中国，且已经在群众和有权势的阶层中收到了教徒。在短短的两三个世纪内，中国就被这个印度宗教征服了；中国人的思想和信仰、宗教和艺术，甚至生活的各方面，都逐渐地印度化了。这种印度化的过程持续了近乎两千年。

严格地说，原来的佛教是一种无神论的哲学，主张万物包括“自己”，都是元素（elements）的偶然组合，且终将分散而复成为元素。没有什么是永恒的，也无所谓持续和稳定（continuity and stabilily），无我、无相、无性（no self、no ego、no soul）。

但是中国人民对于这类形而上的理论却并不感兴趣。在一般人心目中，佛教所以是一个伟大的宗教，因为它首先就告诉中国有很多重天和很多层地狱；首先告诉中国以新奇的轮回观念和同样新奇有关前生、今世和来世的善恶报应观念。

这些新奇的观念急切地为千百万的中国男女接受了，因为这正是古老华夏宗教所缺少的。在漫长的岁月里，这一切观念都变成了中国宗教思想和信仰的一部分。它们也变成了复兴的华夏教，即现在盛行的所谓道教的一部分。天堂现已采用了中国名称，地狱也由中国的帝王和审判官来监理。天国的喜悦、地狱的恐怖、天路旅程的逍遥、地狱苦海的沉痛 ——所有这些观念不仅颂之于歌、笔之于奇幻的故事，并且在到处的庙院里绘成了巨幅生动的壁画，以作为人们日常的启迪和戒惧。

在这种情形下，古老的华夏信仰因愈变得丰富、革新而加强起来了。同样，华夏文化也因此而印度化了。同样，关于灵魂和灵魂永存的古老概念也逐渐完全改观。灵魂虽仍叫魂，但是现在却认为它能够周历轮回而永生的，且无论是好或坏，完全依着善恶报应的绝对因果关系。只有“魂”才进入兜率天，或受无量寿和永明的阿弥陀佛支配的极乐世界。但作恶者的灵魂却要下地狱，遭受下油锅、慢慢地凿、捣、研磨、大卸八块（分尸）一类的酷刑。

中古时代的中国遭受的这种佛教的征服势锐不可当，因此许多的中国学者都被震吓住了。他们面对新宗教夸张的象喻和暧昧的形而上学，而感到耳目眩迷，甚至为之俘获，但是随着时期的演进，中国的人道主义、自然主义和怀疑主义却又渐渐地恢复起来了。

大约在公元 510 年，也就是佛教征服的高潮时期，一位经学家范缜开始攻击这一新的宗教，而坦白否认灵魂的存在。他撰写了一篇《神灭论》，内中指称："神即形也，形即是神也，是以形存则神存，形谢则神灭也。"下面则是他最精辟的一段辩论：

形者神之质，神者形之用……神之于质，犹利之于刀……舍利无刀，舍刀无利，未闻刀没而利存，岂容形亡而神在。[①]

范缜的论文包括三十一项问题和解答。他在文末指出，文旨在从虚伪自私的佛教的统治下解放出可悯的中国。

范缜论文的发表大大地触怒了虔信佛教的梁武帝（ 502—549A.D.），和尚和尼姑都骚动起来。皇帝发布了一项驳斥范缜论文的命令，提醒他们举凡三大宗教 ——儒教、道教、佛教 ——都一致主张灵魂的不灭性，而且不学无术心胸狭隘的范缜至少应该晓然儒家的经典对于这一课题曾是如何解说的。这项皇帝的敕命曾被一位伟大的佛教方丈热忱地加以翻印，并分送给六十二位王族朝廷大臣和当时有名的学者以资征询意见。这六十二位名士在复函里都由衷地赞颂皇帝的驳斥。

但是史家告诉我们，虽然整个朝廷和全国因范缜的理论而骚动，没有一个人在反驳他的辩论上获得成功。

范文所称灵魂只是身体功能的表现，并不能在身体死后独存的论见对于后世中国思想有重大的影响。如哲学家兼史学家的司马光（1019—1086A.D.）在驳斥流行的天堂地狱信仰时就抱持类似的理论。他说："甚至假如有地狱和凿焚捣研等形法，当尸体已经腐烂，灵魂也已分散时，还遗留有什么东西来承受这些酷刑？”这真是范缜理论的一项注解了。

七

因此我们考证的实在结果应可分为两方面：（1）流行的中国固有宗教甚至既在一些显然有识者的努力以求其系统化合理化以后，也仍含有一种关于人类灵魂及其死后永存的单纯观念。而且正是这种中国的灵魂观念，才由于印度佛教的新思想，而为之加强和革新。（2）中国重要的智识界领袖对于这个问题似乎没有积极的兴趣，果然他们有些什么兴趣的话，他们的讨论也常常要不是终于不可臆断，即是公然否定灵魂和它的不灭。

这使我们要提出两个问题：（1）中国思想家对于灵魂和它的不灭问题为什么不感兴趣？（2）在知识阶级的宗教或精神生活中有没有什么可以认为是代替人类不朽概念的？

第一个问题的答案是中国文化和哲学的传统由于素来偏重人道主义和理性主义，所以哲学家便不大认真关心于死后生活和神鬼的问题。孔子说："未能事人，焉能事鬼？""未知生，焉知死？"这几句话可作为这方面的说明。

另外一次，孔子说："君子不忧不惧，内省不疚，夫何忧何惧。"（《论语·颜渊篇》）在这个人类世界上，道德的生活本身已足够是一个目的，固不需忧虑事后未来或畏惧鬼神。

孔门伟大弟子之一的曾子也给我们留下了一个楷模。他说："士不可以不弘毅，任重而道远。仁以为己任，不亦重乎！死而后已，不亦远乎！"（《论语·泰伯篇》）一个中国君子，如果没有深受印度思想和信仰的影响，对于"死而后已"的想法是不会感到痛苦和后悔的。

现在谈到第二个问题：就中国知识分子来说，究竟有没有什么中国人的概念或信仰可以取代其他宗教人类不朽的观念呢？

当然有的，据《左传》记载，公元前 549 年——即孔子不过是两岁大的孩子的时候——鲁国的一个聪明人叔孙豹曾说过几句名言，即所谓有三个不朽：“大上有立德；其次有立功；其次有立言。虽久不废，此之谓不朽。”同时，他举了一个例：“鲁有先大夫曰臧文仲，既没，其言立。”[1]这段话两千五百年来一直是最常被援引的句子，而且一直有着重大的影响。这就是一般所谓的“三不朽”，我常常试泽为“三 W”，即德（worth）、业（work）、言（words）的不朽。

“三不朽”论的影响和效果是深厚宏达而不可估计的，而且它本身就是“言”之不朽的最佳证明。

公元 1508 年，伟大的哲学家王守仁的学生（1528 年逝世）问他炼丹术究否可以延年益寿。他答说：“我们孔夫子的学派也有我们不朽的见解，例如孔夫子最嘉爱的弟子颜回三十二岁去世，但他今天仍然活着，你能相信吗？”

我在写这篇论文的时候，我的记忆使我回想到五十多年前，回想到安徽南部山中我第一次进入的那个乡村学校。每天从高凳上，我可以看见北墙上悬挂的一幅长轴，上面有公元八世纪时政治家和大书法家颜真卿写的一段书札的印本。当我初认草书时，我认出来这张书札开头引用的就是立德、立功、立言的“三不朽”论。五十年匆匆地过去了，但是我第一次发现这些不朽的话的深刻印象却一直没有毁灭。

这古老的三不朽论，两千五百年来曾使许多的中国学者感到满足。它已经取代了人类死后不朽的观念，它赋与了中国士大夫一种安全感，纵然死了，但是他个人的德能、功业、思想和语言却在他死后将永垂不朽。

我们不必认为仅有伟大的德能、功业和教言才是不朽的。就我们现代人来说，我们应十分可能且合理地把这种古老的观念重加阐释，民主化或社会化。这样，则所谓德也许才可以意味着我们所以为人的一切，才可以意味着我们所为的一切，才可以意味着我们所想的和所说的一切。这种学说可以得到一种现代的和科学的意义，就是在这个世界上的任何一个人，不论他怎样的鄙陋低微而不足道，总都会留下一些东西，或善或恶，或好或坏。由于不只是好的才能留下来，所以古语说得好："遗臭万年。"对于恶善贤愚不肖都可以贻人的影响的这种了解，而使我们对自己所以不朽的行为思想和言语道义，深深地怀有一种道义的责任感。举凡我们的为人、行事和言谈在这个世界上的某些地方，都会发生影响，而那种影响在别的地方又会发生另外的影响，如此而至于无穷的时间和空间。我们不能全然了解一切，但是一切都存在那里，而至于无穷尽。

总之，就像猫狗会死一样，个人也会死的，但是他却依然存在所谓人类或社会的"大我"之中，而大我是不朽的。大我的继续存在，成为无量数小我个人成功与失败的永存纪念物。"人类的现状固源于我们若祖若父的贤愚，但是我们终将扮演成何等角色，则需从我们未来的情势去加以判断。"

本文是胡适在 1945 年接受哈佛大学"般格索讲座"（Ingersoll Lecture）
的邀请发表的讲演，
1963 年 12 月刊于台湾《中研院历史语言研究所集刊》第 34 本，下册

中国传统与将来

我代表出席会议的中国人说一句话：华盛顿大学主动积极地负责召集筹备这个中美学术会议，我们都要表示很热诚的感谢。最早有开这个会议的想法的人是泰勒先生 (George Taylor)，然而如果没有华盛顿大学的奥德伽校长 (President Odegaard)、台湾大学的钱思亮校长热心赞助，会议是开不成的。这个国际学术合作的大胆尝试的几位发起人，几位合力支持的人，都抱着很高的期待，我们盼望这五天会议的收获不至于辜负他们的期待。

我被指定在会议开幕仪式里担任一篇演讲，是我很大的荣幸，我非常感激。但我必须说，指定给我的题目，“中国传统与将来”，是一个很难的题目。中国传统是什么？这个传统的将来又怎样？这两个问题，随便一个对我们的思想都是绝大的考验。可是现在要我在一篇简短的开幕仪式演讲里回答这两个问题，我知道我一定要失败的，我只盼望我的失败可以刺激会议里最能思想的诸位先生，让他们更进一步，更深刻地思想这个大题目。

一、中国传统

我今天提议，不要把中国传统当作一个一成不变的东西看，要把这个传统当作一长串重大的历史变动进化的最高结果看。这个历史的看法也许可以证明是一种很有用的方法，可以使人更能了解中国传统——了解这个传统的性质，了解这个传统的种种长处和短处——这一切都要从造成这个传统的现状的那些历史变动来看。

中国的文化传统，在我的看法，是历史进化的几个大阶段的最后产物：

一、上古的“中国教时代”[①]。很丰富的考古资料证明，在商朝已经发展出来一个高度进步的文明，有很发达的石雕骨雕，有精美铜器手工，有千万件甲骨卜辞上所见的够进步的象形会意文字，十分浪费的祀祖先的国教，显然包括相当大规模的人殉人祭。后来，到了伟大的周朝，文明的种种方面又都再向前发展。好多个封建诸侯长成了大国，而几个有力量的独立国家并存竞争，自然会使战时与平时用的种种知识技术都提高。政治的方策术略愈来愈要讲求了，有才智的人得到鼓励了。《诗三百篇》渐渐成了通用的语文课本。诗的时代又渐渐引出来哲学的时代。

二、中国固有哲学思想的“经典时代”，也就是老子、孔子、墨子和他们的弟子们的时代。这个时代留给后世的伟大遗产有老子的自然主义的宇宙观，他的无为主义的政治哲学；有孔子的人本主义，他的看重人的尊严，看重人的价值的观念，他的爱知识，看重知识上的诚实的教训，他的“有教无类”的教育哲学；还有大宗教领袖墨子的思想，那就是反对一切战争，鼓吹和平，表扬一个他心目中的重“兼爱”的“天志”，想凭表扬这个“天志”来维护并且抬高民间宗教的地位。

中国的古文明在这个思想的“经典时代”的几百年（公元前 600 至公元前 220 年）里经过了一个基本的变化，这是无可疑的。中国文化传统的基本特色，多少都是这个“经典时代"的几大派哲学塑造磨琢出来的。到了后来的各个时代，每逢中国陷入非理性、迷信、出世思想——这在中国很长的历史上确有过好几次——总是靠孔子的人本主义，靠老子和道家的自然主义，或者靠自然主义、人本主义两样合起来，努力把这个民族从昏睡里救醒。

三、第三段历史的大进化是公元前 221 年军国主义的秦国统一了战国，接着有公元前 206 年第二个帝国，汉帝国的建立，以后就是两千多年里中国人在一个大统一帝国之下的生活、经验——这两千多年里没有一个邻国的文明可以与中国文明比。这样一个孤立的帝国生活里的很长很特殊的政治经验，完全失去了列国之间那种有生气的对抗竞争，也就是造成中国思想的“经典时代”的那种列国的对抗竞争——是构成中国传统的特性的又一个重要因素。

我们可以举出这两千多年的帝国生活的几个特别色彩。(一)中国对于一个大一统帝国里君主专制的问题始终无法解决。(二)一个有补救作用的特点是汉朝(公元前 200 年至公元 220 年)在头几十年里有意采用无为的政治哲学，使一个极广大的帝国在政治规模上有了一个尽量放任、尊重自由、容许地方自治的传统，使这样一个大帝国没有庞大的常备军，也没有庞大的警察势力。(三)再一个有补救作用的特点是逐渐发展出来一个挑选文官人才的公开竞争的考试制度，这就是世界上最早的文官考试制度。(四)汉朝定出来一套统一的法律，这套法律在以后各朝代里又经过一次次的修改。不过中国的法制有一个缺点，就是不曾容许公开辩护，不能养成律师这种职业。(五)帝国生活的又一个特点是长期继续使用已成了死文字的古文作为文官考试用的文字，作为极广大的统一帝国里通行的书写交通媒介。两千多年里，这种古文始终是公认的教育工具，是作诗作文用的高尚工具。

四、第四段历史的大进化，实在等于一场革命，就是中国人大量改信了外来的佛教。中国古代的固有宗教不知道有乐园似的天堂，也不知道有执行最后审判的地狱。佛教的大力量，佛教的一切丰富的想象，美丽的仪式，大胆的宇宙论和形而上学，很轻易地压倒征服了那个固有宗教。佛教送给中国的不是一层天，而是几十层天，不是一层地狱，而是好多层地狱，一层层的森严恐怖各个不同。轮回观念、三生宿业的铁律，很快地替代了旧的简单的福善祸淫的观念。世界是不实在的，人生是痛苦而空虚的，性是不清洁的，家庭是净修的障碍，独身斋化是佛家生活不可少的条件，布施是最高美德，爱要推及于一切有情生物，应当吃素，应当严厉禁欲，说话念咒可以有神奇的力量——这一切，还有其他种种由海陆两面从印度传进来的非中国的信仰风尚，都很快地被接受了，都变成中国人的文化生活的一部分了。

这是一场真正的革命。试举一个例说，儒家的《孝经》告诉人，身体是受自父母，不可毁伤的。古代中国的思想家说过，生是最可宝贵的。然而佛教说，人生是一场梦，生就是苦。这种教条又引出来种种绝对违反中国传统的风气。用火烧自己的拇指，烧一根或几根手指，甚至于烧整条臂，作为对佛教一位神的合身奉献：成了佛门弟子的一种“功德”！有时候，一个和尚预先宣布他遗身的日子，到了那一天，他自己手拿一把火点着那用来烧死他自己的一堆柴，不断念着佛号，直念到他自己被火烧得整个身体倒下去[①]。

中国已经印度化了，在一段奇怪的宗教狂热里着了魔了。

五、再下一段历史的大进化可以叫做中国对佛教的一串反抗。反抗的一种形式就是中古道教的开创和推广。本土的种种信仰和制度统一起来，加上一点新的民族愿望的刺激，想模仿那个外来的佛教的每一个特点而把佛教压倒、消灭，这就是道教。道教徒采取了佛教的天和地狱，给它们起了中国式的名字，还造了一些中国的神去作主宰，整部《道藏》是用佛教经典作范本编造成的。好些佛教的观念，例如轮回、前生来世的因缘，都被整个儿借过来当做自己的。男女道士的清规是仿照佛教僧尼的戒律定的。总而言之，道教是一个民族主义的排佛运动，用的方法只是造出一种仿制品来夺取市场。运动的真正目的只是消灭那个外来的宗教，所以几次政府对佛教的迫害，最著名的是公元446年(北魏太平真君七年)和845年(唐武宗会昌五年)两次，都有道教势力的操纵。

中国的佛教内部也起了对佛教的种种反抗。这种种反抗的一个共同特点是要把佛教里中国人不能接受不能消化的东西都丢掉。早在四世纪，中国的佛教徒已渐渐看出佛教的精华只是“渐修”与“顿悟”，这两样合起来就是禅法(dhyana或ch’an，日语读作zen)，禅的意思是潜修，但也靠哲学上的觉悟，从公元400年到700年，中国佛教的各派(如菩提达摩开创的楞伽宗，如天台宗)大半都是禅宗。

禅宗的所谓“南宗”——在八世纪以后禅宗成了南宗专用的名字——更进一步宣告，只要顿悟就够了，渐修都可以不要。说这句话的是神会和尚(公元670年至762年，据我的研究，是南宗的真正开创人)[①]。

整个儿所谓“南宗”的运动全靠一串很成功的说谎造假。他们说的菩提达摩故事是一篇谎[②]，他们的西天二十八祖故事是捏造的，他们的袈裟传法故事是骗人的，他们的“六祖”传也大部分完全是假的。[③]但是他们最伟大的编造还是那个禅法起源的故事：如来佛在灵山会上说法。他只在会众面前拈了一朵花，没有说一句话。没有人懂得他的意思。只有一个聪明的迦叶尊者懂得了，他只对着佛祖微微一笑。[④]据说这就是禅法的源头，禅法的开始。

最足以表示禅宗运动的历史意义的一句作战口号是：“不著语言，不立文字，直指本心。”篇幅多得数不尽的经卷，算到八世纪的中文翻译保存下来已有五千万字之多(不算几千万字中国人写的注疏讲说)，全没有一点用处！这是何等惊人的革命！那些惊人的编谎家、捏造家，真正值得赞颂，因为他们只靠巧妙的大谎竟做到了一个革命，打倒了五千万字的神圣经典。

六、中国传统的再下一段大进化可以叫做“中国的文艺复兴时代”或“中国的几种文艺复兴时代”。因为不只有一种复兴。

第一是中国的文学复兴，在八、九世纪已经蓬蓬勃勃地开始，一直继续发展到我们当代。唐朝的几个大诗人——八世纪的李白、杜甫，九世纪的白居易——开创了一个中国诗歌的新时代。韩愈（死在 824）做到了复兴古文，使古文成了以后八百年里散文作品的一个可用而且很有力量的利器。

八、九世纪的禅门和尚最先用活的白话记录他们的谈话和讨论。十一世纪的禅宗大师继续使用活的文字。十二世纪的理学家也用这种活文字，他们的谈话都是用语录体记下来的。

普通男女唱歌讲故事用的都只是他们懂得的话，也就是他们自己说的话。有了九世纪的木版印刷，又有了十一世纪的活字版印刷，于是民间的，"俗"的故事、小说、戏曲、歌词，都可以印给多数人看了。十六、十七世纪有些民间故事和伟大的小说成了几百年销行很广的作品。这些小说就把白话写定了。这些小说就是白话的教师，就是推广白话的力量。假如没有这些伟大的故事和小说，现代的文学革命决不会在短短几年里就得到胜利。

第二是中国哲学的复兴，到十一、十二世纪已经入了成熟期，产生了理学的几个派别，几个运动。理学是一个有意使佛教进来以前的中国固有文化复兴起来，代替中古的佛教与道教的运动。这个运动的主要目的只是恢复孔子、孟子的道德哲学和政治哲学，并且重新解释，用来替代那个为己的、反社会的、出世的佛教哲学。有一个禅门和尚提到，儒家的学说太简单太没有趣味，不能吸引国中第一等的人。因此，理学的任务只是使先佛教期的中国的非宗教性的思想，变得像佛教像禅法一样有趣味有吸引力。这些中国哲学家居然能够弄出来一套非宗教性的、合理的理学思想，居然有了一套宇宙论，一套或几套关于知识的性质和方法的理论，一套道德与政治哲学。

理学也有好几个派别，大半是因为对于知识的性质和方法的观点不同而发生的。经过一段时间，理学的各派也居然能够吸引最能思想的人了，居然使他们不再成群追随佛门的禅师了。而最能思想的人一旦对佛教不再感兴趣，那个伟大过来的宗教就渐渐衰落到无人理会的地步了，几乎到了死的时候听不见一声哀悼。

第三，中国文艺复兴的第三方面可以叫做学术复兴，是在一种科学方法——考据方法——刺激之下发生的学术复兴。

“无征则不信”，是孔子以后一部很早的名著里的一句话。孔子也曾郑重说：“知之为知之，不知为不知，是知也。”然而淹没了中古中国的宗教狂热与轻信是很有力量的大潮，很容易卷走那些求真求证的告诫。只有最好的讯案的法官还能够保持靠证据思想的方法和习惯，但是有些第一流的经学大师居然也能够有这种方法和习惯，这是最可庆幸的。要等到有了刻印书的流行，中国学者才容易有比较参考的资料，容易校正古书的文字，容易搜求证据，评判证据。有书籍印刷以来的头二三百年里，金石学的开创，一部根据仔细比较审定的资料写成的大历史著作的出现，都可以看得出有考证或考据的精神和方法。又有一派新的经学起来，也是大胆应用这种精神和方法去审查几部儒家的神圣经典。朱子 (1130—1200) 就是这一派新经学的一个创始人。

考证或考据的方法到了十七世纪更走上有意的发展。有一位学者肯举出一百六十条证据来论定一个单字的古音，又有一位学者花了几十年工夫找证据来证明儒家一部大经书几乎一半是很晚的伪作。这种方法渐渐证明是有用处的，有收获的，所以到了十八、十九世纪竟成了学问上的时髦。整三百年的一个时代 (1600—1900) 往往被称做考据的时代。

二、大对照与将来

以上的历史叙述已把中国传统文化带到了历史变动最后阶段的前夕——这个最后阶段就是中国文明与西方文明对照、冲突的时代。西方与中国和中国文明的第一次接触是十六世纪的事。但是真正对照和冲突的时代到十九世纪才开始。这一个半世纪来，中国传统才真正经过了一次力量的测验，这是中国文化史上一次最严重的力量的测验，生存能力的测验。

在我们谈过的历史纲要里，我们已看到古代中国的固有文明，因为有了经典时代丰富的滋养和适当的防疫，足可以应付佛教传入引起来的文化危机。不过因为本土的宗教过于单纯，中国人在一段时间里是被那个高度复杂又有吸引力的佛教压倒了、征服了。差不多整一千年，中国几乎接受了印度输入的每一样东西，中国的文化生活大体上是“印度化”了。但是中国很快地又觉醒过来，开始反抗佛教。于是佛教受了迫害、抵制，同时又有人认真努力把佛教本国化。有了禅宗的起来，佛教内部也做到了一种革命，公开抛弃了不止五千万字的全部佛教经典。因此，到了最后，中国已能做到一串文学的、哲学的、学术的复兴，使自己的文化继续存在，有了新生命。尽管中国不能完全脱掉两千年信佛教与印度化的影响，中国总算能解决自己的文化问题，能继续建设一个在世的文化，一个基本上是“中国的”文化。

早在十六世纪的末尾几年和十七世纪的头几十年，有一个新奇的但又是高度进步的文化来敲中华帝国的大门。最初到中国来的那些耶稣会士都是仔细挑选出来的，都是有准备的。他们的使命是把欧洲文明和基督教开始介绍给当时欧洲以外最文明的民族。最初的接触是很友善又很成功的。经过一段时间，那些伟大的教士已不止能把欧洲数学、天文学上最好最新的成就介绍给中国头脑最好的人，而且凭他们的圣人似的生活榜样介绍了基督教。

中国与西方的强烈对照和冲突是大约一百五十年前开始的。对着诸位这样有学问的人，这样特别懂得近代历史的人，我用不着重说中国因为无知、自大、自满，遭了怎样可悲的屈辱。我也用不着提中国在民族生活各方面的改革工作因为不得其法，又总是做得太晚，遭了怎样数不清的失败。我更用不着说中国在晚近，尤其是民国以来，怎样认真努力对自己的文明重新估价，又在文化传统的几个更基本的方面，如文字方面、文学方面、思想方面、教育方面，怎样认真努力发动改革。诸位和我都是亲眼看见了这种种努力和变化的，我们中国代表团里年长些的人有大半都是亲身参与过这些活动的。

我今天的任务是请诸位注意与“中国传统的将来”这个题目直接或间接有关系的几件事。我想我们要推论中国传统的将来，应当先给这个传统在与西方有了一百五十年的对照之后的状况开一份清单。我们应当先大致估量一下：中国传统在与西方有了这样的接触之后，有多少成分确是被破坏或被丢弃了？西方文化又有多少成分确是被中国接受了？最后，中国传统还有多少成分保存下来？中国传统有多少成分可算禁得住这个对照还能存在？

我在好些年前说过，中国已经确实热心努力打掉自己的文化传统里种种最坏的东西："短短几十年里，中国已经废除了几千年的酷刑，一千年以上的小脚，五百年的八股。"[①]我们还要记得，中国是欧洲以外第一个废除君主世袭的民族。中国的帝制存在了不止五千年之久，单单"皇帝也要走开"这一件事对广大国民心理的影响就够大了。

这些以及其他几百件迅速的崩溃或慢慢的销蚀，都只是这个文化冲突激荡时期的自然牺牲。

这些文化的牺牲都不值得惋惜哀悼。这种种革除或崩溃都应当看做中国从孤立的旧文明枷锁之下得到解放的一部分现象。几千年来中国的政治思想家从没有解决如何限制一个大一统帝国里君主专制的问题，然而几十年与西方民主国家的接触就够提出解决的方法了："赶掉皇帝，废除帝制。"其他许多自动的改革也是一样。八百年的理学不能指出裹小脚是不人道的野蛮的行为，然而几个传教士带来了一个新观点就够唤起中国人的道德意识，够把小脚永远废了。

中国从西方文明自动采取吸收的又有多少成分呢？这个清单是开不完的。中国自动采取的东西——无论是因为从来没有那些东西，或者没有相当的东西，还是因为虽然有相当的东西，但要差一等——确实总有几千件。中国人采取了奎宁、玉蜀黍、花生、烟草、眼镜，还有论千种别的东西，都是因为以前没有这些东西，所以愿意要这些东西。用钟表是很早的事，不要多久滴漏就被淘汰了。这是一个高一等的机械代替一个次一等的东西的最明显的例子。从钟表到飞机和无线电，论千件的西方科学工艺文明的产物都可以列子在我们的清单上。就智识与艺术的范围而论，这份清单可以从欧几里德起一直开到当代的许多科学家、音乐家、电影明星，这个单子真是开不完的。

然后还有一个问题——从旧文明里丢掉冲刷掉这一切，又从近代西方文明自动采取了这上千个项目，然后中国传统保存下来的成分又还有多少呢？

不止四分之一世纪以前，在1933年，我有一回演讲，专论中国与日本文化反应的不同型态。我指出日本的现代化可以叫做“中央统制型”，而中国，因为没有一个统治阶级，所以中国的现代化是文化反应的另一个型态，可以叫做“长期曝露与慢慢渗透造成的文化变动”。我接着说：

这样，我们实在是让一切观念、信仰、制度很自由地与西方文明慢慢接触，慢慢接受感染，接受影响，于是有时起了一步步渐进的改革，也有时起了相当迅速或激烈的变动。……我们没有把哪一件东西封闭起来，我们也不武断禁止哪一样东西有这种接触和变化。

过了几年，我又抱着差不多同样的看法说：

中国的西方化只是种种观念渐渐传播渗透的结果，往往是先有少数几个人的提倡，渐渐得着些人赞成，最后才有够多的人相信这些观念是很合用或很有效验的，于是引起来一些影响深远的变化。从穿皮鞋到文学革命，从用口红到推翻帝制，一切都是自动的，都是经过广义的“理智判断”的。中国没有一件东西神圣到不容有这样的曝露和接触，也没有一个人，或一个阶级，有力量防止那一种制度受外来文化感染浸蚀的影响。[①]

我从前说过的话的要点只是：我认为那许多慢慢的但是自动的变化，正好构成一个可以算是民主而又可取的文化变动的型态——一个长期曝露、自动吸收的型态。我的意思也是要说，那种种自动的革除淘汰，那种种数不清的采纳吸收，都不会破坏这个站在受方的文明的性格与价值。正好相反，革除淘汰掉那些要不得的成分，倒有一个大解放的作用；采纳吸收进来新文化成分，只会使那个老文化格外发辉光大。我决不担忧站在受方的中国文明因为抛弃了许多东西，又采纳了许多东西，而蚀坏、毁灭。我正是说：

慢慢地、悄悄地，可又是非常明显地，中国的文艺复兴已经渐渐成了一件实事了。这个再生的结晶品看起来似乎使人觉得是带着西方的色彩，但是试把表面剥掉，你就可以看出做成这个结晶品的材料在本质上正是那个饱经风雨侵蚀而更可以看得明白透彻的中国根底。

这是我在 1933 年说的话。我在当时可是过分乐观了吗？随后这几十年来的事变可曾把我的话推翻了吗？预料将来总是一件冒险的事。但是，我近几年来看了不止四百万字的“清算”文献。看了这许多整肃文献，我才敢相信我所推崇的那个“人本主义与理智主义的中国”在中国大陆上还存在着，才敢相信那个曾尽大力量反抗中古中国那些大宗教，而且把那些宗教终于推倒的大胆怀疑、独立思想、独立表示异议的精神，也会永久存在，继续传布。总而言之，我深信，那个“人本主义与理智主义的中国”的传统没有毁灭，而且无论如何没有人能毁灭。

本文为 1960 年 7 月 10 日胡适在西雅图中美学术会议的英文演讲，
1960 年 7 月 21 日至 23 月刊于台北《“中央”日报》

眼前世界文化的趋向

今天我讲的题目，发表出来的是《眼前文化的趋向》，后来我想了想恐怕要把题目修改几个字，这题目叫做“眼前世界文化的趋向”。“眼前世界文化的趋向”，有他自然的趋向，也有他理想的方向。依着自然的趋向，世界文化，在我们看起来，渐渐朝混合统一的方向，但是这统一混合自然的趋向中，也可以看出共同理想的目标。现在我先谈谈自然的统一趋向。

自从轮船与火车出来之后，世界上的距离一天天缩短，地球一天天缩小，人类一天天接近。七十年前，有一部小说叫做《八十天环游全世界》，这是一种理想。诸位还记得，今年六月里，十九位美国报界领袖，坐了一只新造的飞机，6月17日从纽约起飞，绕了全球一周，6月30日飞回纽约，在路共计13天，飞了21424英里，而在飞行的时间不过一百点钟，等于四天零几点钟。更重要的，是传播消息、传播新闻、传播语言文字、传播思想的工具。电报的发明是第一步，海底电线的成功是第二步，电话的发明是第三步，无线电报与无线电话的成功是第四步。

有了无线电报、无线电话，高山也挡不住消息，大海也隔不断新闻，战争炮火也截不断消息的流通。我们从前看过《封神榜》小说，诸位总记得“千里眼，顺风耳”的故事。现在北平可以和南京通电话，上海可以同纽约通电话。人同人可以隔着太平洋谈话，可以和六大洲通电报，人类的交通已远超过小说里面的“千里眼，顺风耳”的神话世界了！人类进步到了这个地步，文化的接触、文化的交换、文化的打通混合，就更有机会、更有可能了。

所以我们说，一百四十年的轮船，一百二十年的火车，一百年的电报，五十年的汽车，四十年的飞机，三十年的无线电报——这些重要的交通工具，在区区一百年之内，把地面更缩小，把种种自然的阻隔物都打破了，使各地的货物可以流通，使东西南北的人可以往来交通，使各色各样的风俗习惯、信仰思想，都可以彼此接触，彼此了解，彼此交换。这一百多年，民族交通、文化交流的结果，已经渐渐地造成了一种混同的世界文化。

以我们中国来说，无论在都市、在乡村，都免不了这个世界文化的影响。电灯、电话、自来水、公路上的汽车、铁路上的火车、电报、无线电广播、电影、空中飞来飞去的飞机，这都是世界文化的一部分。不用说了，纸烟卷里的烟草、机器织的布、机器织的毛巾、计算时间的钟表，也都是世界文化的一部分，甚至于我们人人家里自己园地的大豆、老玉米，也都是世界文化的一部分。大豆是中国的土产，现在已成为世界上最有用的一种植物了。老玉米是美洲的土产，在四五百年当中，传遍了全世界，久已成为世界公用品，很少人知道它是从北美来的。

反过来看，在世界别的角落里，在欧洲、美洲的都市与乡村里，我们也可以随地看见许多中国的东西变成了世界文化的一部分。中国的瓷器、中国的铜器、中国画、中国雕刻、中国蚕丝、中国刺绣，是随地可以看见的。茶叶是中国去的，橘子、菊花是中国去的，桐油是全世界工业必不可少的。中国春天最早开的迎春花，现在已成了西方都市与乡村最常见的花了。西方女人最喜欢的白菊花、栀子花，都是中国去的。西方家园里、公园里，我们常看见的藤萝花、芍药花、丁香花、玉兰花，也都是中国去的。

文化的交流，文化的交通，都是自由挑选的，这里面有一个大原则，就是“以其所有，易其所无，交易而退，各得其所”。翻成白话是“我要什么，我挑什么来，他要什么，他挑什么去”。老玉米现在传遍世界，难道是洋枪大炮逼我们种的么？桐油、茶叶传遍了世界，也不是洋枪大炮来抢去的。小的小到一朵花一个豆，大的大到经济政治学术思想都逃不了这个文化自由选择、自由流通的大趋向，三四百年的世界交通，使各色各样的文化有个互相接近的机会。互相接近了，才可以自由挑选，自由采用。

今日的世界文化就是这样自然地形成，这是我要说的第一句话。

我要说的第二句话是“眼前的世界文化”，在刚才说过的自然挑选的自然趋向之下，还可以看出几个共同的大趋向，有几个共同的理想目标，这几个理想的目标是世界上许多圣人提倡的、鼓吹的，几个改造世界的大方向，经过了几百年的努力、几百年的宣传，现在差不多成了文明国家共同努力的目标了，到现在是有哪些世界文化共同的理想目标呢？总括起来共有三个：

第一，用科学的成绩解除人类的痛苦，增进人生的幸福。

第二，用社会化的经济制度来提高人类的生活，提高人类的生活程度。

第三，用民主的政治制度来解放人类的思想，发展人类的才能，造成自由独立的人格。

先说第一个理想，用科学的成果来增进人生的幸福，减除人生的痛苦。

这个世界文化的最重要成分是三四百年的科学成绩。有些悲观的人，看了两次世界大战，尤其是看了最近几年的第二次世界大战，他们常常说，科学是杀人的利器，是毁灭世界文化的大魔王。他们听了两个原子弹毁灭了日本两个大都市，杀了几十万人，他们就想象将来的世界大战一定要把整个世界文明都毁灭完了，所以他们害怕科学，咒骂科学。这种议论是错误的。在一个大战争的时期，为了国家的生存，为了保持人类文明，为了缩短战争，科学不能不尽它的最大努力，发明有力量的武器，如第二次世界大战里双方发明的种种可怕武器。但这种战时工作，不是科学的经常工作，更不是科学的本意。科学的正常使命是充分运用人的聪明才智来求真理，求自然界的定律，要使人类能够利用这种真理这种定律来管理自然界种种事务力量。譬如叫电气给我们赶车，叫电波给我们送信，这才是科学的本分，这才是利用科学的成果来增进人生的幸福。

这几百年来的科学成绩，都是朝着这个方向做去的。无数聪明才智的人，抱着求真理的大决心，终身埋头在科学实验室里，一点一滴地研究，一步一步地进步，几百年继续不断地努力，发明了无数新事业、新理论、新定律，造成了人类历史上空前的一个科学新世界。在这个新世界里，人类的病痛减少了，人类的传染病在文明国家里差不多没有了，平均寿命延长了几十年。科学文明的结果应用到工业技术上造出了种种替代人工的机器，使人们可以减轻工作的劳力，增加工作的效能，使人们可以享受无数机械的奴隶服侍。总而言之，科学文明的结果使人类痛苦减除、寿命延长、增加生产、提高生活。

因为科学可以减除人类的痛苦，提高人生的幸福，所以现代世界文化的第一个理想目标是充分发展科学，充分利用科学，充分利用科学的成果来改善人们的生活。近世科学虽然是欧洲产生的，但在最近的三十年中，科学的领导地位，已经渐渐地从欧洲转到美国了。科学是没有国界的，科学是世界公有的。只要有人努力，总可以有成绩，所以新起来的国家如日本，如苏俄，如印度，如中国，有一分的努力，总可以有一分的科学成绩，我希望我们在世界文化上有这种成分。

其次谈到第二个理想标准，用社会化的经济制度来提高生活程度。

我特别用“社会化的经济制度”一个名词；因为我要避掉“社会主义”一类名词。“社会化的经济制度"就是要顾到社会大多数人民的利益的经济制度。最近几十年的世界历史其一个很明显的方向，就是无论在社会主义的国家，或者在资本主义的国家，财产权已经不是私人的一种神圣不可侵犯的人权了。社会大多数的利益是一切经济制度的基本条件。美国英国号称资本主义国家，但他们都有级进的所得税和遗产税。前四年的英国所得税，每年收入一万镑的人，要抽百分之八十，而每年收入在二百五十镑以下的人，只抽百分之三的所得税。同年美国所得税率，单身人（没有结婚的）每年收入一千元的，只抽一百零七元；每年收入一百万元的要抽八十九万九千五百元，等于百分之九十的所得税。这样的经济制度，一方面并不废除私有财产和自由企业，一方面节制资本，征收级进的所得税，供给全国的用度，同时还可以缩短贫富的距离，这样的经济制度可以称为“社会化的”。此外，如保障劳工组织，规定最低工资，限制工作时间，用国家收入来救济失业者，这都是“社会化”的方法。英国民族在各地建立的自治新国家，如澳洲，如纽西兰，近年来都是工党当国，都倾向于社会主义的经济立法。英国本身最近在工党执政之下，也是更明显地推行经济制度社会化。美国在罗斯福总统的十三年的“新法”政治之下，也推行了许多“社会化”的经济政策。至于北欧西欧的许多民主国家，如瑞典、丹麦、挪威，都是很早就实行各种社会化立法的国家。

这种很明显的经济制度的社会化，是世界文化的第二个共同的理想目标。我们中国本来有“不患贫而患不均”的传统思想，我们更应该朝这个方面多多地努力，才可以在世界文化上占一个地位。

最后，世界文化还有第三个共同的理想目标，就是民主的政治制度。

有些人听了我这句话，也许要笑我说错了。他们说最近三十年，民主政治已不时髦了。

我不承认这种批评是对的。

我是学历史的人，从历史上来看世界文化上的趋向，都是民主自由的趋向，是三四百年来的一个最大目标，一个明白的方向。

所以我毫不迟疑地说：世界文化的第三个目标，是争取民主，争取更多更合理的民主。

我们认清了世界文化的方向，尽可以不必担忧，尽可以放大胆子、放开脚步，努力建立我们自己的民主自由政治制度。我们要解放我们自己，我们要造成自由独立的国民人格，只有民主的政治，可以满足我们的要求。

本文有删节为1947年8月1日胡适在北平广播电台的讲话，

原载1947年8月3日北平《华北日报》

挑起改造社会的重任

今天是五月四日。我们回想去年今日，我们两人都在上海欢迎杜威博士，直到五月六日方才知道，北京五月四日的事。日子过得真快，匆匆又是一年了！

当去年的今日，我们心里只想留住杜威先生在中国讲演教育哲学；在思想一方面提倡实验的态度和科学的精神；在教育一方面而输入新鲜的教育学说，引起国人的觉悟，大家来做根本的教育改革。这是我们去年今日的希望。不料时势的变化大出我们的意料之外，这一年以来，教育界的风潮几乎没有一个月是平静的；整整的一年光阴就在风潮扰攘里过去了。

这一年的学生运动，从远大的观点看起来，自然是几十年来的一件大事。从这里面发出来的好效果，自然也不少；引起学生的自动的精神，是一件；引起学生对于社会国家的兴趣，是二件；引出学生的作文演说的能力、组织的能力、办事的能力，是三件；使学生增加团体生活的经验，是四件；引起许多学生求知识的欲望，是五件；这都是旧日的课堂生活所不能产生的，我们不能不认为学生运动的重要贡献。

社会若能保持一种水平线以上的清明、一切政治上的鼓吹和设施、制度上的评判和革新，都应该有成年的人去料理。

未成年的一代人（学生时代之男女），应该有安心求学的权利，社会也用不着他们求做学校生活之外的活动。但是我们现在不幸生在这个变态的社会里，没有这种常态社会中人应该有的福气；社会上许多事被一班成年的或老年的人弄坏了，别的阶级又都不肯出来干涉纠正，于是这种干涉纠正的责任遂落在一般未成年的男女学生的肩膀上。这是变态的社会里一种不可免的现象。现在有许多人说学生不应该干预政治，其实并不是学生自己要这样干，这都是社会和政府硬逼出来的。如果社会国家的行为没有受学生干涉纠正的必要，如果学生能享受安心求学的幸福而不受外界的强烈的刺激和良心上的督责，他们又何必甘心抛了宝贵的光阴，冒着生命的危险，来做这种学生运动呢？

简单一句话：在变态的社会国家里面，政府太卑劣腐败了，国民又没有正式的纠正机关（如代表民意的国会之类）。那时候，干预政治的运动，一定要从青年的学生界发生的。汉末的太学生、宋代的太学生、明末的结社、戊戌政变以前的公车上书、辛亥以前的留学生革命党、俄国从前的革命党、德国革命前的学生运动、印度和朝鲜现在的运动、中国去年的五四运动与六三运动，都是同一个道理，都是有发生的理由的。

但是我们不要忘记：这种运动是非常的事，是变它的社会里不得已的事，但是他不是很不经济的不幸事。因为是不得已，故他的发生是可以原谅的。因为是很不经济的不幸事，故这种运动是暂时不得已的救急的办法，却不可长期存在的。

荒唐的中年老年人闹下了乱子，却要未成年的学子抛弃学业，荒废光阴，来干涉纠正：这是天下最不经济的事。况且中国眼前的学生运动更是不经济。何以故呢？试看自汉末以来学生运动，试看俄国德国印度朝鲜的学生运动，哪有一种用罢课做武器的？即如去年的五四与六三，这两次的成绩可是单靠罢课代武器的吗？单靠用罢课做武器，是最不经济的方法，是下下策，屡用不已，是学生运动破产的表现！罢课于旁人无损，于自己却有大损失，这是人人共知的。但我们看来，用罢课做武器，还有精神上的很大损失：

（一）养成依赖群众的恶心理，现在的学生很像忘了个人自己有许多事可做，他们很像以为不全体罢课便无事可做。个人自己不肯牺牲，不敢做事，却要全体罢了课来呐喊助威，自己却躲在大众群里跟着呐喊，这种依赖群众的心理是懦夫的心理！

（二）养成逃学的恶习惯，现在罢课的学生，究竟有几个人出来认真做事？其余无数的学生，既不办事，又不自修，究竟为了什么事罢课？从前还可说是“激于义愤”的表示，大家都认作一种昀重大的武器，不得已而用之。久而久之，学生竟把罢课的事看作平常的事。我们要知道，多数学生把罢课看作很平常的事，这便是逃学习惯已养成的证据。

（三）养成无意识的行为的恶习惯，无意识的行为，就是自己说不出为什么要做的行为。现在不但学生把罢课看作很平常的事，社会也把学生罢课看作很平常的事，一件很重大的事，变成了很平常的事，还有什么功效灵验呢？既然明知没有灵验功效，却偏要去做；一处无意识地做了，别处也无意识地盲从，这种心理的养成，实在是眼前和将来昀可悲观的现象。

以上说的是我们对于现在学生运动的观察。

我们对于学生的希望，简单说来，只有一句话：“我们希望学生从今以后要注意课堂里、操场上、课余时间里的学生生活，只有这种学生活动是能持久又最有功效的学生运动。”

这种学生活动有三个重要部分：

（1）学问的生活；

（2）团体的生活；

（3）社会服务的生活。

第一，学问的生活。这一年以来，昀可使人乐观的一种好现象，就是许多学生于知识学问的兴趣渐渐增加了。新出的出版物的销数增加，可以估量求知识的兴趣增加。我们希望现在的学生充分发展这点新发生的兴趣，注重学问的生活。要知道社会国家的大问题，决不是没有学问的人能解决的。我们说的“学问的生活”并不限于从前的背书抄讲义的生活。我们希望学生——无论中学大学——都能注重下列的几项细目：

（1）注重外国文。现在中文的出版物实在不够满足我们求知的欲望。求新知识的门径在于外国文。每个学生至少须要能用一种外国语看书。学外国语须要经过查生字，记生字的第一难关。千万不要怕难。若是学堂里的外国文教员确是不好，千万不要让他敷衍你们，不妨赶他跑。

（2）注重观察事实与调查事实。这是科学训练的第一步。要求学校里用实验来教授科学。自己去采集标本，自己去观察调查。观察调查须要有个目的——例如本地的人口、风俗、出产、植物、鸦片烟馆等项的调查——还要注重团体的互助，分工合作，做成有系统的报告。现在的学生天天谈“二十一条”，究竟二十一条是什么东西，有几个人说得出吗？天天谈“高徐济顺”，究竟有几个人指得出这条路在什么地方吗？这种不注重事实的习惯，是不可不打破的。打破这种习惯的唯一法子，就是养成观察调查的习惯。

（3）建设的促进学校的改良。现在的学校课程和教员一定有许多不能满足学生求学的欲望的。我们学生不要专做破坏的攻击，须要用建设的精神，促进学校的改良。与其提倡考试的废止，不如提倡考试的改良；如其攻击校长不多买博物标本，不如提倡学生自己采集标本。这种建设促进，比教育部和教育厅的命令功效大得多咧。

（4）注重自修。灌进去的知识学问是没有多大用处的。真正可靠的学问都是从自修得来的。自修的能力是求学问的唯一条件。不养成自修的能力，决不能求学问。自修应注重的事是：（一）看书的能力，（二）要求学校购备参考书报，如大字典、词典、重要的大部书之类，（三）结合同学多买书报，交换阅看，（四）要求教员指导自修的门径和自修的方法。

第二，团体的生活。“五四”运动以来，总算增加了许多学生的团体生活的经验。但是现在的学生团体有两大缺点：（一）是内容太偏枯了，（二）是组织太不完备了。内容偏枯的补救，应注意各方面的“俱分并进”。

（1）学术的团体生活，如学术研究会或讲演会之类。应该注重自动地调查、报告、试验、讲演。

（2）体育的团体生活，如足球、运动会、童子军、野外幕居、假期旅行等等。

（3）游艺的团体生活，如音乐、图书、戏剧等等。

（4）社交的团体生活，如同学茶话会、家人恳亲会、师生恳亲会、同乡会等等。

（5）组织的团体生活，如本校学生会、自治会、各校联合会、学生联合总会之类。

要补救组织不完备，应注重世界通行的议会法规（ Parliamen - tary Law）的重要条件。简单的说来，至少须有下列的几个条件：

（1）法定开会人数。这是防弊的要件。

（2）动议的手续，与修正议案的手续。这是会议法规里最繁难又最重要的一项。

（3）发言的顺序。这是维持秩序的要件。

（4）表决的方法。（一）须规定某种议案必须全体几分之几的可决，某种必须到会人数几分之几的可决，某种仅须过半数的可决。（二）须规定某种重要议案必须用无记名投票，某种必须用有记名投票，某种可用举手的表决。

（5）凡是代表制的联合会——无论校内校外——皆须有复决制（reterendum）。遇重大的案件，代表会议决案必须再经过会员的总投票，总会的议决案，必须再经过各分会的复决。

（6）议案提出后，应有规定的讨论时间，并须限制每人发言的时间与次数。

现在许多学生会的章程只注重职员的分配，却不注重这些最紧要的条件，这是学生团体失败的一个大原因。

此外还须注意团体生活最不可少的两种精神：

（1）容纳反对党的意见，现在学生会议的会场上，对于不肯迎合群众心理的言论，往往有许多威压的表示，这是暴民专制，不是民治精神。民治主义的第一个条件就是要使各方面的意见都可以自由发表。

（2）人人要负责任，天下有许多事都是不肯负责任的“好人”弄坏的。好人坐在家里叹气，坏人在议场做戏，天下事所以败坏了。不肯出头负责任的人，便是团体的罪人，便不配做民治国家的国民。民治主义的第二个条件是人人要负责任，要尊重自己的主张，要用正当的方法来传播自己的主张。

第三，社会服务的生活学生运动是学生对于社会国家的利害发生兴趣的表示，所以各处都有平民夜学、平民讲演的发起。我们希望今后的学生继续推广这种社会服务的事业。这种事业，一来是救国的根本办法，二来是学生的现力做得到的，三来可以发展学生自己的学问与才干，四来可以训练学生待人接物的经验。我们希望学生注意以下几点：

（1）平民夜校。注重本地的需要，介绍卫生的常识、职业的常识和公民的常识。

（2）通俗讲演。现在那些“同胞快醒，国要亡了”“杀卖国贼”“爱国是人生的义务”等空话的讲演，是不能持久的，说了两三遍就没有用了。我们希望学生注重科学常识的讲演、改良风俗的讲演、破除迷信的讲演。譬如你今天演说“下雨”，你不能不先研究雨是怎样来的，何以从天上下来；听的人也可以因此知道雨不是龙王菩萨洒下来的，也可以知道雨不是道士和尚求得下来的。又如你明天演说“种田何以须用石灰作肥料”，你就不能不研究石灰的化学性，听的人也可以因此知道肥料的道理。这种讲演，不但于人有益，于自己也极有益。

（3）破除迷信的事业。我们希望学生不但用科学的道理来解释本地的种种迷信，并且还要实行破除迷信的事业。如求神合婚、求仙言、放焰口、风水等迷信，都该破除。学生不来破除迷信，迷信是永远不会破除的。

（4）改良风俗的事业。我们希望学生用力去做改良风俗的事业。譬如女子缠足的，现在各处都有。学生应该组织天足会，相戒不娶小脚的女子。不能解放你的姊妹的小脚，他就不配谈“女子解放”。又如鸦片烟与吗啡，现在各处仍旧很销行，学生应该组织调查队、侦探队，或报告官府，或自动地捣毁烟间与吗啡店。你不能干涉你村上的鸦片、吗啡，你也不配干预国家的大事。

以上说的是我们对于学生的希望。

学生运动已发生了，是青年一种活动力的表现，是一种好现象，决不能压下去的；也决不可把它压下去的。我们对于办教育的人的忠告是：“不要梦想压制学生运动；学潮的救济只有一个法子，就是引导学生向有益有用的路上去活动。”

学生运动现在四面都受攻击，“五四”的后援也没有了，“六三”的后援也没有了。我们对于学生的忠告是：“单靠用罢课作武装是下下策，可一而再再而三的么？学生运动如果要想保存“五四”和“六三”的荣誉，只有一个法子，就是改变活动的方向，把“五四”和“六三”的精神用到学校内外有益有用的学生活动上去。”

我们讲的话，是很直率，但这都是我们的老实话。

原题《我们对于学生的希望》，
首次发表于1920年《新教育》第2卷第5期。
与蒋梦麟联合署名，
文章由胡适起草